I0591369

IHRE VAMPIR BESESSENHEIT

TABITHA BLACK

Übersetzt von

FRANZISKA HUMPHREY

Inhaltsverzeichnis

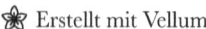 Erstellt mit Vellum

HOLEN SIE SICH IHR KOSTENLOSES BUCH!

Tragen Sie sich in meine E-Mail Liste ein, um als erstes von Neuerscheinungen, kostenlosen Büchern, Sonderpreisen und anderen Zugaben zu erfahren.

https://geni.us/jungfrauunddervampir

Sabina

ICH STEHE HIER SCHON eine Stunde und fange an, diesen ganzen verdammten Abend infrage zu stellen. Die Luft ist drückend heiß und nicht nur meine Handflächen sind klamm, als ich zum hundertsten Mal an meinem verflixten Rock zupfe, der mir immer wieder hartnäckig an den Oberschenkeln hochrutscht. Und das obwohl ich nichts anderes tue, als in einer Schlange zu stehen. Die neuen Stöckelschuhe, die ich trage, zerquetschen meine Zehen und lassen meine Waden schmerzen. Und obwohl ich unter anderen Umständen durchaus auf Schmerzen stehe, steht das Ertragen brennender Füße beim Versuch, meine Beine länger wirken zu lassen, nicht ganz oben auf meiner Liste der Perversionen. Manche Frauen tragen Stöckelschuhe mühelos. Leider gehöre ich nicht dazu.

Ich streiche mir eine feuchte Haarsträhne aus dem Gesicht, atme tief durch und starre auf den breiten, in einen Anzug gehüllten Rücken des Türstehers. Ich wünsche mir, dass er sich umdreht und mich ansieht, um mich endlich in diesen Club zu lassen, von dem ich schon so viel gehört habe, den ich aber noch nie betreten durfte. *Bis jetzt noch nie,* korrigiere ich mich. Der Türsteher rührt sich nicht.

Um mich herum unterhalten sich die Leute locker und zwanglos. Es scheint fast so, als hätten sie mit einer langen Wartezeit gerechnet und wären gegen die schwüle Abendluft unempfindlich. Schließlich ist der Club Toxic derzeit der angesagteste Ort in der Innenstadt von Tucson, obwohl sich das Gerücht hartnäckig hält, dass einige Leute hierhergekommen sind und danach nie wieder gesehen wurden.

Menschen lieben es, zu tratschen.

Während ein ganzer Haufen von uns in der Schlange wartet wie die Kinder, die beim Sport immer als letzte für das Team gewählt wurden, kommen hin und wieder selbstgefällige einzelne Personen oder kleine Gruppen von Leuten vorbei. Die meisten von ihnen würdigen uns nicht einmal eines Blickes. Sie marschieren selbstbewusst auf die beiden stämmigen Türsteher zu, die sofort zur Seite treten – wenn nicht ehrerbietend, dann doch zumindest respektvoll. Seit ich hier stehe, ist das schon ein paarmal passiert. Und obwohl ich immer wieder darauf geachtet habe, konnte ich jedoch kein Armband, einen Stempel oder irgendetwas anderes entdecken, das diese offensichtlichen VIP-Gäste vom Rest von uns unterscheidet. Was haben sie, was wir nicht haben?

Ich werfe einen Blick hinter mich und sehe, dass inzwischen Dutzende weitere Menschen hinter mir in der Schlange warten. Sie alle tragen ihre beste Club-Garderobe. Außerdem scheinen sie offensichtlich damit zufrieden zu sein, ewig in der drückenden Hitze Arizonas zu stehen, nur um … Was genau zu tun? Etwas zu trinken? Mit ihren

Freunden abzuhängen? Wir sind hier in Tucson, es gibt ganz sicher keinen Mangel an Orten, an denen man einen netten Abend verbringen kann. Warum also ausgerechnet hier? Was ist so besonders am Club Toxic? Ist es nur der Ruf? Die Gerüchte? Sind sie alle auf der Suche nach Nervenkitzel oder wollen sie einfach nur trendy sein?

Ich bin aus einem bestimmten Grund hier, aber trotzdem sage ich mir, dass ich nach Hause gehen werde, wenn ich nicht innerhalb der nächsten zehn Minuten hereingelassen werde. Wann immer Zeke über diesen Ort gesprochen hat, verzog er seine Lippen zu einer Art Knurren, als er mich warnte, dass ich mich verdammt noch mal davon fernhalten soll. Er hat jedoch nie erwähnt, dass man vorher stundenlang in der Schlange stehen muss. Das hätte mich mehr abgeschreckt als alles andere, was er sonst hätte sagen können.

Ironischerweise war es seine beiläufige Andeutung, dass es hier eine BDSM-Kink-Szene geben könnte, die mein Interesse geweckt hat. Wir waren gerade erst eine Woche zusammen gewesen und diskutierten darüber, ob wir ausgehen wollten – und wohin –, als ich den Club Toxic vorschlug.

„Auf gar keinen Fall", hatte er gesagt und seine dicken, blonden Brauen zu einem Stirnrunzeln verzogen. „Und du darfst dort auch nicht hingehen, niemals."

„Warum nicht?", hatte ich ihn offensichtlich verblüfft gefragt. Es war das erste Mal, dass ich ihn so aggressiv erlebt hatte.

„Es ist nicht nur ein Nachtklub. Es ist gefährlich dort. Ich habe schon einiges gehört. Im Keller gehen alle möglichen Sachen ab ... Die Leute treiben dort angeblich eine Menge perverse Dinge. Vor Kurzem gab es draußen vor der Tür eine Schießerei. Ich will nicht darüber reden. Versprich mir nur, dass du niemals dorthin gehen wirst."

„Ich verspreche es", hatte ich gesagt, obwohl ich ihm verzweifelt noch mehr Fragen stellen wollte. Aber mir war klar gewesen, dass dies in seiner momentanen Stimmung wahrscheinlich keine gute Idee war.

Zeke. Das Arschloch. Wie sich herausstellte, war diese erste, kaum verhüllte Aggressivität nur die Spitze des Eisbergs. Ich habe gestern mit ihm Schluss gemacht, nach kaum vier Wochen frischer Beziehung. Diese Art von Negativität brauche ich in meinem Leben wirklich nicht.

Ich brauche *niemanden*.

Trotzdem habe ich mich heute Abend mit einer kleinen, perversen Genugtuung in Schale geworfen und bin hierhergekommen – zum einen, weil ich gern ein bisschen spielen möchte und zum anderen, weil ich weiß, wie wütend Zeke wäre, wenn er es wüsste. Nicht, dass ich vorhätte, es ihn wissen zu lassen.

Es ist schon viel zu lange her, seit ich mich das letzte Mal in die berauschende Glückseligkeit des *Fliegens* verlieren konnte. Ich weiß nicht mit Sicherheit, ob es im Keller wirklich eine Art BDSM-Club gibt, aber ich möchte es gern herausfinden.

„Du da! Die Blondine!"

Ich brauche eine Sekunde, bis mir bewusst wird, dass jemand nach mir ruft. Ich drehe mich um, um die Quelle der heiseren Männerstimme zu lokalisieren. Ein hochgewachsener Mann steht nur wenige Meter von mir entfernt auf der anderen Seite des Samtseils und sein durchdringender Blick ist auf mich gerichtet. Ich ziehe eine fragende Augenbraue hoch.

„Ja, du. Willst du mit mir reinkommen?"

Obwohl er es als Frage formuliert, liegt doch ein Hauch von Befehl in seinem Tonfall und ich gehorche instinktiv, ducke mich unter dem Seil hindurch und gehe auf ihn zu.

Manche Männer haben einfach diesen dominanten Tonfall, der mich auf der Stelle unterwürfig werden lässt. Außerdem ist er meine Eintrittskarte. Ich wäre eine komplette Närrin, wenn ich das Angebot ausschlagen würde.

Und ich bin keine Närrin.

Sobald ich die Seite des Mannes erreiche, packt er meinen Oberarm und lenkt mich in die Richtung der Türen, ohne mir auch nur die Möglichkeit zu geben, ihn richtig zu mustern. Das macht nichts. Wenn er nicht mein Typ ist, kann ich mich entschuldigen und allein auf Erkundungstour gehen. Ich muss nur zuerst durch die verdammte Tür gelangen.

„Allan. Liam." Mein neuer Begleiter spricht die Türsteher knapp an, die sofort zur Seite treten und uns durchlassen. Ein arktischer Windstoß aus der Klimaanlage zerzaust mir das Haar, als wir den Club betreten.

Dieser Ort ist voll von sich windenden, aneinander reibenden Körpern und die dröhnende, basslastige Musik lässt ihn wie ein lebendiges Wesen erscheinen. Ein Wesen mit einem kräftigen Herzschlag, das jeden in seinem Inneren kontrolliert.

„Getränk?", fragt mein Begleiter, nachdem wir die Garderobe passiert haben.

„Name?", erwidere ich und bin froh, als er stehen bleibt und zu mir hinunterblickt. Denn jetzt habe ich endlich die Gelegenheit, ihn genauer zu mustern. Sein dunkles Haar fällt ihm über die glatte, blasse Stirn. Er hat eine große, fast schnabelartige Nase und dünne, nicht lächelnde Lippen.

„Ethan", sagt er, während er seine Hand immer noch besitzergreifend um meinen Oberarm schlingt. „Und du bist?"

„Sabina."

„Es freut mich, dich kennenzulernen."

Er hat einen seltsamen Akzent. Ich würde britisch sagen, aber nicht ganz. Fast so, als hätte er an mehreren verschiedenen Orten gelebt. Wenn ich sein Alter schätzen müsste, würde ich auf Mitte bis Ende dreißig tippen. Körperlich ist er nicht wirklich mein Typ, aber jetzt, wo ich tatsächlich im Inneren des Clubs bin, bin ich noch nicht sofort scharf darauf, allein herumzulaufen. „Ich freue mich auch, dich kennenzulernen. Und ja, ich hätte gern etwas zu trinken. Danke."

Ethan lenkt mich nach rechts zu einer riesigen Theke aus Mahagoni. Alle Barhocker sind besetzt und ich fluche innerlich. Ich hatte gehofft, dass ich meinen wunden, schmerzenden Füßen eine Pause gönnen könnte.

„Rotwein?", fragt er.

„Sicher."

„Gute Wahl." Er wendet sich wieder der Theke zu und ich bin erstaunt, wie schnell er bedient wird, wenn man die Menschenmenge bedenkt.

Während er die Getränke bestellt, mustere ich meine Umgebung. Es ist kühler als draußen, aber nicht sehr, was ich auf die schiere Menge an Menschen zurückführe, die hier zusammengepfercht sind. Zu meiner Rechten hinter der L-förmigen Mahagoni-Bar befindet sich ein Lounge-Bereich. Die Tanzfläche ist direkt vor mir. Paare tanzen und reiben sich aneinander. Manche scheinen sich sogar regelrecht trockenzuficken, aber so sehr ich mich auch bemühe, kann ich keine Spur von etwas auch nur annähernd Perversem entdecken.

Schade.

„Hier." Ethans Stimme reißt mich in die Gegenwart zurück und ich nehme das angebotene Glas dankend an.

„Vielen Dank." Ich trinke einen Schluck und genieße den süßen, vollmundigen Geschmack. „Es ist schön hier."

Seine langen, schlanken Finger krümmen sich um den Stil seines eigenen Glases, als er es an seine Lippen führt. „Viel Körper", sagt er und starrt mich mit einem durchdringenden Blick vom Kopf bis hinunter zu meinen glänzenden lilafarbenen Schuhen an. „Köstlich."

Irgendetwas an der Art, wie er das sagt, beunruhigt mich. Ich trinke einen weiteren langen Schluck Wein, um mich abzulenken. Alles ist in Ordnung. Ich habe alles unter Kontrolle. Ich kann auf mich selbst aufpassen. Ich werde meinen Wein austrinken, mich noch einmal bedanken und dann meines Weges gehen.

Dann starrt er mich mit seinen bohrenden, grauen Augen an und knurrt, so leise, dass ich es kaum hören kann: „Du magst Schmerzen. Ich kann sie dir geben."

Trotz meiner Überraschung kann ich das plötzliche Kribbeln zwischen meinen Schenkeln nicht verhindern und auch nicht, dass mir der Atem in der Brust stockt. Und aus irgendeinem Grund kann ich einfach nicht lügen.

„Das stimmt." Es ist eher ein Krächzen als ein Flüstern.

„Du hast gedacht, dies sei ein BDSM-Club."

Liest er meine Gedanken? „Ich habe Gerüchte gehört. Aber wie es scheint, habe ich mich geirrt." Ich will den Blick von ihm abwenden, aber das ist seltsamerweise unmöglich. Es ist fast so, als hätte er mich hypnotisiert.

„Was wäre, wenn ich dir sagen würde, dass es einen Ort unter unseren Füßen gibt, an dem ich dich in eine dunkle Ecke führen und dir auf all die Arten wehtun könnte, nach denen du dich sehnst … Und auf manche, von denen du noch nicht einmal weißt, dass du sie willst – noch nicht?"

„Ich würde sagen, dass du lügst", flüstere ich. Mein Herz klopft und meine Finger sind um den Stil meines Weinglases erstarrt.

Seine grausamen Lippen verziehen sich zu einem spöttischen Grinsen. „Dann trinke aus und ich beweise dir, dass ich die Wahrheit sage."

Eine kleine Stimme in meinem Kopf schreit, dass dies keine gute Idee ist und dass er überhaupt nicht vertrauenswürdig erscheint. Aber ich bin auch neugierig. Und ich kann die Wirkung, die seine Worte auf mich haben, nicht leugnen.

Meine Augen brennen, aber ich bin nicht in der Lage zu blinzeln, als ich mein Glas erneut an meine Lippen hebe und einen großen Schluck trinke. Ich leere das Weinglas in ein paar gemessenen Zügen.

„Sabina." Die Art, wie er meinen Namen ausspricht, fühlt sich fast wie eine Liebkosung an. Meine Gedanken sind vernebelt, als er unsere Gläser auf die Theke hinter sich stellt und einen Geldschein danebenlegt, bevor er sich wieder mir zuwendet. Sein Anzug sieht teuer aus. Die Wirkung, fast ein ganzes Glas Wein in einem Zug zu trinken, setzt ein. Ein Schwindelgefühl breitet sich in meinem Körper aus und lässt mich unsicher auf den Beinen schwanken.

Ethan packt mich erneut am Oberarm und führt mich zurück zur Garderobe. Zu meinem Erstaunen betreten wir tatsächlich die Garderobennische und gehen dann durch eine versteckte Tür. *Es ist wirklich ein Geheimeingang*, denke ich mir.

Während wir eine scheinbar endlose Treppe hinuntersteigen, säuselt er mir ins Ohr: „Ich werde dich so gut fühlen lassen. Dinge, von denen du nicht einmal wusstest, dass du dazu in der Lage bist. Vertrau mir einfach."

Ihm vertrauen? Nach zehn Minuten und einem Getränk? Er hat offensichtlich Wahnvorstellungen, aber ich murmele trotzdem etwas Zustimmendes, denn erstens klopft mein Herz vor Aufregung und zweitens bin ich jetzt wirklich sehr neugierig, wohin diese Stufen führen.

Unten angekommen, bleibe ich stehen und bin überwältigt von dem Anblick, der sich mir bietet. „Es gibt tatsächlich einen Sexklub hier unten", hauche ich fast zu mir selbst.

Der ganze Ort ist in rotes Licht getaucht und auch hier gibt es Musik, sie ist jedoch sinnlicher als die im Erdgeschoss. Direkt gegenüber von uns befindet sich eine Theke und rechts davon eine riesige Tanzfläche. Mir fällt gerade ein riesiges Podest auf, auf dem zwei hohe Throne stehen, als Ethan mir von hinten an die Brust greift und sie grausam mit den Fingern quetscht. Ich keuche und mein Kopf fällt zurück an seine Schulter.

„Lass uns irgendwo hingehen, wo wir ungestörter sind, Schätzchen", raunt er und beginnt, mich gekonnt durch die Leute auf der Tanzfläche zu lenken. Ich erhalte einen kurzen Blick auf erotische Aktivitäten – eine nackte Brünette, die auf Knien jemandem den Schwanz lutscht; eine schlanke, junge Frau, die sich über die Hüfte eines kräftigen Mannes beugt und sich an seinen Knöcheln festhält, während er ihr ordentlich den Hintern versohlt – und dann sind wir in einer Art Kabine.

„Entkleiden." Ethans Stimme ist eisig.

Mir geht das plötzlich alles viel zu schnell. Ich funkle ihn an und spüre einmal wieder wie meine Glieder warm und schwer werden und mein Verstand ganz vernebelt ist. „Warte", flüstere ich.

„Ich zähle bis drei."

Das ist alles nicht richtig. Ich habe einer Session mit ihm gar nicht zugestimmt. Wir haben noch nicht einmal über Grenzen, Safewords, Vorlieben und solche Dinge gesprochen. Ich werfe einen Blick über seine Schulter auf den Rest des Klubs. Es gibt einen dicken Vorhang, aber keine Tür. Gott sei Dank.

„Augen auf mich", sagt er. „Eins."

„Hör mal, Ethan", sage ich, wobei ich absichtlich seinen Namen benutze und nicht *Sir* oder irgendeinen anderen Ausdruck des Respekts. „Das geht mir alles viel zu schnell. Können wir bitte noch etwas trinken gehen und die Dinge besprechen—"

„Zwei." Er tritt einen Schritt auf mich zu. Meine Handflächen sind plötzlich wieder klamm und ich wische sie an meinem Kleid ab. „Glaub mir, du willst nicht, dass ich *drei* sage."

„Warum?" Ich hebe trotzig mein Kinn. „Wirst du mir wehtun?"

Seine Augen sind so seltsam. Vorhin sahen sie grau aus, aber jetzt scheint es fast so, als hätten sie violette Ringe in der Iris. Sein schlankes Gesicht ist vor Zorn angespannt. „Drei."

Als Ethan auf mich zustürmt, weiche ich ihm aus und stürze mich auf den Vorhang. Ich reiße den dicken, samtigen Stoff zur Seite und weiß genau, wie sich eine Fliege in einem Spinnennetz fühlen muss, als ich mich darin verheddere und kaum befreien kann. „Hilfe!", schreie ich, wohlwissend, dass mich über all die Geräusche des Clubs – die Musik, die Gespräche, die Lust- und Schmerzensschreie – niemand hören kann. „Hilfe!"

Ich spüre einen scharfen, kribbelnden Schmerz an der Schädelbasis und bemerke, dass Ethan meine Haare um seine Faust geschlungen hat und mich zurück in die Kabine zerrt. „Was für ein dreistes Ding du doch bist, was?", sagt er kühl. Ich bin entsetzt darüber, wie lässig er immer noch ist – und über seine Stärke. Ich gehöre nicht zu den winzigen, schlanken Frauen, die aussehen, als könnten sie von einer steifen Brise weggeweht werden. Ich bin groß. Ich habe Hüfte und Oberschenkel. Ich kann kämpfen. Das tue ich schon mein ganzes Leben lang.

Ich frage mich immer noch, wie Ethan mich mit solch einer scheinbaren Leichtigkeit überwältigen kann, als ein lautes, reißendes Geräusch die Luft durchdringt und mir klar wird, dass er mir soeben das Kleid vom Leib gerissen hat. Er starrt mich mit durchdringendem Blick an. Sein Ausdruck, als er eine Hand um meinen Hals schlingt und mit der anderen grausam in meine Brustwarze kneift, ist verächtlich. Spöttisch. „Oh je", sagt er kühl. „Ich habe dir doch gesagt, dass du mich nicht bis drei zählen lassen sollst."

2

Maximus

Samstagnacht ist immer am meisten los, aber heute scheint es noch schlimmer als sonst. Die Schlange der Leute, die draußen auf Einlass warten, ist länger als je zuvor, und ich bin dankbar, dass ich heute Abend im Verlies arbeiten muss. Es ist verdammt heiß dort draußen und es gibt zu viele Insekten. Warum sich Lucius ausgerechnet Arizona ausgesucht hat, um sich hier niederzulassen, ist mir völlig schleierhaft. Aber jetzt, wo wir hier sind, haben wir keine andere Wahl, als das Beste daraus zu machen.

Außerdem gibt es immer irgendetwas. Er hat mich vor 1600 Jahren verwandelt. In dieser Zeit habe ich alles gesehen und alles getan und nichts war jemals hundertprozentig perfekt.

Ein scharfes Keuchen erregt meine Aufmerksamkeit und ich versuche, die Quelle des Geräuschs ausfindig zu machen. Manche Leute hätten vielleicht Schwierigkeiten damit, zwischen den normalen Geräuschen, die Menschen machen, wenn sie sich BDSM-Aktivitäten hingeben, und den Geräuschen, die sie machen, wenn sie in Schwierigkeiten stecken, zu unterscheiden. Ich gehöre nicht zu diesen Leuten. Ich habe schließlich eine Menge Erfahrung – und außerdem sehr scharfe Sinne. Ich kann buchstäblich eine Stecknadel fallen hören.

Das Keuchen kam von einem hübschen, jungen Ding, dessen Oberteil heruntergerissen ist, sodass ihre Brüste entblößt sind. An ihren Brustwarzen sind Nippelklemmen befestigt, die sie wie in einem Schraubstock quetschen, und Eddie zieht an der Kette, um sie noch fester zu machen, während ein sadistisches Grinsen um seine Lippen spielt. Das Mädchen keucht erneut, ein deutlicher Schmerzenslaut, aber ihr Gesichtsausdruck ist ruhig und ihre Hüfte zuckt sanft, als ob sie die Luft ficken will.

Also falscher Alarm.

Ich setze mich wieder auf meinen Barhocker. Er steht unauffällig in einer Ecke zwischen den Privatkabinen und den Spielgeräten, in Hörweite von so ziemlich allem von hier bis zur Bar. Außerdem kann ich von hier aus auch jeden sehen.

Eine schlanke Rothaarige stolziert vorbei und einen kurzen Augenblick lang spüre ich einen Stich in meiner Brust, dort wo früher mein Herz schlug. Carolines Haare hatten genau denselben Farbton. Dann balle ich die Hände zu Fäusten und verdränge den Gedanken. Das ist schon über ein Jahrhundert her. Ich sollte inzwischen darüber hinweg sein. Ich *bin* darüber hinweg.

Warum lässt du dich dann immer noch dafür büßen?, fragt mich eine kleine Stimme in meinem Hinterkopf eindringlich.

Ich büße für gar nichts, widerspreche ich. Ich kümmere mich nur gern um Menschen. Die Welt ist ein gefährlicher

Ort – ich sollte das wissen – und besonders in der heutigen Zeit gibt es nicht genügend Güte. Ritterlichkeit. Es gibt nicht genügend Helden.

Es gab eine Zeit, in der Frauen als die kostbaren, süßen, zerbrechlichen Geschöpfe angesehen wurden, die sie sind. Als sie noch anders behandelt wurden. Jetzt stolzieren sie in dem Glauben herum, dass sie den Männern in jeder Hinsicht ebenbürtig sind. Sie sind sich sicher, dass sie auf sich selbst aufpassen können, egal was passiert. Ich wünschte, es wäre so, aber allzu oft überschätzen sie ihre Fähigkeiten. Und dann muss jemand einspringen und sie retten.

Das kann genauso gut ich sein.

„Hilfe!"

Ich springe sofort von meinem Hocker auf, bin angespannt und wachsam und mein Verstand ermittelt sofort die Richtung des Geräuschs. Es war leise, aber klagend und deutlich zu hören. Dann höre ich es wieder.

„Hilfe!"

Hilfe ist nie ein Safeword. Innerhalb weniger Augenblicke habe ich die private Nische Nummer Drei erreicht und den Vorhang zurückgerissen. „Was ist hier los?", knurre ich und entdecke sofort eine hübsche Blondine, die nichts als einen Stringtanga und ihre Stöckelschuhe trägt. Neben ihr steht Ethan, der eine Hand um ihren Hals geschlungen hat und mit der anderen ihre Brustwarze zwischen Daumen und Zeigefinger kneift. Die Frau sieht verängstigt aus.

„Wir spielen nur, Maximus", raunt Ethan. „Es gibt hier nichts zu sehen."

„Ist das so?", Ich ziehe eine Augenbraue hoch und wende mich direkt an die Frau. „Hast du gerade um Hilfe gerufen?"

Ein Sterblicher hätte vielleicht nicht bemerkt, wie sich

Ethans lange Finger ein wenig fester um ihren schlanken, blassen Hals schlossen. Aber ich bin kein Sterblicher. Die Blondine schweigt, aber sie nickt ganz leicht mit dem Kopf.

„Deine Spielzeit ist vorbei, Ethan", sage ich zu ihm. „Lass sie los. Sofort."

Wir starren uns gegenseitig in dieser typisch männlichen Herausforderung der Aggression an, wie sie sich Männer schon seit Anbeginn der Zeit liefern. Ethan leckt sich über die Lippen und wendet seinen Blick wieder seiner Gefangenen zu.

„Ich werde dich nicht noch einmal bitten", sage ich.

Die Blondine wimmert, als er ihre Brustwarze loslässt, aber seine andere Hand verbleibt an ihrem Hals.

„Sabina", säuselt Ethan, „bitte sag diesem Herrn, dass du aus freien Stücken hier bist."

Ihre langen, getuschten Wimpern flattern, als sie darum kämpft, ihren Blick von ihm abzuwenden. Dann wird es mir plötzlich klar: Ethan hat sie bezirzt. Der Wichser hat sie in seinen Bann gezogen und obwohl sie sich offensichtlich dagegen wehrt, ist sie ihm nicht gewachsen. Kein Mensch kann dem Bann eines Vampirs jemals vollständig widerstehen.

„Du Hurensohn", knurre ich. „Du hörst sofort damit auf oder ich schwöre, ich bringe dich um. Ich kann regelrecht sehen, wie sich die Zahnräder in seinem Kopf drehen, während er über seinen nächsten Schritt nachdenkt. Er weiß, dass ich meine Drohung nur zu gerne wahr machen würde. Im Bezug auf Einverständnis sind die Grenzen im Club Toxic fließend, aber jeder Vampir, der zum Spielen hierherkommt, weiß ganz genau, dass es niemals auf die leichte Schulter genommen wird, wenn man einen Menschen dazu bezirzt, seinem Willen zu folgen.

Mit einem jämmerlichen Schnaufen, wie dem eines Hundes, dem man einen Knochen aus dem Maul gerissen hat, lässt Ethan die Kehle des Mädchens los. Ihre Knie geben sofort nach und sie sinkt wie eine Stoffpuppe zu Boden. Ich denke nicht nach, sondern handle einfach, weiche zur Seite aus und fange sie auf, bevor sie auf den Boden fällt. Ich weiß genau, dass Ethan diese Gelegenheit zur Flucht nutzen wird.

Und tatsächlich – als ich neben der Blondine hocke und sie in meine Arme schließe, ist der Scheißkerl schon weg. Das macht nichts. Ich werde mich später um ihn kümmern. Sobald Lucius davon erfährt, wird er mir gern die Erlaubnis erteilen.

Die Blondine starrt ausdruckslos an die Decke. Ihre Augen sind glasig und ihr seidiges Haar ergießt sich fließend über meinen Arm. Und obwohl mein Beschützerinstinkt jetzt komplett erweckt ist, ähnelt ihr Gesichtsausdruck so sehr dem, den sie hätte, hätte ich sie an den Rand der Glückseligkeit getrieben. Ihre Haut ist so weich und warm und ihre kecken Brüste ragen so köstlich in den Himmel, dass ich nicht anders kann, als zu spüren, wie ich hart davon werde.

Ihr Duft ist eine verlockende Mischung aus Angst, frischem Schweiß und teurem Parfüm. Außerdem liegt ein Hauch von Erregung in der Luft und ich frage mich, was zum Teufel Ethan getan hat, damit sie ihn überhaupt erst hier hinunterbegleitet. Noch seltsamer ist, dass mich der Gedanke, dass er ihr irgendeine Art von Vergnügen bereiten könnte, noch wütender macht als das Wissen, dass er ihr wehtun würde.

Wie hat er sie genannt? *Sabina*. Ein römischer Name. Faszinierend. „Sabina", sage ich und widerstehe dem Drang, in ihren Geist einzudringen und sie aufzuwecken. Das wäre heuchlerisch.

Sie stößt ein leises Stöhnen aus und mein Schwanz zuckt daraufhin. Es ist schon zu lange her, dass ich meinen ursprünglichsten Trieben nachgegeben habe, sage ich mir selbst. Deshalb hat sie diese Wirkung auf mich. Ich mag es, Frauen zu retten, aber normalerweise will ich sie nicht ficken – zumindest nicht so dringlich und so schnell.

„Sabina." Ich spreche jetzt mit bestimmterem Tonfall. „Wach auf." Ich bin unempfindlich gegen die Kälte, die durch meine Anzughose dringt, während ich auf dem Boden hocke und die halb nackte Frau in meinem Arm halte. Aber ich weiß, dass das für sie nicht gilt. Der Fußboden entzieht ihr jede Sekunde mehr ihrer Körperwärme.

Als sie immer noch nicht reagiert, stoße ich einen verärgerten Laut aus. „Gut. Wie du willst."

Ich bin ein großer Kerl, aber auch wenn ich es nicht wäre, fiele es mir leicht, sie hochzuheben. Ein Vampir zu sein hat seine Vorteile. Ich ziehe sie hoch, indem ich einen Arm unter ihre Schultern und den anderen unter ihre Knie schiebe, stehe dann auf und gehe zu der Bank in der Ecke der privaten Nische hinüber, bevor ich mich setze und sie auf meinem Schoß wiege. Das ist schon besser.

Sie scheint nicht registriert zu haben, dass ich sie bewegt habe. Ich lasse meinen Blick über ihren Körper schweifen, genieße die Rundungen ihrer Brüste und die ausgeprägte Art, wie ihr Oberkörper sich zu einer überraschend schlanken Taille verjüngt, die dann wiederum in eine breite runde Hüfte übergeht. An ihrem Bauchnabel funkelt ein kleiner Diamant und unter dem lilafarbenen Spitzenstoff, den die Menschheit heutzutage als angemessene Unterwäsche zu betrachten scheint, kann ich die Struktur ihrer Schamhaare erkennen. Ihre Oberschenkel sind rosig und auf dem linken hat sie sich eine Lilie tätowieren lassen.

Bei den Göttern, bin ich hart. Ich kann nicht ewig hier sitzen. Zum einen bin ich im Dienst. Und zum anderen wird die Versuchung zu groß sein, wenn ich noch länger warte. Ich werde etwas Unüberlegtes tun, wie zwischen ihre weichen Schenkel zu greifen und sie wieder zu Bewusstsein zu bringen, in dem ich sie härter kommen lasse, als es ihr jemals in ihrem Leben passiert ist.

Die Brustwarze, in die Ethan gekniffen hat, ist ein wenig geschwollener als die andere, und ich verspüre plötzlich das Verlangen, sie zu schmecken.

Das muss aufhören.

„Sabina." Ich schüttle sie ein wenig und frage mich, ob sie überhaupt weiß, dass sie einen römischen Namen trägt. Was zum Teufel hat Ethan mit ihr gemacht, kurz bevor er gegangen ist? Sie war noch mehr bei Bewusstsein, als ich in der Nische ankam.

Schließlich erkenne ich, dass ich keine andere Wahl habe. Ich dringe kurz in ihren Geist ein – ich hasse mich dafür, dass ich es tun muss – und rüttle sie wach.

Sie reißt die Augen weit auf und blinzelt mehrmals, bevor sie mich mit ihren dunkelblauen Augen ansieht. Ich achte darauf, nicht direkt in ihre geweiteten Pupillen zu blicken und flüstere sanft: „Alles ist in Ordnung. Du bist in Sicherheit."

„Was ist passiert?" Sie zuckt plötzlich und versucht, sich aus meinen Armen zu befreien, aber ich halte sie mit Leichtigkeit fest.

„Ganz ruhig, Kleines. Alles ist in Ordnung. Du befindest dich im Club Toxic. Du wurdest angegriffen, aber jetzt bist du in Sicherheit. Ich bin ein Türsteher hier."

„Was?" Sie blinzelt immer noch und schaut dann an sich hinunter. Ich kann fast hören, wie das Blut in ihr hübsches Gesicht rauscht, als ihr bewusst wird, dass ihr Kleid fehlt. „Lass mich los, du Perversling!"

„Hey!", sage ich in einem unmissverständlichen Ton. „Das ist nicht nötig. Ich werde dich gleich gehen lassen, aber zuerst muss ich mich vergewissern, dass es dir gut geht."

Sie schnaubt ein wenig. „Sicher. Mir geht es gut. Ich liege zwar praktisch nackt in einer Art Umkleide in den Armen eines Fremden, aber sonst …"

Ich verkneife mir ein Grinsen. Sie hat Temperament. Das gefällt mir. Während ich sie immer noch mit einem Arm stütze, entledige ich mich unbeholfen meiner Anzugjacke.

„Das musst du nicht machen", sagt sie, während sie schon wieder darum kämpft, aufzustehen.

„Doch, muss sich."

„Nein, musst du nicht! Lass mich einfach aufstehen und ich ziehe mir mein Kleid wieder an." Sie folgt meinem spitzen Blick zu der Stelle, wo ihr Kleid zerrissen auf dem Boden liegt. „Oh."

„Du erinnerst dich nicht daran, dass das passiert ist?" Ich decke sie mit meiner Jacke zu und ein Stich des Bedauerns durchfährt mich bei dem Gedanken, dass ich ihre kecken, rosafarbenen kleinen Nippel nie wiedersehen werde. Was ist nur los mit mir? Ich sehe andauernd Titten. Und ihre sind zwar niedlich, aber sie sind auch nichts Besonderes.

„Nein, ich erinnere mich nicht", sagt sie leise. „Danke für die Jacke." Sie zieht das Jackett bis zu ihrem spitzen Kinn hoch und versucht, meinen Blick zu erwidern. Ich achte darauf, dass ich auf den Punkt zwischen ihren Augenbrauen schaue und nicht direkt in ihre Augen. Sonst könnte ich versucht sein, sie zu bezirzen, die Jacke wieder zu senken, ihre weichen Schenkel für mich zu spreizen und–

„Gern geschehen. Was ist das letzte, woran du dich

erinnerst?"

Eine kleine Falte bildet sich auf ihrer Stirn, während sie darüber nachdenkt. „Eine sehr lange Treppe hinunterzugehen. Ein schattenhafter Mann."

Ihr Gesicht ist so ausdrucksstark, dass ich die Gedanken, die sich in ihrem Kopf bilden, förmlich sehen kann.

„Es *gibt* hier unten einen BDSM-Club! Und er … Ethan … Er wollte mit mir spielen, aber er hat vorher nicht mit mir geredet, nichts verhandelt, gar nichts." Sie schaut sich in der Nische um, als würde sie erwarten, ihn in der Ecke stehen zu sehen. „Wo ist er eigentlich?"

„Er wird dich nicht wieder belästigen." Er wird niemanden je wieder belästigen, wenn es nach mir geht, aber es gibt keinen Grund, ihr Angst zu machen. Sie ist offensichtlich schon verwirrt genug.

„Wie heißt du?"

Die Frage überrascht mich. Anstatt ihre ganze Aufmerksamkeit auf ihre eigene aktuelle Lage zu richten, fragt sie nach mir. „Maximus", antworte ich.

Die Mundwinkel ihrer hübschen, vollen pinkfarbenen Lippen ziehen sich nach oben. „Wie ein Gladiator?"

Tatsächlich war ich ein Zenturio, aber ich nicke nur. Es ist nicht das erste Mal, dass ich diese Unterhaltung führe. „So etwas in der Art."

„Das gefällt mir. Ich schätze, alle nennen dich Max, als Spitzname?"

Unfähig, mich zurückzuhalten, senke ich meine Stimme und benutze den Tonfall, mit dem ich ein eigensinniges, kleines Süßblut ansprechen würde. „Nur einmal. Niemand traut sich, dies ein zweites Mal zu tun."

Ein kleiner Schauer durchfährt sie und ich bin überrascht, welch starke Wirkung sie auf mich hat. Dann reißt sie sich sichtlich zusammen. „Nun, Maximus, vielen Dank, dass du mir zu Hilfe geeilt bist. Aber ich glaube, ich mache mich jetzt besser auf den Heimweg. Wenn du mich bitte aufstehen lassen würdest …"

„Du darfst aufstehen, aber vorläufig gehst du nirgendwohin", sage ich entschieden. „Du hast eine ziemliche Tortur hinter dir."

„Ein Grund mehr nach Hause zu fahren und in meinen Schlafanzug zu schlüpfen", sagt sie. Sie nutzt meine kurze Unaufmerksamkeit und schlüpft aus meinen Armen, bevor ich sie aufhalten kann. „Eine Tasse heiße Schokolade und ein gutes Buch und dann geht es mir gleich wieder gut."

„Bist du selbst hergefahren?" Ich beobachte leicht amüsiert, wie sie vor mir steht. Sie schwankt leicht in ihren lächerlichen Schuhen und klammert mein Jackett unsicher an ihre Brust.

„Ja, bin ich. Und?"

„Wie fühlt sich dein Kopf an?", erwidere ich und frage mich, warum sie so verdammt stur ist.

Sie blinzelt und hebt die Hand, mit der sie mein Jackett nicht festhält, an ihre Stirn. „Ein bisschen schummrig. Es muss der Wein gewesen sein. Du hast recht, ich sollte wahrscheinlich noch ein wenig warten. Ich nehme nicht an, dass es hier Kaffee gibt?"

„Ich bin mir sicher, ich kann dir welchen besorgen." Nicht viele Gäste fragen nach Kaffee, aber einige der menschlichen Angestellten bestehen darauf. Auch ich bin ein wenig auf den Geschmack gekommen.

„Das wäre großartig. Vielen Dank. Ähm. Ich nehme nicht an, dass ich mir die für eine Weile ausleihen könnte?" Auf meine hochgezogenen Augenbrauen hin deutet sie auf meine Anzugjacke. „Ich bringe sie morgen zurück."

Ich reibe mir selbst die Stirn und frage mich, warum sie mir so unter die Haut geht. „Na sicher."

Sie zögert einen Moment und überlegt offensichtlich,

ob sie sich umdrehen soll oder nicht. Ich verkneife mir ein weiteres Grinsen. „Ich habe schon alles gesehen, Süße", sage ich.

Die Röte, die ihre Wangen färbt, ist köstlich. „Oh", sagt sie mit leiser Stimme, wirft sich die Jacke über die Schultern und schiebt ihre Arme, so schnell sie kann, in die Ärmel.

„Du brauchst dich nicht zu schämen. Du hast einen umwerfenden Körper."

Sie errötet noch tiefer und mir wird bewusst, dass ich mich zum ersten Mal seit sehr langer Zeit nach dem Blut einer bestimmten Person sehne. Nach ihrem.

„Danke", flüstert sie und zieht die graue Jacke enger um sich. Obwohl sie recht groß ist, reicht sie ihr bis zur Mitte der Oberschenkel und die Arme verdecken ihre Hände fast vollständig. Sie sieht aus wie ein Kind, das sich verkleidet hat. „Ich bin übrigens Sabina."

„Ein römischer Name", sage ich. „Wusstest du das?"

„Nein, das wusste ich nicht! Was für ein Zufall!" Sie bückt sich, um die Überreste ihres zerfetzten Kleides aufzuheben – gewährt mir dabei einen verlockenden Blick auf ihren runden, weichen Hintern – und runzelt dann die Stirn. „Ich schätze, das kann ich wegwerfen."

„Das mit Ethan tut mir leid", sage ich. „Aber wenn du ihn kaum kanntest, was hat dich dann dazu bewogen, mit ihm hier hinunterzukommen?" Ich bin gespannt, was sie sagen wird. Ich bezweifle zwar nicht, dass er sie bezirzt hat, um sie hier hinunterzulocken, aber ich frage mich, an wie viel sie sich erinnert und ob sie noch etwas anderes zugeben wird. Sie enttäuscht mich nicht.

„Neugierde." Sie zuckt mit den Schultern und blickt dann auf ihre Füße hinunter. „Ich habe gehört, dass es ihr unten einen BDSM-Club geben soll. Ich wollte sehen, ob die Gerüchte wahr sind. Und er schien in Ordnung zu sein. Ein bisschen steif vielleicht."

Ich stoße ein bellendes Lachen aus. „Das wäre eine Art, ihn zu beschreiben. Dann komm mal mit, meine Süße, lass uns zur Bar gehen und ich besorge dir einen Kaffee." Besorgt darüber, dass sie noch immer unsicher auf den Füßen ist, greife ich nach ihrer Hand. Aber sie reißt sie weg.

„Ist schon gut", sagt sie. „Ich folge dir."

Empörend ist das erste Wort, das mir in den Sinn kommt, aber ich unterdrücke einen Seufzer. „Wenn du nicht willst, dass ich dich berühre, werde ich es nicht tun. Aber ich werde dich nicht aus den Augen lassen. Also geh du voran und ich folge dir."

„Ich bin eine erwachsene Frau!" In ihren Augen blitzt so etwas wie Verärgerung auf. Jetzt ist sie auf jeden Fall aus diesem schläfrigen Zustand aufgewacht, in dem sie sich noch vor Kurzem befand.

Da ich nicht auf ihren Köder eingehen will, ziehe ich eine Augenbraue hoch und werfe einen spitzen Blick auf ihre Brust. „Das ist mir aufgefallen."

Ihr Schnaufen, als sie sich umdreht und den Vorhang zurückzieht, ist geradezu hinreißend. Ich ignoriere ihre Reaktion und folge ihr einfach, während sie mit schwankenden Schritten auf die Bar zu stolziert.

Sabina. Ich lasse mir den Namen erneut auf der Zunge zergehen und genieße ihn. Und ich dachte schon, heute Nacht würde nur ein weiterer langweiliger Abend werden …

3

Sabina

WENN ES ETWAS GIBT, das ich nicht ausstehen kann, dann ist es, wenn mich jemand hilflos fühlen lässt. Verwundbar. Unfähig, auf mich selbst aufzupassen. Und wenn es eine Sache gibt, die dieser unglaublich attraktive Mann hinter mir tut, dann ist es, mir genau dieses Gefühl zu geben. Es ist empörend.

Wenn es nach mir ginge, würde ich mich die Treppe hinaufschleichen, mich an den Partygästen vorbeidrängen und direkt zu meinem Wagen gehen. Sicher, ich habe ein Glas Wein getrunken, aber das ist jetzt schon eine ganze Weile her und ich fühle mich gut. Nun … nicht unbedingt gut, aber definitiv nicht berauscht.

Was zum Teufel hat dieser Ethan eigentlich mit mir gemacht?

Aber dieser Maximus ist so stur wie ein Hund mit einem Knochen und solange er mich beobachtet, werde ich auf gar keinen Fall irgendwo hingehen können.

Außerdem fühle ich mich bei ihm irgendwie sicher, also was kann es schaden, noch ein wenig länger zu bleiben? Immerhin lag ich praktisch nackt in seinem Schoß und er hat es nicht ausgenutzt. Außerdem könnte ich wirklich eine Tasse Kaffee vertragen. Mein Kopf fühlt sich irgendwie komisch an. Irgendwie brummend, aber gleichzeitig auch ruhig. Und dann gibt es eine deutliche Lücke in meinem Gedächtnis. Ich erinnere mich flüchtig daran, wie ich mit Ethan hier hinuntergekommen bin, aber die Bilder sind eher wie Dia-Aufnahmen in einer Filmrolle als ein zusammenhängender Film.

Wir erreichen den Tresen und ich lasse mich dankbar auf einen Barhocker in der Nähe sinken. Meine Füße bringen mich um und ich schwöre mir, diese blöden Stöckelschuhe nie wieder zu tragen. Eine hübsche Gothic-Barkeeperin wirft einen skeptischen Blick auf mein Outfit und ich kann mir ein Augenrollen gerade noch verkneifen. Immerhin ist das hier ein Sexklub. Es gibt Leute, die buchstäblich nackt sind und nur wenige Meter entfernt die eindeutigsten Sexspielchen vorführen. Maximus beugt sich über meine Schulter und ein Hauch von seinem teuren Aftershave steigt mir in die Nase. Der Mann riecht fast so gut, wie er aussieht. Er soll verflucht sein. Ich muss nicht gerettet werden.

„Zwei Kaffee, Alaya. Danke, Schätzchen", murmelt er dem Mädchen zu.

„Klar doch." Sie lächelt ihn süß an und eilt davon.

„Und jetzt drehst du dich zu mir um." Oh Gott. Er spricht wieder in diesem Tonfall. Dieser tiefe, dominante Ton, von dem mir die Knie weich werden und mein Herz einen Schlag aussetzt. Normalerweise spricht er eher sanftmütig, was den Unterschied nur noch deutlicher macht. „Braves Mädchen."

Ich lasse ihn den Barhocker herumschwenken, bis ich

dem Rest des Clubs meinen Rücken zuwende und meine ganze Aufmerksamkeit auf ihn gerichtet ist. Er ist groß – weit über einen Meter neunzig – und hat die breiten Schultern, die man von einem Türsteher erwarten würde. Jetzt, da ich seine Anzugjacke habe, trägt er nur noch ein weißes Oberhemd und eine graue Seidenkrawatte. Für einen Sexklub scheint es sehr formelle Kleidung zu sein, aber ich erinnere mich, dass die Türsteher draußen auch Anzüge trugen. Vielleicht ist es eine Art Uniform. Es ist eine Schande, dass dieser Abend so schnell und schlagartig den Bach hinuntergegangen ist. Ich hatte mich wirklich auf eine nette Spielsession gefreut.

Aus irgendeinem Grund kommt mein flatterhaftes Gehirn nur dann zur Ruhe, wenn ich mich in den Empfindungen von Schmerz und Vergnügen verliere, die mir ein guter Dom bescheren kann.

„Wie fühlst du dich jetzt?", fragt er und richtet seinen Blick auf mein Gesicht. Ich fühle mich unter seiner prüfenden Aufmerksamkeit seltsam entblößt und verletzlich. Es gefällt mir nicht.

„Wie ich schon sagte, es geht mir gut", antworte ich. Es kommt schärfer heraus, als ich es beabsichtigt hatte, und mir entgeht das Aufflackern der Verärgerung nicht, das über seine attraktiven Züge huscht.

„Deine Kaffees, Maximus", sagt das Mädchen hinter der Theke, stellt zwei Kaffeebecher ab und geht eilig davon. Ich hatte nicht bemerkt, dass wir in der hinteren Ecke sitzen und dass selbst die nächsten Leute nicht einmal in Hörweite sind.

„Danke", sagt er zu ihr und wendet sich dann wieder mir zu. Seine blauen Augen sind wie Stahl. „Du solltest auf deinen Tonfall achten", sagt er knurrend. „Wenn ich deine Hilferufe nicht gehört und dich nicht gerettet hätte, wärst du jetzt …"

Er verstummt plötzlich und ich habe das Gefühl, dass er etwas sagen wollte, dass er nicht sagen darf.

„Ich wäre … was?", dränge ich ihn und bin jetzt wirklich neugierig.

„Schon gut." Er reibt sich ungeduldig mit der Hand über sein kurzes, dunkles Haar, greift hinter sich, nimmt sich einen Kaffeebecher und reicht ihn mir. „Trink den."

Irgendetwas ist an dieser ganzen Situation sehr seltsam. Je mehr sich der Nebel in meinem Kopf lichtet, desto mehr spüre ich, dass dies hier kein typischer BDSM-Club ist. Es gibt ein unterschwelliges Gefühl der Gefahr, das ich zuvor nicht bemerkt hatte. Sie liegt in der Luft und in den Augen einiger Leute, die an uns vorbeigehen. Von Neugier übermannt, drehe ich mich auf meinem Hocker herum und werfe zum ersten Mal, seit ich den Club betreten habe, einen genaueren Blick auf meine Umgebung.

„Ähm, nein", sagt Maximus und dreht mich schnell wieder zurück, sodass ich nur ihn und die Wand hinter ihm sehen kann. Ich kämpfe gegen einen Anflug von Wut an. Für wen hält er sich eigentlich?

„Was?", frage ich angriffslustig. „Darf ich mich jetzt nicht einmal mehr umsehen? Was genau ist das hier eigentlich für ein Ort? Was wolltest du vorhin über Ethan sagen? Warum habe ich das Gefühl, dass ich mich an die Hälfte dessen, was passiert ist, seit ich hier angekommen bin, nicht mehr erinnern kann? Und wer hat dich eigentlich zu meinem Aufpasser gemacht?" Als die Fragen erst einmal aus mir heraussprudeln, kann ich sie nicht mehr aufhalten, auch wenn Maximus' Blick immer grimmiger wird und er seine Augenbrauen immer weiter in die Höhe zieht.

„Bist du jetzt fertig?", fragt er, als mir die Luft ausgeht.

„Wirst du mir irgendwelche Antworten geben?", erwidere ich.

„Na sicher. Natürlich darfst du dich umsehen, aber im Moment führen wir ein Gespräch. Und ich spreche lieber mit deiner Vorderseite als zu deinem Rücken. Dieser Ort ist, wie du schon ganz richtig vermutet hast, ein BDSM-Club. Der Besitzer hält dies jedoch gern geheim, da wir nur exklusive Kundschaft bedienen."

„So wie Ethan?", frage ich trocken und kann es mir nicht verkneifen.

Maximus tut so, als hätte er mich nicht gehört, aber mir ist das Zucken in seinem Kiefer nicht entgangen, als ich es aussprach. Er fährt fort. „Ich kann nicht mit Sicherheit sagen, was passiert wäre, wenn ich dir vorhin nicht zu Hilfe geeilt wäre. Aber ich bin mir sicher, du kannst dir bestimmt selbst ein paar Szenarien vorstellen. Was tun typische Täter normalerweise, wenn sie eine schöne Frau in ihrer Gewalt haben? Und was deine Gedächtnisprobleme angeht, würde es mich nicht wundern, wenn er etwas in dein Getränk gemischt hat. Hätte er die Gelegenheit gehabt, so etwas zu tun?"

Ich spüre, wie mein Gesicht heiß wird, als ich mich daran erinnere, wie Ethan uns oben an der Bar die Gläser Wein besorgt hat. Ich war so aufgeregt gewesen, endlich hineinzugelangen, dass ich einen so dummen Fehler gemacht habe. Um Himmels willen, ich bin fünfunddreißig und kein Schulkind mehr, das zum ersten Mal in eine Kneipe geht. „Vielleicht hat er das", gebe ich mit kleinlauter Stimme zu und starre auf meine Oberschenkel, um den Vorwurf in Maximus' Augen nicht sehen zu müssen.

„Und nein, ich bin nicht dein Aufpasser", fährt er fort. „Aber es ist meine Aufgabe, mich um unsere Gäste zu kümmern, und ich nehme sie sehr ernst. Solange ich mir also nicht sicher bin, ob du in der Verfassung bist, selbst nach Hause zu fahren, werde ich ein Auge auf dich haben."

„Was ist, wenn in der Zwischenzeit noch jemand anderes deine Hilfe braucht?"

„Außerdem bin ich nicht der Einzige, der das Verlies überwacht. Und ich kann alles hinter dir sehen." Er verzieht seine breiten, köstlichen Lippen zu einem Lächeln und enthüllt ein verhängnisvolles Grübchen in seiner Wange. „Ich bin ziemlich gut im Multitasking, wie es jeder gute Dom sein sollte."

Verdammt noch mal, er hat auf alles eine Antwort. Ich nehme einen Schluck Kaffee, um zu verbergen, wie aufgewühlt ich auf einmal bin, als mir plötzlich ein Bild in den Sinn kommt. Ich bin gefesselt und nackt und winde mich, während ich nach seiner Pfeife tanze. Er klatscht mir mit einer Hand auf den Arsch und reibt mit der anderen über meine Klitoris.

„Soll ich es dir beweisen?"

Seine geknurrte Frage reißt mich aus meiner Tagträumerei und ich bin mir nicht sicher, ob ich richtig gehört habe. „Was?" Plötzlich fällt es mir schwer, ihn direkt anzusehen.

„Du hast mich verstanden. Tu doch nicht so, als würde dich der Gedanke, dass ich mit dir an einen ungestörten Ort gehe und dich auf der Schneide zwischen Lust und Schmerz wandeln lasse, nicht erregen. Als würde die geheime Stelle zwischen deinen Beinen davon nicht kribbeln."

Ich bin so verblüfft, dass ich nur blinzeln kann, als das Verlangen durch mein Inneres schießt. Ich schlucke, um meine trockene Kehle zu befeuchten, und tue so, als hätte es keine Wirkung auf mich. „Ich dachte, du bist im Dienst?"

Und wieder schenkt er mir dieses lässige, schiefe Lächeln, das so gar nicht zu seiner entschlossenen Haltung und maskulinen Präsenz passt. „Ich habe bald Pause."

„Wie lang ist deine Pause?", flüstere ich und presse meine Schenkel zusammen, als ich eine plötzliche Welle der Sehnsucht dazwischen spüre.

„Lang genug. Also … wie sieht es aus? Hast du Lust auf eine Session?" Sein Gesichtsausdruck ist intensiv und in diesem Moment wird mir klar: Es ist ein Trick. Er testet mich.

„Was, um denselben Fehler zweimal an einem Abend zu machen?" Der Gedanke, dass ich fast darauf reingefallen wäre, macht mich wütend. Wie verzweifelt und vergnügungshungrig muss ich denn sein, dass ich es überhaupt in Erwägung ziehe, mit einem weiteren wildfremden Mann in eine dieser Kabinen zu gehen? „Ich glaube nicht." Ich drücke ihm meinen Kaffeebecher in die Hand und rutsche von meinem Barhocker. „Ich bin jetzt durchaus in der Lage, mich selbst nach Hause zu fahren. Ich denke, ich werde jetzt gehen. Danke für den Kaffee." Ich habe mich gerade abgewandt, als ich spüre, wie er mich bei der Schulter packt.

„Warte", sagt er.

Ich drehe mich wieder um und mein Herz klopft mir bis zum Hals. „Danke, dass du mich gerettet hast und es war nett, dich kennenzulernen, Maximus. Danke auch, dass du mir deine Jacke leihst. Und ich habe es ernst gemeint – ich bringe sie morgen zurück. Ist der Club morgen offen?" Ich brabble und fühle mich von Sekunde zu Sekunde dümmer.

„Wir haben offen." Seine Gelassenheit macht mich noch nervöser. „Aber hast du nicht etwas vergessen?"

Die Frage trifft mich unvorbereitet. „Ich wüsste nicht, was."

Er mustert mich von oben bis unten mit einem Blick, von dem mein ganzer Körper kribbelt. „Wo sind deine Schlüssel?"

Scheiße. Ich lasse die Ereignisse des Abends Revue passieren und versuche, mich zu erinnern, wann ich meine Handtasche zuletzt hatte. „In meiner Handtasche."

„Und die wäre, wo?"

Ich weiß es nicht! Ich will ihn am liebsten anschreien. „Ich nehme an, du hast sie in der Nische nicht gesehen?"

„Habe ich nicht."

Das wird mir langsam alles zu viel. Heiße Tränen brennen in meinen Augen, aber ich blinzle sie zurück und bin fest entschlossen, keine Schwäche zu zeigen. „Vielleicht ist sie immer noch dort. Oder gibt es hier irgendwo einen Ort für Fundsachen?"

„Den gibt es. Komm, lass uns nachsehen."

Ich bin mein ganzes Leben lang stark und unabhängig gewesen. Ich kümmere mich um andere, das ist mein Job. Ich brauche niemanden, der sich um mich kümmert, und schon gar keinen Retter. Sollte Maximus meine Handtasche vor mir finden, hätte er mich bereits zweimal an einem Abend gerettet. Diesen Gedanken kann ich nicht ertragen.

Aber trotzdem. Meine Schlüssel sind da drin, genau wie mein Portemonnaie und mein Ausweis. Mein Handy. Ich brauche diese verdammte Tasche zurück. „Glaubst du, Ethan hat sie mitgenommen?", blöke ich und folge Maximus, als er sich durch die Menge auf der Tanzfläche zurück zu den privaten Nischen schlängelt.

„Nein. Ethan ist ein schleimiges Arschloch, aber er ist kein Dieb."

„Betitelst du alle eure Elitekunden so?", frage ich bissig, aber Maximus ignoriert meine Bemerkung erneut. Ist er schwerhörig oder einfach immun gegen Schlagfertigkeit?

„Wir sehen erst hier nach und gehen dann ins Büro, wenn es nötig ist", sagt er und zieht den Vorhang zur Seite. „Irgendjemand wird sie abgegeben haben."

Ich hole tief Luft, bevor ich in die Kabine zurückkehre, in der dieser ganze Albtraum begonnen hat. Ich frage mich, ob dieser endlose Abend jemals enden wird.

Scheiß auf Zeke. Scheiß auf Ethan. Scheiß auf sie alle. Ich hätte niemals herkommen sollen.

4

Maximus

ICH HABE KEINE AHNUNG, was in mich gefahren ist, ein Mädchen in meiner Obhut zu bitten, mit mir zu spielen. Zu flirten ist für mich so etwas wie eine zweite Natur und ich kann jederzeit ein Süßblut haben, das ich quälen und aufreizen kann. Es ist also nicht so, dass ich tatsächlich ausgehungert wäre. Aber Sabina hat einfach etwas an sich, dass sie von anderen Frauen unterscheidet. Etwas, das mich verrückt macht. So habe ich mich nicht mehr gefühlt, seit Caroline in mein Leben getreten ist.

Und das ist ein erschreckender Gedanke.

Nach dem, was mit ihr passiert ist, habe ich mir geschworen, nie wieder solche Gefühle für eine Frau zu entwickeln. Nie wieder. Vielleicht ist es also gar nicht so schlecht, dass Sabina so verzweifelt gehen will. Sobald wir ihre Handtasche gefunden haben, meine ich.

Ich bin so in meine eigenen Gedanken vertieft, dass ich einen Moment brauche, bis ich bemerke, dass Sabina stocksteif da steht. Sie hat die Lippen leicht gespitzt und ihre großen, dunkelblauen Augen sind rund vor schockierter Überraschung. Als ich an ihr vorbei in die Kabine schaue, die wir soeben betreten haben, sehe ich warum.

Sie ist besetzt.

Schnell wie der Blitz nehme ich die ganze Szene in mich auf: Nina, eine Stammkundin des Clubs, reibt sich mit dem Hintern an Bentley, einem Vampir, der jedes Mal hier hereinschaut, wenn er in Tucson ist. Ihr Rock ist bis zur Taille hochgeschoben und sie hat die Augen geschlossen, während ihr Kopf in Ekstase an seiner Schulter lehnt. Auf ihren nackten Brüsten prangen frische Striemen – vielleicht von einem Rohrstock oder einer Gerte – und Bentleys geschickte Finger machen sich ordentlich zwischen ihren leicht gespreizten Schenkeln zu schaffen, während sie sich windet und stöhnt.

„Bitte, Sir", wimmert Nina und greift nach oben, um sich an seinem Kopf festzuklammern.

„Fass mich nicht an", bellt er und seine Finger werden noch schneller, als sie die Hand wieder senkt, sodass sie schlaff an ihrer Seite baumelt. „Du weißt, wann – und keine Sekunde früher."

Ein stockender Atemzug ist ihre einzige Reaktion. Mit der Hand, die nicht ihre Muschi reibt, schlingt Bentley eine Handvoll ihres dunklen Haares um seine Faust und reißt ihren Kopf zurück, um ihre Kehle zu entblößen. Ich weiß genau, was als Nächstes passieren wird. Ich habe es schon tausend Mal gesehen. Ich habe es schon tausend Mal *getan*. Das Wichtigste ist jedoch, dass Sabina es nicht sieht.

Ein kurzer Blick herum ist meine Rettung. In einer dunklen Ecke liegt eine rechteckige, mit bunten Perlen besetzte Handtasche.

„Sabina", flüstere ich und bete, dass sie mich hört, aber

die anderen nicht. Sie dreht sich zu mir um und die nackte, schamlose Lust in ihren dunklen Augen jagt mir einen Schauer über den Rücken. „Geh leise hinaus. Ich komme gleich nach. Wir wollen sie nicht stören."

Sie zögert und ich hoffe inständig, dass ich nicht gezwungen sein werde, erneut in ihren Kopf zu dringen, um ihr einen Anstoß zu geben. *Tu es einfach*, denke ich. So sehr es mir widerstrebt, sie zu bezirzen, ganz egal wie gut der Grund dafür ist, wäre es immer noch besser, als ihre Erinnerungen löschen zu müssen. Und weit weniger riskant. Der süßlich würzige Geruch weiblicher Erregung steigt mir in die Nase und ich frage mich, ob es Ninas oder Sabinas ist. Vielleicht auch beide. Ich verdränge den Gedanken.

„In Ordnung", haucht sie und ich danke den Göttern, als sie sich wieder dem Vorhang zuwendet und hinausschlüpft.

Entweder haben Bentley und Nina unser Eindringen noch nicht bemerkt, oder es ist ihnen schlichtweg egal, denn sie sind im Rausch der rohen, ursprünglichen Lust gefangen. Ich schleiche mich in die Ecke und greife nach der Handtasche, gerade als Nina aufschreit. Sie kommt zum Höhepunkt und Bentley trinkt von ihr. Seine Reißzähne dringen in die weiche Haut ihres Halses ein, während sie seine Hand reitet und ihre Schenkel von der Gewalt ihres Orgasmus zittern.

Verdammt, der bloße Anblick macht mich hungrig. Ich frage mich, wie Sabina wohl schmeckt. Wie sie klingt, wenn sie kurz vor dem Höhepunkt steht. Wimmert sie oder schreit sie? Manche Frauen kommen leise und halten den Atem an. Der einzige Beweis für ihren Orgasmus ist die Art, wie sie sich um deine Finger oder deinen Schwanz zusammenziehen und zucken. Andere grunzen wie wilde Bestien. Mein Schwanz ist steif und zuckt in meiner Hose. Ich greife nach unten, um ihn zu richten. Sobald Sabina hier raus ist und ich meine Schicht beendet habe, muss ich mir ein hübsches, kleines normales Süßblut zum Ficken suchen. Vielleicht Shannon oder Tania. Heute Abend Blut vom Fass zu trinken, reicht einfach nicht aus. Ich muss mich in einem Armvoll weichem, weiblichen Fleisch verlieren. Diese plötzliche unkontrollierbare Lust aus meinem System treiben.

Ich schlüpfe aus der Nische, in der Ninas Schreie immer noch widerhallen. Sabina steht draußen. Ihre Augen sind so groß wie Untertassen und sie umklammert mein Jackett wie einen Schutzschild. Dann bemerkt sie, was ich in der Hand halte.

„Oh, Gott sei Dank", sagt sie, stürmt auf mich zu und reißt mir die Tasche fast aus der Hand.

„Gern geschehen", sage ich und widerstehe dem Drang, mit den Augen zu rollen.

Aber sie hört nicht zu. Sie zieht ihr Handy aus ihrer Tasche und starrt auf den Bildschirm. Selbst im schummrigen roten Licht des Clubs kann ich sehen, wie das Blut aus ihrem Gesicht schwindet. So aufgeregt und erregt sie eben noch war, ist sie jetzt nur noch eines: verängstigt.

„Stimmt etwas nicht?"

„Was?" Sie hebt ihren Blick zu meinem Gesicht und schenkt mir das falscheste Lächeln, das ich seit einem Jahrhundert gesehen habe. „Nein, nichts. Alles ist gut." Ihr Blick huscht zurück zum Handy Bildschirm, dann schaltet sie das Telefon aus und steckt es zurück in ihre Handtasche. „Alles ist noch da, Gott sei Dank. Danke, dass du sie für mich geholt hast."

„Gern geschehen." *Es geht dich nichts an*, sage ich mir selbst. *Sie ist ein niemand für dich.* Tatsächlich stimmt das nicht ganz. Sie wird ziemlich schnell zu einem jemand für mich und genau aus diesem Grund muss sie gehen, bevor mein Beschützerinstinkt noch weiter überhandnimmt. „Bist du dir sicher, dass alles in Ordnung ist?", sagt meine Stimme dennoch. Ich kann mir einfach nicht helfen. Verdammt.

„Es ist … es geht mir gut. Mein Ex hat mir eine SMS geschrieben, das ist alles. Er ist nur sauer, weil wir uns kürzlich getrennt haben."

Lass es gut sein. Keine weiteren Fragen. Begleite sie zur Tür und verabschiede dich. „Warum habt ihr euch getrennt?" *Verdammt noch mal.*

Sie kneift ihre großen Augen zusammen, als sie mich anstarrt. „Du bist aber sehr neugierig."

„Du hast recht, es tut mir leid. Es geht mich nichts an." Ich schiebe meine Hände in meine Anzughose und beiße mir fast die Zunge ab, um mich davon abzuhalten, sie weiter auszufragen. Wer ist ihr Ex? Wie lange ist es her, dass sie sich getrennt haben? Warum haben sie sich getrennt? Was genau stand in der SMS? „Wart ihr lange zusammen?"

Sie kichert und mir wird bewusst, dass ich die letzte Frage laut gestellt habe. Scheiße. Aber dann antwortet sie. „Nur einen Monat. Gar nicht lange."

„Nun, es tut mir leid." Das ist halb gelogen. Es tut mir überhaupt nicht leid, dass sie sich getrennt haben, wenn er so ein Arschloch ist, das ihr böse SMS schickt. Aber jemanden zu verlieren kann wehtun, selbst wenn man weiß, dass man ohne ihn besser dran ist. Ich bin schon lange genug am Leben, um das zu wissen.

„Wie ich schon sagte, es ist in Ordnung." Sie schiebt sich den Riemen ihrer Handtasche über die Schulter und streicht sich die Haare zurück, um zu beweisen, wie gefasst sie ist. Auch wenn sie mich keine Sekunde lang täuschen kann, spiele ich mit.

„Bereit, zu gehen?", frage ich und sie nickt. „Na dann komm."

Wir bahnen uns unseren Weg durch die sich windenden Körper auf der Tanzfläche, die Treppe hinauf und durch die Garderobe hinaus. Die Bar im Obergeschoss hat sich im Vergleich zu vorher deutlich geleert; es muss schon spät sein. Ich gehe hinter Sabina her und frage mich, ob ihr bewusst ist, dass sich die Leute nach ihr umdrehen, wenn sie an ihnen vorbei geht. Das muss es doch sein. Aber wenn es der Fall ist, dann ist sie davon bemerkenswert unbeeindruckt. Die meisten attraktiven Frauen sind sich ihrer Wirkung auf die Menschen bewusst. Und wenn ich eine Sache nicht ausstehen kann, dann ist es Arroganz.

Als wir die Tür erreichen, die nach draußen führt, bleibt sie so abrupt stehen, dass ich fast mit ihr zusammenstoße. „Nun, Maximus", sagt sie leise und streckt mir die Hand zum Schütteln entgegen. „Es war schön, dich kennenzulernen. Bist du morgen wieder hier, damit ich dir dein Jackett zurückgeben kann?"

Ich greife nach ihrer Hand und drücke sie ein wenig fester, als ich es vielleicht sollte. Sie zuckt zusammen und wieder schießt ein Schauer der Lust durch meinen Bauch. Ich will sie noch mehr zum Zucken bringen. Ich möchte sie mit zurück in den Club nehmen, sie an die Wand ketten oder sie vielleicht über einer Prügelbank festbinden. Ich will sie wieder und immer wieder an den Rand der Qualen treiben, bis ihre inneren Oberschenkel glitschig sind und sie nach meinem Schwanz bettelt. Meine Zähne. Ich drücke die Zungenspitze gegen meinen Eckzahn und spüre die scharfe Spitze. „Bist du dir sicher, dass ich dich nicht zu deinem Wagen begleiten soll? Wo hast du denn geparkt?"

„Gleich um die Ecke. Mach dir keine Sorgen. Ich bin ein großes Mädchen und kann auf mich selbst aufpassen.

Und deine Fürsorgepflicht mir gegenüber endet hier, nicht wahr?", sagt sie mit einem süßen, leicht ironischen Lächeln.

In mehr als einer Hinsicht. „Ich werde morgen hier sein", antworte ich. Das verdammte Jackett ist mir egal und normalerweise würde ich ihr sagen, dass sie es behalten kann. Tatsächlich sollte ich dies tun, aber aus irgendeinem Grund möchte ich sie morgen unbedingt wiedersehen, auch wenn es nur für eine Minute ist.

Was zum Teufel ist los mit mir?

„Gut. Dann bringe ich die Jacke morgen zurück." Mit einem kleinen Schauer löst sie ihre Hand aus meiner und schlingt das Jackett fester um sich. „Es hat sich seit vorhin auf jeden Fall abgekühlt."

Ich nicke nur, weil ich plötzlich verzweifelt will, dass sie geht, bevor ich einer der Versuchungen nachgebe, die mich bereits seit etwa einer Stunde heimsuchen.

„Fahr vorsichtig", sage ich. „Und … hey. Lass dich von deinem dummen Ex nicht unterkriegen. Er ist wahrscheinlich nur ein Arschloch, weil seine Gefühle verletzt sind."

Ein kurzes Aufflackern huscht über ihren Gesichtsausdruck, aber dann reißt sie sich sichtlich wieder zusammen. „Danke. Und du hast wahrscheinlich recht. Er hat es wahrscheinlich nicht so gemeint."

Ich sehe ihr nach, wie sie auf ihren Stöckelschuhen, die sie offensichtlich nur selten trägt, die Straße hinunterstakst, und frage mich, was diese letzte Aussage zu bedeuten hatte. Was hat er womit gemeint? Hat er ihr gedroht? Plötzliche Beschützerwut, die bei diesem Gedanken in meiner Brust aufsteigt, überrascht mich völlig.

Ich werfe einen Blick zum Himmel und überlege, wie viel Zeit mir noch bleibt, bevor ich zu Hause sein muss. Ich frage mich, wo Sabina wohnt. Die Versuchung, in meinen eigenen Wagen zu steigen und ihr zu folgen, ist groß, aber

aus mehreren Gründen zu riskant. Erstens bin ich immer
noch im Dienst und habe für einen unbeteiligten Beobachter ohnehin schon viel zu viel Zeit mit nur einem Klubgast verbracht. Zweitens wäre ich gezwungen, vor ihrer
Wohnung herumzulungern, bis sie mich bemerkt und
hereinbittet. Was zu Nummer drei führen würde – ich
wäre noch unheimlicher als der verfluchte Ethan, wenn sie
mich beim Herumlungern vor ihrem Haus erwischen
würde. Und Nummer vier: Es gäbe keinen Ort, um mich
zu verstecken, wenn die Sonne in ein paar Stunden unwei-
gerlich aufgeht. Ich kann nicht wissen, wie Sabina lebt –
Haus oder Wohnung, Keller oder Dachgeschoss. Aber ich
kann mit ziemlicher Sicherheit sagen, dass es dort für mich
keinen sicheren Ort geben würde, an dem ich die Tages-
stunden verbringen kann.

Ein Vampir zu sein ist manchmal so verdammt nervig.

Sabinas wohlgeformte Gestalt verschwindet um die
Ecke und ich beglückwünsche mich zu meiner Zurückhal-
tung, während ich wieder in den Club gehe. Früher war ich
so ein Hitzkopf, aber in den letzten Jahrhunderten bin ich
reifer geworden.

Zumindest will ich das gern glauben …

5

Sabina

Scheiß verdammter Zeke. Wie kann er es nur wagen? Ich schleudere die lächerlichen Schuhe auf den Rücksitz meines Wagens und schwöre mir erneut, sie nie wieder zu tragen. Dann lasse ich den Motor an und mache mich auf die – zum Glück recht kurze – Heimfahrt, während meine Gedanken durcheinanderwirbeln und ich mich insgeheim frage, ob es sich so anfühlt, auf Speed zu sein.

Seine SMS war kurz und knapp: *Ich habe dich doch gewarnt, niemals in den Club Toxic zu gehen.*

Was zum Teufel will er damit überhaupt sagen? Ich fahre zu schnell um die Ecke und zwinge mich, tief durchzuatmen, um zu versuchen, die Kontrolle zurückzuerlangen – zumindest bis ich zu Hause bin. Soll es eine Drohung sein? Eine echte Warnung? Oder versucht er nur, sich mit mir anzulegen? Woher zum Teufel weiß er überhaupt, wo ich war? Beobachtet er mich oder lässt er mich beobachten? Hat jemand anderes mich für ihn ausspioniert?

Meine Fingerknöchel werden weiß, als ich das Lenkrad meines alten Explorers umklammere, und ich zittere am ganzen Körper. Erst dieser Ethan-Typ und jetzt das. Es ist fast so, als hätte sich das Universum gegen mich verschworen. Und das einzig Schöne, was sich daraus ergeben hat – das Treffen mit diesem umwerfend attraktiven Maximus –, fühlt sich jetzt irgendwie verdorben an. Ganz zu schweigen davon, dass ich nicht zu viel in seine offensichtliche Besorgnis hineininterpretieren sollte. Als Türsteher/Kerkermeister/was auch immer seine Berufsbezeichnung ist, wird er dafür bezahlt, sich um die Gäste zu kümmern. Sicher, er hat mir angeboten, mich zu meinem Wagen zu bringen, aber trotzdem. Und ja, er hat mich sogar gebeten, mit ihm zu spielen, aber ich bin mir zu neunundneunzig Prozent sicher, dass das nur ein Test war. Er wollte herausfinden, ob ich dumm genug wäre, zweimal an einem Abend mit einem wildfremden Mann in eine private Nische zu gehen.

So dumm bin ich nicht, ganz gleich, wie gut er aussieht oder wie sehr mich dieser dominante Tonfall in seiner Stimme auf angenehme Weise zucken lässt.

Allein die Erinnerung an seine Einladung lässt meine inneren Muskeln zucken. Ich stöhne frustriert auf und schlage mit der Handfläche gegen das Lenkrad, während ich an einer roten Ampel warte.

Ein Mann, der so umwerfend ist wie er, hat wahrscheinlich schon eine Freundin oder Frau und wenn nicht, ist er wahrscheinlich ein schamloser Schürzenjäger. Und von solchen Männern habe ich genug, vielen Dank auch.

Aber trotzdem. Ich wette, es würde Spaß machen, mit ihm zu spielen. Das Problem mit Frauenhelden ist oft, dass sie sehr gut in der Kunst der Verführung sind – und auch nicht enttäuschen. Erfahrung ist der beste Lehrmeister.

Ich ärgere mich immer noch darüber, dass ich den ganzen Abend so aus dem Ruder habe laufen lassen, als ich auf den kleinen Parkplatz fahre, den ich zusammen mit meiner Wohnung gemietet habe. Erst als ich aus dem Auto steigen will, fällt mir wieder ein, dass ich nur Maximus' Jackett und mein Höschen trage. Zum Glück ist es so früh am Morgen, dass es unwahrscheinlich ist, dass irgendjemand meinen Spießrutenlauf beobachten wird. Selbst in einer Freitagnacht sind die meisten vernünftigen Leute schon im Bett.

Normalerweise bin ich einer von ihnen.

Ich schließe das Eisentor auf und verriegle es hinter mir wieder. Dann eile ich den kleinen Weg zu meiner Haustür hinauf und zucke zusammen, als ich mit meinem nackten Fuß auf einen kleinen Kieselstein trete. Der Komplex, in dem ich wohne, ist teuer, aber ziemlich sicher. Darüber bin ich froh, als ich eintrete und meine Tasche auf den Couchtisch lege. Obwohl ich hundemüde bin, will ich unbedingt noch duschen, bevor ich ins Bett gehe. Ich muss die letzten Spuren dieses grusligen Ethans von meinem Körper waschen.

So viel zu einer wilden Nacht der Spiele.

Meine Wohnung erstreckt sich über zwei Stockwerke, aber das Hauptschlafzimmer und das Bad befinden sich im Untergeschoss, sodass ich auf dem Weg zu meinem Schlafzimmer keine Stufen überwinden muss. Felix liegt auf meinem Bett und hat einen verächtlichen Blick auf seinem flauschigen Gesicht. „Hey, Süßer", sage ich zu ihm und drücke ihm einen Kuss zwischen die kleinen Ohren. „Hast du mich vermisst?"

Er springt vom Bett und schleicht sich davon. Ich unterdrücke ein Kichern. Normalerweise bin ich ein

Hundefreund, aber diese Wohnung ist zu klein. Außerdem möchte ich auch keinen Hund den ganzen Tag lang allein zu Hause lassen, während ich bei der Arbeit bin. Also habe ich mir eine Katze aus dem örtlichen Tierheim geholt. Ich habe nur einmal in seine goldenen Augen geschaut und schon war ich hin und weg. „Ich fasse das als Ja auf", sage ich trotzdem und entledige mich Maximus' Jackett, bevor ich es vorsichtig über einen Stuhl lege.

Die Dusche ist so wohltuend, wie ich es gehofft hatte, und ich stehe lange unter dem Wasserstrahl und wünsche mir, ich könnte meinen Geist so einfach abschalten, wie man einen Wasserhahn zudrehen kann. Ich habe so viele Dinge probiert … Meditation, Therapie, Medikamente … Nichts beruhigt mich so, wie Schmerzen es tun. Ich schätze, ich bin einfach anders gestrickt, obwohl ich lange gebraucht habe, um das zu akzeptieren.

Zeke hat das nicht verstanden, was einer der Gründe ist, warum ich mit ihm Schluss gemacht habe. Der Hauptgrund war jedoch seine sonderbare Haltung und sein unberechenbares Temperament.

Ich hatte in meiner Kindheit schon genügend Theater, vielen Dank. Jetzt, da ich Mitte dreißig bin, versuche ich, so viel Ruhe in mein Leben zu bringen, wie ich kann.

Ich spüle den Rest meiner Haarspülung aus, atme den süßlich duftenden Dampf ein und versuche vergeblich, das Bild von Maximus' attraktivem Gesicht aus meinem Kopf zu verbannen. Es ist fast so, als hätte er mich einer Gehirnwäsche unterzogen – ich kann einfach nicht aufhören, an ihn zu denken. Er ist ruhig, fast zu ruhig, mit seiner sanftmütigen Stimme und den blassblauen Augen. Aber unter seiner kühlen Fassade brodelte etwas; ein Gefühl von glühender Leidenschaft. Und eine Weltgewandtheit, die ich nicht wirklich beschreiben kann.

Nicht viele Männer, die ich kennengelernt habe, haben

eine natürliche, leichte Dominanz, aber er hat sie definitiv. Die Art und Weise, wie er sofort das Kommando übernahm, als er mich rettete. Wie er mich nicht sofort gehen lassen wollte. Es hätte beängstigend wirken können, aber stattdessen fühlte ich mich, trotz allem was passiert ist, seltsam sicher.

Gott, ich bin mir immer noch nicht ganz sicher, was genau eigentlich passiert ist. Ich war schon öfter völlig betrunken, aber ich habe mich noch nie so gefühlt, wie ich mich gefühlt habe, als ich auf Maximus' Schoß aufgewacht bin. Ethan muss mir etwas in den Wein getan haben; anders kann ich mir den Nebel nicht erklären und die Unfähigkeit, mich an Details zu erinnern.

Scheißkerl.

Ich frage mich, was passiert wäre, wenn ich Maximus zuerst getroffen hätte. Wenn er seine Einladung zum Spielen ernst gemeint hätte. Allein die Erinnerung daran, wie seine sanfte Stimme plötzlich zu einem Knurren überging, lässt meinen Unterleib beben. Ich kann ihn fast hören, wie er in diesem tiefen Ton in mein Ohr säuseln würde, während er mich kurz vor dem Höhepunkt hält: „Noch nicht, wage es nicht, schon zu kommen …"

Es hat keinen Sinn, wird mir bewusst. Ich trockne mich ab und schlüpfe nackt unter die Bettdecke. Ich werde niemals schlafen können, wenn ich nichts gegen das pochende Verlangen zwischen meinen Schenkeln unternehme.

Meine Klitoris ist bereits geschwollen, bevor ich anfange, sanft darüber zu streicheln. Ich schließe die Augen und stelle mir das attraktive Pärchen in der privaten Nische vor. Ich denke an die Striemen auf den Brüsten des Mädchens, die sich knallrot von ihrem blassen Fleisch abhoben. Die Art, wie die Finger des Mannes zwischen ihren Schenkeln rubbelten. Sie hat vor Lust gezittert – ich könnte mich so leicht in sie hineinversetzen – wie ich mich mit dem Rücken gegen einen starken, gebieterischen Mann lehne, der mich rücksichtslos und unerbittlich an den Rand des Vergnügens treibt, wie meine glitschige Muschi seine Hand befeuchtet, während er reibt … und reibt …

Meine eigenen Schenkel zittern, als ich mir vorstelle, dass Maximus hinter mir steht. Sein Atem ist warm an meinem Hals und sein berauschender Duft umhüllt mich, während er mich immer näher zum Orgasmus treibt. Meine Finger werden zu seinen Fingern, die an meiner geschwollenen Klitoris auf und ab gleiten, während er mir ins Ohr knurrt: „Wage es ja nicht … noch nicht … Nicht, bevor ich es erlaube … Wage es verdammt noch mal nicht, zu kommen …"

Mein Höhepunkt ist lang und intensiv und mein ganzer Körper zittert von seiner Gewalt. Mein Stöhnen wird von meinen fest zusammengepressten Lippen gedämpft. Meine Muschi tropft, krampft sich zusammen und fühlt sich plötzlich schmerzlich leer an.

„Wow", murmle ich schließlich, streiche mir die Haare aus dem Gesicht und atme scharf ein. Es ist schon eine Weile her, seit ich so heftig gekommen bin. Wie gut, dass Maximus keine Gedanken lesen kann – er hätte einen Heidenspaß, wenn er wüsste, welche Wirkung er auf mich hat.

Als ich einschlafe, gilt mein letzter Gedanke ihm. Ich weiß jetzt bereits, dass ich ihn unbedingt wiedersehen muss.

～

Maximus

. . .

DER SONNENAUFGANG RÜCKT IMMER NÄHER und ich kann nicht anders, als erleichtert zu sein, als sich der Club Toxic langsam aber sicher leert. Ich bin erschöpft, obwohl ich eigentlich keinen Grund dazu habe. Es war ein ziemlich normaler Abend – abgesehen davon, dass ich die faszinierendste Frau getroffen habe, die mir seit Langem begegnet ist.

Das Merkwürdige daran ist, dass ich nicht einmal sagen kann, warum ich sie so interessant finde. Aber die große, blonde, eigensinnige Sabina geht mir einfach nicht mehr aus dem Kopf, seit sie in meinem Jackett und nicht viel anderem davongeeilt ist.

Vielleicht liegt es daran, dass sie mein Angebot für eine Session abgelehnt hat. Frauen lehnen mich normalerweise nicht ab. Das klingt wahrscheinlich wirklich arrogant – wer weiß, vielleicht ist es das auch –, aber es ist eine Tatsache. Als Sicherheitsmann in einem Club zu arbeiten, ist definitiv eine gute Möglichkeit, Frauen kennenzulernen. *Oder Männer, wenn man darauf steht*, denke ich und nicke Tiberius zu, der an mir vorbei geht.

Ich sitze auf dem Barhocker, auf dem Sabina vorhin saß, nippe an meinem Glas mit ethisch einwandfreiem Blut und frage mich, warum zum Teufel ich nicht gerade bis zum Anschlag in einer willigen Frau stecke.

Als sie ging, hatte ich die Absicht, ein leichtes Süßblut zu vernaschen, um mich in dem verführerischen Duft und der weichen Haut eines hübschen Mädchens zu verlieren. Aber als ich mich umschaute, konnte ich aus irgendeinem Grund nur Sabinas Gesicht sehen. Keine der zahlreichen Frauen, die sich immer noch im Klub tummelten – sowohl oben als auch unten –, schaffte es, auch nur ein Aufflackern des Interesses in mir zu wecken.

Wunderbar.

Zum millionsten Mal frage ich mich, was in der SMS

stand, die sie erhalten hat. Warum hat sie ihre glatte Stirn so gerunzelt und was hat die Sorge in ihren großen, blauen Augen aufblitzen lassen. Verdammte Technologie. Hunderte – Tausende – von Jahren sind wir ohne diesen ganzen Scheiß ausgekommen. Jetzt kleben die Menschen an ihren Handys und sind in jeder Sekunde erreichbar, egal wie weit auf der Welt sie voneinander entfernt sind. Das kann nicht gesund sein und ich fürchte mich vor der Frage, wohin das alles führen soll.

Dennoch kann ich nicht mit absoluter Sicherheit sagen, dass ich nicht dasselbe tun würde, wenn ich ihre Nummer hätte: Ihr eine Nachricht schicken, um sicherzustellen, dass sie gut nach Hause gekommen ist. Was ein weiterer seltsamer Gedanke ist. Sobald ein Gast den Club verlässt, ist er für mich normalerweise aus den Augen und aus dem Sinn.

So sehr ein Teil von mir hofft, dass sie morgen – genau genommen heute Abend – zurückkommt, betet doch auch ein anderer Teil von mir, dass sie es nicht tut. Irgendetwas sagt mir, dass ich sie nicht so einfach wieder gehen lassen würde, und dass dies gegen meine strikte *Nichts Ernstes*-Regel verstoßen würde. Es gibt so viele Leute, um die ich mich kümmern muss. Ich kann es mir nicht leisten, mich nur auf eine Person zu konzentrieren.

Wenn überhaupt, dann war dieser Abend der perfekte Beweis dafür. Was wäre, wenn jemand anderes in Schwierigkeiten gesteckt hätte? Was, wenn es geschehen ist, und ich nur nichts davon weiß, weil ich die ganze verdammte Nacht entweder mit der Blondine mit dem römischen Namen verbracht oder an sie gedacht habe?

Ethan ist nicht das einzige Problem hier. Ich habe nicht gelogen, wir haben eine strenge Haltung im Bezug auf Vampire, die diesen Club besuchen, aber man kann nicht Jahrhunderte alt werden, ohne ein oder zwei Dinge über

Manipulation zu lernen. Wir haben ein gutes Team hier im Toxic und schaffen es, die Bösewichte ziemlich schnell auszusondern, aber es gibt immer neue, die ihren Platz einnehmen.

„Maximus." Alayas sanfte Stimme unterbricht meine Gedanken. Ich drehe mich um und sehe, wie sie die Bar abwischt. „Ich werde gleich gehen, brauchst du noch etwas, bevor ich fertig bin?"

„Nein. Danke." Ich leere mein Glas, stelle es vor ihr ab und unterdrücke ein Schaudern über den schalen Geschmack von altem, gekühltem Blut. Ja, es ist besser als die alte Methode; ja, es ist zivilisierter und ich schätze, viele von uns haben sich an den Geschmack gewöhnt. Aber ich werde es immer heiß und frisch bevorzugen, direkt von der Quelle. Wissenswert: Vampire können die Bestandteile im Blut eines Menschen schmecken und Angst und Schmerzen machen es süßer. Genauso wie Erregung – jedenfalls ist das für mich so.

Und schon wieder frage ich mich, wie Sabina wohl schmeckt. Wenn das noch länger so weitergeht, werde ich mir selbst das Gedächtnis löschen müssen. Ich unterdrücke ein Grinsen bei diesem Gedanken.

Ein kurzer Blick auf meine Taschenuhr bestätigt, was mir mein uralter Instinkt bereits sagt: es ist an der Zeit, loszugehen, wenn ich vor Sonnenaufgang sicher zu Hause sein will.

„Himmel, Maximus, warum gesellst du dich nicht zu uns ins einundzwanzigste Jahrhundert und kaufst dir eine neuere Uhr?", fragt Liam mich, als ich von meinem Hocker rutsche und die Taschenuhr wieder einstecke. „Das Ding ist ja uralt! Ein Relikt."

„Deshalb mag ich sie", sage ich. „So eine Qualität gibt es heute nicht mehr." Sie war brandneu, als ich sie bekam – glänzendes Gold. Einwandfrei. Ein Geschenk von Caroline zu unserem ersten Jahrestag. Sie hatte gespart und gespart, um sie mir kaufen zu können, und jeden Cent, den sie zusätzlich verdiente, zur Seite gelegt. Sie stellte Hutaccessoires her und hatte flinke Finger und ein gutes Auge. Sie war auf Seidenblumen spezialisiert. Die Leute kamen von überall her, um sich von ihr persönlich Unikate für ihr Outfit anfertigen zu lassen. Ich sagte ihr, dass sie nicht zu arbeiten brauchte, aber sie war sehr stur. Sie war gut darin und sie liebte es. Und wer war ich denn, ihr etwas zu verweigern, das sie liebte?

Heutzutage tragen Frauen keine Hüte mehr. Oder Korsetts, Hüfthalter oder Strumpfbänder. Nein, sie tragen Männerjacken und lächerliche Schuhe.

Ich fahre mir mit der Hand über den Kopf – eine schlechte Angewohnheit von mir – während ich mich verabschiede, in die Nacht hinausgehe und zu meinem Wagen laufe. Es ist an der Zeit, nach Hause zu fahren, mich in meinem Kellerboudoir zu verkriechen und auf den erneuten Sonnenuntergang zu warten.

Hoffentlich wird ein fester Schlaftag, um eine gewisse Blondine aus meinem Gedächtnis zu vertreiben.

Irgendwie glaube ich jedoch nicht daran.

Und das ist bedauerlich.

6

Sabina

Ich weiß nicht, warum ich so zapplig bin, aber ich kann einfach nicht anders. Ich bin schon den ganzen Tag nervös und Zekes blöde SMS sind wahrscheinlich der Hauptgrund dafür – obwohl es auch ein wenig daran liegen könnte, dass ich Maximus wiedersehen werde.

Ich bin zu einer weiteren SMS von Zeke aufgewacht: *Wir müssen reden.*

Natürlich habe ich sie ignoriert. Entweder will er wieder mit mir zusammenkommen, was reine Zeitverschwendung wäre, oder er will mir die Meinung sagen, und dann kann er zur Hölle fahren. Wie auch immer, ich habe keine Sekunde lang mit dem Gedanken gespielt, ihm zu antworten.

Ein paar Stunden später vibriert mein Telefon erneut. *Du kannst mich nicht für immer ignorieren. Mach es nicht schwerer, als es sein muss.*

Ich kann mir beim besten Willen nicht erklären, was er

eigentlich will. Was genau versucht er mit diesen Textnach-
richten zu erreichen? Wir waren zwar nur kurz zusammen,
aber vier Wochen sind lang genug, um zu verstehen, wie
jemand tickt. Und wenn er mir auch nur einen Hauch von
Aufmerksamkeit geschenkt hätte, wüsste er, dass ich nicht
die Art von Mädchen bin, die sich einschüchtern lässt. Von
niemandem. Ich bin nicht mehr auf meine Vergangenheit
eingegangen – das geht niemanden etwas an, soweit es
mich betrifft –, aber ich habe ihm genug erzählt. Dass
mein Vater abgehauen ist, als ich fünf war. Dass sich meine
Mutter kurz darauf mit Alkohol getröstet hat. Dass die
Erziehung meiner beiden jüngeren Geschwister von da an
irgendwie zu meiner Aufgabe wurde.

Wenn man schnell erwachsen werden muss, macht
einen das hart. Ich hatte keine andere Wahl. Und bis zum
heutigen Tag habe ich ein echtes Problem mit Leuten, die
denken, sie könnten mich herumkommandieren. Hätte
Zeke auch nur einen Funken Feingefühl, hätte er das
gemerkt. Wenn er wollte, dass ich zustimme, mit ihm zu
reden, hätte er einfach einen anderen Ton anschlagen
müssen. Stattdessen ist es so, als würde er mich absichtlich
verärgern, und das reicht aus, um ein Mädchen zum
Schreien zu bringen.

Ich sitze in meinem Wagen auf dem Weg zum Club,
als mein Telefon wieder klingelt. Ich habe den Klingelton
für Zeke auf die Titelmelodie von *Der weiße Hai* umgestellt
und meine Finger verkrampfen sich um das Lenkrad, als
ich diesen ominösen Ton höre. Sobald ich geparkt habe,
ziehe ich mein Handy aus der Tasche. Er hat auch
geschrieben. *Halte dich vom Club Toxic fern, Sabina. Letzte
Warnung.*

Was zum Teufel? Beobachtet er mich etwa? Mir wird
klar, wie wenig ich eigentlich über Zeke weiß. Er hängt oft
in irgendeinem Motorradklub rum oder so. Aber ich habe

nur ein paar seiner Freunde gesehen, er hat mich nie dorthin mitgenommen. Er arbeitet als Mechaniker, sagt er jedenfalls, und neigt dazu, aggressiv zu werden, wenn er ein paar Bier getrunken hat. Er war nicht besonders einfühlsam oder liebevoll zu mir, und als ich ihm den Laufpass gab, nickte er nur und sagte: „Gut." Deshalb überrascht mich dieses plötzliche Interesse.

Mehr als nur ein wenig verunsichert schiebe ich mein Handy zurück in die Tasche und steige aus dem Wagen. Ich schüttle mein Haar aus und greife nach Maximus' Jackett vom Rücksitz. Zeke stand schon immer auf einen guten Hirnfick und das ist wahrscheinlich auch schon alles, was das hier ist. Nur unreifes Getue. Vielleicht war er irgendwann einmal im Toxic und hatte eine schlechte Erfahrung. Vielleicht kennt er jemanden, der dort arbeitet. Vielleicht hat er auch nur richtig geraten, dass ich nach unserer Trennung als erstes genau das tun würde, was er mir ausdrücklich verboten hat.

Manchmal bin ich so widersprüchlich.

Eine winzige Stimme in meinem Kopf fragt sich, ob das vielleicht seine seltsame Art ist, zu versuchen, auf mich aufzupassen, aber ich verscheuche diesen Gedanken schnell. Selbst Zeke, der die Sensibilität eines Türknaufs hat, würde gut gemeinte Nachrichten besser formulieren. Zumindest hoffe ich das.

Ich atme tief durch, schließe meinen Wagen ab und streiche mein Kleid glatt. Zuerst habe ich überlegt, ob ich ein weiteres meiner besonderen Kleider anziehen soll, nachdem eines meiner Lieblingsstücke gestern Abend ruiniert wurde, aber dann habe ich mir gedacht, dass es höchst unwahrscheinlich ist, dass dasselbe noch einmal passieren wird. Außerdem ließ mich der Gedanke, Maximus wiederzusehen, automatisch nach diesem Kleid greifen. Es ist dunkellila und schmiegt sich an den richtigen

Stellen um meinen Körper. Auch wenn es vorn ziemlich züchtig aussieht, hat es einen tiefen Rückenausschnitt, sodass ein BH dazu nicht infrage kommt. Dazu trage ich schwarze Riemchen-Sandalen – mit einem ganz kleinen Absatz, aber dieses Mal nichts Außergewöhnliches – und trage mein Haar offen, um den Look zu vervollständigen. Ich kann nur hoffen, dass es Maximus gefällt.

Warum ich ihn allerdings beeindrucken will, weiß ich immer noch nicht.

Die Schlange der Leute, die auf Einlass in den Club Toxic warten, ist schon wieder verdammt lang. Aber ich setze eine selbstbewusste Miene auf, drücke meine Schultern durch und gehe geradewegs nach vorn. Ich danke dem Himmel stillschweigend, dass die beiden Typen an der Tür dieselben sind, die gestern hier waren. Ich erinnere mich vage daran, dass Ethan einen von ihnen als Liam angesprochen hat, also versuche ich das, als sie mich bemerken.

„Hi Liam", sage ich laut und achte genau darauf, welcher von beiden reagiert. Der Blonde. Richtig. „Maximus erwartet mich."

Mein Herz klopft laut, ich halte den Atem an und hoffe inständig, dass Maximus überhaupt im Club ist. Jetzt weggeschickt zu werden, wäre sowohl niederschmetternd als auch demütigend, wenn man bedenkt, dass mich Dutzende von Leuten beobachten.

Ausnahmsweise einmal habe ich Glück.

„Du kannst reingehen", sagt Liam und tritt zur Seite.

Erst als ich unter dem erfrischenden Luftzug der Klimaanlage hindurchgegangen bin, erlaube ich mir, auszuatmen. Und dann wird mir bewusst, dass ich nicht weiter vorausgeplant habe als bis zu diesem Moment. Maximus ist höchstwahrscheinlich im Verlies. Und ich habe keine Ahnung, wie ich ohne eine ausdrückliche Einladung dorthin komme. Da der Eingang in der Garderobe versteckt ist, bezweifle ich stark, dass sie mich einfach die Treppe hinuntermarschieren lassen.

Scheiße.

An der Garderobe sitzt ein gelangweilt wirkender Mann und ich spreche ihn mit meinem gewinnendsten Lächeln an. „Hi", sage ich und bin froh, dass ich selbstbewusster klinge, als ich mich fühle. „Ich bin hier, um Maximus zu sehen."

„Erwartet er dich?"

„Ja." Das ist nur eine halbe Lüge. Ich habe ihm gesagt, dass ich ihm das Jackett heute zurückbringen werde. Aber wenn ich das diesem Kerl verrate, würde er mir die Jacke wahrscheinlich einfach nur abnehmen und versprechen, sie weiterzureichen. Ich kann den Gedanken nicht ertragen, wieder gehen zu müssen, ohne den Mann zu Gesicht zu bekommen, an den ich seit fast vierundzwanzig Stunden ununterbrochen denke. „Er sagte, ich solle einfach hier nach ihm fragen, und das ich hinuntergelassen werde."

Der Mann zieht die Augenbrauen hoch und ich unterdrücke ein Stöhnen. Vielleicht war das etwas zu übertrieben? „Das hat er gesagt, ja?" Der Typ klingt skeptisch.

„Hat er. Wenn du mir nicht glaubst, ruf ihn doch her. Es macht keinen Unterschied für mich." Ich zucke so lässig wie möglich mit den Schultern.

„Es ist nur – ich kann dich ohne Begleitung nicht dort hinuntergehen lassen", sagt der Mann. Er hat ein schmales, attraktives Gesicht, wenn er auch ein wenig blass ist.

Ich hebe mein Kinn. „Kannst du mich nicht begleiten?"

Er verzieht den Mundwinkel und schüttelt den Kopf. „Jemand muss hier an der Garderobe bleiben."

„Dann gibt es wohl ein kleines Dilemma, nicht wahr?"

Ein weiterer Mann in einem dunklen Anzug kommt

auf uns zu und der erste Mann entspannt sich sichtlich. „Augustus. Würdest du diese junge Dame bitte in den Club hinunterbegleiten?"

Was hat es eigentlich mit diesem Ort und den römischen Namen auf sich?, frage ich mich.

Augustus zieht die Augenbrauen hoch und schaut erst zu mir und dann wieder auf den Garderobier. „Sicher."

Ich kann mir nur mit Mühe ein triumphierendes Grinsen verkneifen.

Geschafft.

„Vielen Dank", sage ich höflich und betrete uneingeladen die Garderobe, bevor ich meinen Arm in den von Augustus einhake.

„Sie ist hier, um Maximus zu sehen", sagt der erste Mann. Es scheint, als sei Augustus sein Vorgesetzter und als hätte er das Bedürfnis, sich zu erklären.

„Ist schon gut", sagt Augustus. „Ich wollte sowieso gerade nach unten gehen." Er tippt eine Tastenkombination in ein Feld neben der Tür – witzig, das ist mir gestern bei Ethan gar nicht aufgefallen – und die Tür gleitet auf. Die Stufen kommen zum Vorschein. „Kennst du Maximus schon lange?", fragt er beiläufig, als wir uns auf den Weg die Treppe hinunter machen.

„Nicht sehr lange", gebe ich zu. Augustus ist überaus attraktiv, stelle ich fest. Er hat einen kurz geschnittenen Bart und verwegene Gesichtszüge. Er ist allerdings kein Vergleich zu Maximus.

„Ich verstehe."

Ich bin versucht, zu fragen, was genau er damit meint, aber wir haben den Club im Verliesbereich bereits erreicht und mein Herz fängt an höherzuschlagen, als ich daran denke, Maximus in wenigen Augenblicken wiederzusehen. Ich kann nicht glauben, dass ich es tatsächlich aus eigener Kraft wieder hierhergeschafft habe.

Augustus mustert die Umgebung und mir entgeht nicht, wie seine Nasenflügel beben. Wenn überhaupt, dann ist der Club heute noch voller als gestern, aber es gibt nur ein Gesicht, das ich in der Menge suche.

„Dort drüben in der Ecke." Augustus zeigt auf ihn. „Ich nehme an, du schaffst es von hier aus alleine?" Sein Akzent ist ebenfalls seltsam, er klingt auch leicht britisch. Was hat es mit diesen Klubangestellten eigentlich auf sich?

„Sicher doch. Vielen Dank." Und tatsächlich, da ist er, in der roten Dämmerung kaum zu erkennen, obwohl ich diese breiten Schultern selbst nach so kurzer Zeit überall wiedererkennen würde.

„Viel Spaß", sagt Augustus und als ich mich umdrehe, um über die Tanzfläche zu gehen, erwarte ich fast, dass er mir auf den Hintern klopfen wird. Er tut es nicht.

Es ist so weit. Bleib cool, sage ich mir, während ich noch einmal tief durchatme und mir meinen Weg durch das Gedränge bahne.

Maximus beobachtet jemand anderen; er hat mich noch nicht entdeckt. Aber sobald ich nur noch wenige Meter entfernt bin, fordere ich ihn gedanklich auf, mich anzusehen. Und wie von Zauberhand tut er es auch. Unsere Blicke treffen sich und ein seltsamer Rausch durchzuckt meinen Körper und lässt mich blinzeln.

Seltsamer und seltsamer.

„Sabina", sagt er, erhebt sich von seinem Barhocker und drückt mir einen Kuss auf die Wange. Seine Lippen sind seltsam kühl. „Wie hast du es hier hinunter geschafft?"

„Ich bringe dir dein Jackett zurück", platze ich heraus und bin in seiner Nähe plötzlich völlig nervös. Dann ärgere ich mich über meine dumme Reaktion. *Um Himmels willen, du bist eine erwachsene Frau,* schimpfe ich mit mir selbst. *Kein Teenager, der zum ersten Mal verknallt ist.*

„Das sehe ich." Bilde ich es mir nur ein oder ist er

belustigt? „Danke." Ich reiche ihm das Jackett. Er nimmt es entgegen und wirft es über seine Armbeuge. Er trägt wieder einen Anzug. Ich frage mich, wie viele er davon besitzt. Und das bringt mich dazu, mich auch zu fragen, wie sein Kleiderschrank wohl aussieht. Sein Schlafzimmer …

Es gibt eine lange unangenehme Pause, in der ich mir wünsche, ich würde im Boden versinken. „Ähm. Bist du im Dienst?", frage ich nach einer Weile. Alles, um das Schweigen zu brechen.

„Heute nicht, nein."

Eine Sekunde lang bin ich von der blinden Hoffnung erfüllt, dass er nur hier ist, weil er wusste, dass ich kommen würde. Aber das ist ein lächerlicher Gedanke. Nichts in seinem Verhalten deutet darauf hin, dass er mehr an mir interessiert ist als ein gewöhnlicher Türsteher an einem gewöhnlichen Klubgast.

Obwohl er mich gestern gefragt hat, ob ich mit ihm spielen will, sagt eine kleine Stimme in meinem Hinterkopf.

„Nun, da du den ganzen Weg hierhergekommen bist, darf ich dir etwas zu trinken anbieten?", fragt er nach einer Weile.

„Ja gerne. Danke."

Er gestikuliert in Richtung Bar und neigt den Kopf zu einem seltsam höflichen Nicken. Die Bewegung erinnert mich an das Verhalten von Männern in Jane Austen-Filmen. „Nach dir", sagt er.

Ich schenke ihm ein schüchternes Lächeln, drehe mich um und stolziere auf die Bar zu. Ich hoffe, dass mein entblößter Rücken die beabsichtigte Wirkung auf ihn haben wird. Er ist hier. Er ist nicht im Dienst. Er hat mich gebeten, etwas mit ihm zu trinken.

Der heutige Abend entwickelt sich jetzt schon viel besser als der gestrige …

7

Maximus

OBWOHL ICH GEHOFFT HATTE, dass Sabina heute Abend wieder auftauchen würde, war mir nicht klar gewesen, wie stark diese Hoffnung war, bis sie plötzlich in ihrem lila knielangen Kleid vor mir stand und umwerfend aussah. *Atemberaubend*, denke ich – nicht, dass ich noch atmen müsste. Tatsächlich atme ich nur in der Nähe von Menschen, um sie nicht zu verunsichern.

Als sie sich umdreht, zuckt mein Schwanz beim Anblick ihres glatten, weißen Rückens, den sie mir präsentiert. Die Rundungen ihres Hintern werden durch den eng anliegenden Stoff betont und plötzlich juckt es mich in den Fingern, sie zu berühren.

Was zum Teufel hat dieses Mädchen an sich? Ich erinnere mich an die Zeit, als ich ein Jüngling in Rom war. Unser Nachbar hatte eine wunderschöne Frau, die immer nackt in ihren Außenräumen herumlief. Sie wusste genau, dass jeder, der vorbeikam, sie sehen konnte. Obwohl sie mir damals ziemlich alt vorkam – im Vergleich dazu war sie vielleicht in ihren Dreißigern –, hat diese Frau viele meiner jugendlichen Fantasien beflügelt. Ich rieb mir den Schwanz fast wund, wenn ich an die Dinge dachte, die ich gern mit ihr gemacht hätte … und die sie mit mir machen würde. Das ist jetzt so viele Hunderte von Jahren her – bei den Göttern, über anderthalb Jahrtausende – und ich erinnere mich immer noch daran, wie ihr bloßer Anblick mir einen Blitz der Lust in den Unterleib jagte.

Sabina hat jetzt die gleiche Wirkung auf mich.

Mir fallen ihre Schuhe auf. Auch sehr hübsch, aber viel vernünftiger. Die Riemen sind um ihre Knöchel geschlungen und führen an ihren Waden hinauf. *Gladiatorensandalen*, denke ich mir.

Gut, dass ich nicht im Dienst bin, denn ich kann mich auf nichts anderes konzentrieren als auf die wohlgeformte Frau, die vor mir herläuft. Ich bin wie ein sabbernder Hund mit einem Knochen. Und in diesem Moment wird es mir klar: Das ist Lust. Keine Liebe. Es ist nichts im Vergleich zu dem, was ich mit Caroline hatte. Wie könnte ich sie lieben, wenn ich so gut wie nichts über Sabina weiß? Man kann niemanden lieben, den man gar nicht kennt.

Diese Erkenntnis ist tröstlich. Liebe kann man nicht kontrollieren. Aber mit Lust ist das eine ganz andere Sache. Lust kann man stillen. Ich kann diese Frau bis zur Unterwerfung vögeln und dann können wir beide getrennte Wege gehen. Sie wird nicht einmal herausfinden müssen, dass ich ein Vampir bin.

Sabina erreicht die Bar und setzt sich auf denselben Hocker in der Ecke, auf den ich sie gestern Abend gesetzt habe. Ihr Kleid ist bis zu den Oberschenkeln hochgerutscht und ich frage mich, ob sie ein Höschen trägt. Wahrscheinlich schon, sie hat es gestern getan. Obwohl ich den Sinn dieser sogenannten Stringtangas nie verstanden habe – dieser winzige Streifen aus Satin oder Spitze oder was auch immer, bedeckt ja kaum etwas. Vielleicht wurden sie für Sadisten entworfen. Mir macht es Spaß, sie fest gegen die Muschi eines Mädchens zu ziehen, bis sie Angst hat, sich aus Angst vor dem Schmerz zu bewegen. Dann fällt mir auf, dass Sabina mich mit einem schüchternen Lächeln anschaut.

„Sollen wir jetzt etwas trinken?", fragt sie leise und ich verfluche mich innerlich, dass sie meinen Moment der Unaufmerksamkeit bemerkt hat.

„Was hättest du gern?"

„Einen doppelten Gin Tonic?"

Sie hat es wie eine Frage formuliert. Ich grinse sie an. „Fragst du mich oder bestellst du einen?"

Als sie nach unten blickt, fällt mir auf, wie lang ihre Wimpern sind, und ich frage mich, ob sie echt sind.

„Ich bestelle", sagt sie.

Ich hebe eine Hand, um Alayas Aufmerksamkeit zu erregen. „Einen doppelten Gin Tonic und einen Scotch, bitte. Du weißt, wie ich ihn mag", sage ich zu ihr.

„Kommt sofort." Die dunkelhaarige Barkeeperin eilt davon, um unsere Getränke zu holen, und ich studiere Sabina weiter.

Sie ist unglaublich nervös, und ich frage mich, warum. Vielleicht ist es nur die Aufregung, wieder hier zu sein. Mich wiederzusehen, aber ich spüre auch einen Hauch von Anspannung, der auf etwas Unheimlicheres schließen lässt. „Hast du alles geregelt?", frage ich forschend.

„Ähm, was? Was soll ich regeln?"

Ich mache es mir auf dem Barhocker neben ihr bequem und lege mir die Jacke quer über den Schoß. So kann ich meinen Ständer besser verstecken. „Du wirktest beunruhigt, als du gestern Abend gegangen bist. Wegen dieser SMS, die du bekommen hast?"

Eine Vielzahl von Emotionen flackert über ihr Gesicht, bevor sie wieder ihren ursprünglich kühlen Ausdruck auflegt. „Es ist nichts", sagt sie beiläufig. „Mein Ex ist nur ein Arschloch."

Oh, wie sehr ich die Zeiten vermisse, in denen Frauen nicht geflucht haben. Als es noch als unbescheiden galt, einen nackten Knöchel zu zeigen. Na gut, so weit würde ich vielleicht nicht wieder gehen. „Aber er bedroht dich doch nicht oder doch? Schwebst du in Gefahr?"

„Nein", erwidert sie etwas zu schnell. Dann versucht sie, es zu überspielen. „Er ist einfach ein Spinner. Ich hätte mich nie mit ihm einlassen sollen."

„Wie heißt er denn?" Mein Instinkt irrt sich nur selten und ich weiß einfach, dass mehr dahintersteckt. Auch wenn man argumentieren könnte, dass es mich nichts angeht. Ich kann nicht anders. Wenn jemand vorhat, ihr wehzutun, will ich es wissen.

Du *willst ihr wehtun*, denke ich. *Aber nur auf die köstlichste Art und Weise.*

„Ich will nicht über ihn reden", sagt Sabina und hebt ihr Kinn in einer kleinen Geste des Trotzes. „Danke", fügt sie hinzu, als Alaya ein hohes Glas auf die Bar neben meinen Whisky stellt.

„Also gut. Dann werden wir nicht über ihn reden", sage ich. *Noch nicht.* „Worüber willst du dann reden?"

„Ich … ich weiß es nicht." Sie trinkt einen großen Schluck von ihrem Getränk und ich frage mich wieder, warum sie so angespannt ist.

„Warst du gestern zum ersten Mal hier? Ich kann mich nicht erinnern, dich vorher schon einmal gesehen zu haben."

„Das war ich."

„Dann tut es mir umso mehr leid, dass du so ein beschissenes Erlebnis hattest."

Sie blickt zu mir auf und der Ausdruck in ihren tiefblauen Augen überrascht mich. „Ethan war beschissen", sagt sie. „Dich zu treffen … war es nicht."

Ethan. Ich habe die Augen offengehalten, aber dieser schleimige Drecksack ist bis jetzt noch nicht wieder hier aufgetaucht. Das ist auch gut so, denn ich hatte noch keine Gelegenheit, mit Lucius über ihn zu sprechen. „Ich fasse das als Kompliment auf", sage ich zu ihr.

Sie lächelt schüchtern. „So war es auch beabsichtigt." Ihr Kehlkopf in ihrem blassen Hals wippt, als sie noch einen Schluck von ihrem Getränk nimmt. Ich will mir am liebsten die Lippen lecken. Ich schwöre, dass ich meine Reißzähne in dieser weichen Haut vergraben werde, bevor die Nacht vorbei ist. Ich trinke einen großen Schluck Whisky, um mich abzulenken.

Es herrscht eine kurze Stille, die seltsam angenehm und gleichzeitig mit sexueller Spannung aufgeladen ist. Ich liebe diesen Teil – das Flirten vor dem Spiel. Das Spielen vor dem Ficken. Das Ficken vor dem Trinken …

Sabina rutscht auf ihrem Barhocker hin und her und schlägt die Beine erneut übereinander. Mein scharfer Geruchssinn nimmt die kleinste Spur ihrer Erregung wahr und das trotz der Millionen anderer Düfte, die uns umgeben.

Verdammt, ich möchte in ihre Schenkel beißen.

„Meine Einladung von gestern steht immer noch", sage ich ihr mit leiser Stimme. „Wenn du spielen möchtest, komme ich dir gerne entgegen."

Sie trägt eine zarte Silberkette und der Halbmond-Anhänger, der über ihrer Kehle sitzt, hüpft leicht im Takt ihres Pulses. Ich kann fast spüren, wie ihr der Atem stockt.

Ich liebe eine empfängliche Frau.

„Ich …" Sie schluckt erneut. Sie denkt einen Moment lang nach. Dann sagt sie mit entschlossener Stimme: „Das würde ich gern. Sir."

Sie fügt den respektvollen Titel im Nachhinein hinzu, aber es hat die beabsichtigte Wirkung. Mein Schwanz zuckt in meiner Hose. „Ich nehme an, du hast Erfahrung?", frage ich.

„Das tue ich tatsächlich. Das ist der Grund, warum ich gestern hierhergekommen bin. Es ist schon eine Weile her, seit ich eine gute Session hatte."

„Dein Ex hat dich nicht befriedigt?"

„Ich habe doch schon gesagt, dass ich nicht über ihn reden will", schnauzt sie.

Das ist Antwort genug für mich, aber das Spiel hat begonnen, und das muss ich ihr klarmachen. „Achte auf deinen Tonfall, junge Dame", knurre ich sie an und freue mich über die sofortige Veränderung ihres Gesichtsausdrucks. „Öffne deine Beine."

Sabina zögert für den Bruchteil einer Sekunde, bevor sie tut, was ich ihr befehle.

„Spreize deine Schenkel ein wenig weiter auseinander." Ein weiterer Hauch ihres einzigartigen, süßen, aber würzigen Geruchs steigt mir in die Nase, als sie der Aufforderung nachkommt. Ich lege meine Handfläche auf ihr Knie, und lasse meine Hand langsam an ihrem linken Oberschenkel hinaufgleiten. Meine Finger schiebe ich zwischen ihre Schenkel, bis meine Fingerknöchel ihren Venushügel fast streifen. Dann wende ich einen meiner Lieblingstricks an: Ich ziehe ein winziges Stück empfindlicher Haut zwischen meine Fingernägel und kneife grausam in die Innenseite ihres Schenkels, wobei ich den Druck langsam erhöhe. „Sieh mich an."

Ihre Pupillen sind so groß, dass das Blau ihrer Iris fast nicht mehr zu sehen ist. Ihre Brustwarzen drängen sich gegen den dünnen Stoff ihres Kleides. „Tut das weh?", frage ich sie.

Sie nickt atemlos und stößt dann ein Keuchen aus, als ich fester zudrücke.

„Erste Regel, wenn du mit mir spielen willst: Sei immer respektvoll. Dazu gehört auch, nicht zu fluchen. Habe ich mich klar ausgedrückt?"

Sie nickt erneut.

„Ich kann dich nicht hören."

„Ja, Sir." Sie stößt ein kleines Keuchen aus, als ich die Finger langsam löse.

„Braves Mädchen." Bei den Göttern, ich bin jetzt schon so erregt, dass ich keine Ahnung habe, wie ich mich zügeln soll. „Jetzt lass uns ein wenig über Safewords und Grenzen sprechen."

„Knoblauch", sagt sie.

Ich kämpfe damit, meine amüsierte Überraschung zu verbergen. „Wie bitte?"

„Mein Safeword ist Knoblauch." Sie zuckt mit den Schultern. „Weil ich ihn hasse."

Es ist ein weit verbreiteter Irrglaube, dass Vampire Knoblauch nicht ausstehen können. Ich liebe das Zeug zufällig. Ist das eine Art Hinweis? Ein Test? Das kann doch kein Zufall sein. Wie dem auch sei, meine heftige Erektion zwingt mich, auf Kurs zu bleiben. „Also gut. Dann also Knoblauch. Und die Grenzen?"

„Ich bin kein großer Fan von Demütigung", sagt sie leise. „Zumindest nicht verbal. Beleidigt zu werden, so etwas in der Art."

„Zur Kenntnis genommen." Normalerweise hat eine Unterwürfige nur dann solche Grenzen, wenn sie auf irgendeine Weise missbraucht wurde. Ich beiße die Wut zurück, die ich auf denjenigen verspüre, der dieser atemberaubenden Kreatur diese Art von Qualen zugefügt hat. „Aber du magst Schmerzen?"

Die Röte, die ihre Wangen färbt, ist selbst im schwachen Licht sichtbar. „Sehr sogar."

„Sollen wir mal schauen, wie sehr?" Ich versuche, nicht zu aufgeregt zu werden. Viele Unterwürfige überschätzen, was sie aushalten können. Ich hatte schon Mädchen, die mich angefleht haben, ihnen wehzutun, nur um in dem Moment, in dem ich den ersten Schlag verübe, wie verrückt zu schreien. Aber sie hat diese erste schmerzhafte Kostprobe, die ich ihr verpasst habe, ohne einen Laut hingenommen. Mir ist auch nicht entgangen, wie sich ihr Puls beschleunigt hat, als ich meine Fingernägel in ihr empfindliches Fleisch bohrte. Vielleicht bin ich auf Gold gestoßen.

„Ja, bitte, Sir", flüstert sie. „Darf ich bitte erst austrinken und noch auf die Toilette gehen?"

Der Unterschied zwischen ihrer übermäßig selbstbewussten, defensiven Seite und dieser zurückhaltenden Sanftheit ist wie Tag und Nacht. Ich weiß nur noch nicht, welches ihr wahres Ich ist. „Du darfst", sage ich zu ihr. „Wir treffen uns wieder hier."

Nachdem sie ihren Gin Tonic geleert hat, stellt Sabina das Glas vorsichtig auf der Theke ab und begibt sich in Richtung der Toiletten. Ich schaue ihr nach, während mein Schwanz in meiner Hose pulsiert. Ihre Pobacken wackeln beim Gehen und ich unterdrücke ein Lächeln, als ich an all die verruchten Dinge denke, die ich heute Abend mit ihr anstellen werde.

Ich werde Sabina zum Schreien bringen …

8

Sabina

ES WIRD TATSÄCHLICH PASSIEREN. Ich werde wirklich mit Maximus spielen. Ich habe das Gefühl, zu schweben, als ich aus den Toilettenräumen komme und mich auf den Weg zu ihm mache, wo er an der Bar auf mich wartet.

Normalerweise lasse ich mir Zeit im Bad, aber dieses Mal habe ich mich beeilt und nur einen kurzen Blick auf mein Spiegelbild geworfen, als ich mir die Hände wusch. Meine Augen strahlten und meine Wangen waren gerötet. Meine Brustwarzen waren durch mein Kleid deutlich zu sehen, so als ob sie bereits nach seinen Fingern schreien würden.

Er ist so attraktiv, denke ich, als ich bei ihm ankomme. Er richtet sich auf und streckt den Arm aus, der nicht seine Jacke hält. Mir fällt ein Riemen über seiner Schulter auf: eine Spielzeugtasche. Wann hat er die denn geholt? Und wo hat er sie her? Vielleicht bewahrt er sie hinter der Bar auf, nur für den Fall, dass er auf eine kleine Unterwürfige stößt, mit der er gern spielen möchte. Ich schiebe den Gedanken beiseite und hake meine Hand in seinem Ellbogen ein. Mein Herz pocht heftig.

Was ist denn schon dabei, wenn er nicht als Ehemann taugt? Ich brauche sowieso keinen. Ich suche nicht nach einem Ehemann. Ich will mich amüsieren und dieser hinreißende, große, breitschultrige Kerl mit diesen seltsamen, versengenden Augen wird mir genau das bieten.

Ja, dieser Abend ist bereits jetzt viel besser als der gestrige.

„Ich glaube, Kabine eins ist frei", sagt er mit seiner sanften, rauen Stimme. „Oder würdest du etwas Öffentliches vorziehen?" Er neigt seinen Kopf in die Richtung der öffentlichen Spielstationen, die an der hinteren Wand aufgereiht sind.

„Privat ist gut", sage ich und bin froh, dass er mir die Wahl gelassen hat. Ich mag öffentliche Spiele nicht besonders. „Ich vertraue dir."

Seine Mundwinkel verziehen sich und in seinen Augen blitzt etwas auf. „Dein erster Fehler", sagt er.

Ich ziehe eine fragende Augenbraue hoch, aber er geht nicht weiter darauf ein. Stattdessen führt er mich über die Tanzfläche, durch das Gedränge der Clubbesucher, und bringt mich in eine private Nische.

Darin angekommen, sehe ich mich um. Sie unterscheidet sich nicht sehr von der, in der ich gestern war. Ein dicker, schwerer Samtvorhang trennt uns vom Rest des Clubs ab und dämpft die Geräusche von Musik und Stimmen. Ein glänzendes, schwarzes Andreaskreuz ist an eine Wand gelehnt. In der Ecke steht eine Sexschaukel und bei der Vorstellung, wie ich darin liege und auf Maximus' hartem Schwanz hin und her geschaukelt werde, geben meine Knie fast nach.

Darüber haben wir noch nicht gesprochen, stelle ich

fest – ob Sex überhaupt zur Debatte steht. Ich frage mich, wie ich es ansprechen soll. Wie ich ihn wissen lassen kann, dass ich auf jeden Fall dazu bereit wäre. Aber mir fällt nichts Gutes ein. Vielleicht wird es sich von selbst ergeben. Er hat im Moment das Sagen, erinnere ich mich. Wenn er beschließt, dass er mich ficken will, wird er das sicher kundtun.

„Ausziehen", knurrt er plötzlich. Dieser Tonfall lässt mir alle Nackenhaare zu Berge stehen und ich zögere nur einen Moment, bevor ich mir das Kleid über den Kopf ziehe. Schließlich hat er gestern das meiste von mir bereits nackt gesehen.

Er hat seine Tasche in der Ecke abgestellt, seine Anzugjacke ausgezogen, die Krawatte gelöst und sein Hemd am Hals aufgeknöpft. Wenn er sich jetzt noch die Ärmel hochkrempelt, bin ich erledigt. Er hockt sich hin und fängt an, durch seine Utensilien zu wühlen. Und obwohl ich unbedingt sehen will, was er in der Tasche hat, konzentriere ich mich stattdessen darauf, mein Höschen über meine Schenkel hinunterzuziehen. Ich wickle es gerade zu einem kleinen Knäuel zusammen, weil ich nicht weiß, was ich damit machen soll, als mir bewusst wird, dass er mich mit einem entschlossenen Gesichtsausdruck anstarrt. „Gib mir das", sagt er.

Ich gehorche und er hebt es an seine Nase, atmet tief ein und seine Nasenlöcher beben. Eine Mischung aus Scham und Erregung lässt mein Gesicht kribbeln. „Köstlich", sagt er und steckt es sich in die Tasche. „Ich werde das vorerst aufbewahren."

Ich stehe unbeholfen in der Mitte der Kabine und weiß nicht, wo ich hinschauen oder was ich mit meinen Händen machen soll. Sie vor der Brust zu verschränken würde mich abwehrend aussehen lassen, also führe ich sie hinter meinen Rücken und halte eine Hand mit der anderen fest.

Maximus erhebt sich aus seiner Hocke und dreht sich zu mir um. Er lässt seinen Blick über meinen nackten Körper wandern. „Sind deine Schuhe bequem?", fragt er.

„Sie tun nicht weh."

„Dann behalte sie an." Er macht einen Schritt auf mich zu. Es ist in dieser Nische nicht kalt, aber meine Brustwarzen ragen immer noch nach vorn. Ich spüre, wie mein Puls zwischen meinen Beinen pocht. „Dreh dich um. Langsam."

Es ist fast so, als könnte ich spüren, wie er mich begutachtet. Aber ich tue, was er mir sagt und drehe mich um. Ich gebe ihm einen kompletten Rundumblick und hoffe, dass ihm gefällt, was er sieht.

„Du bist wunderschön, Sabina", sagt er sanft und ein Gefühl der Freude erwärmt meine Brust.

„Danke", krächze ich.

„Eine winzige Taille. Ich frage mich, wie du wohl in einem Korsett aussehen würdest." Er fängt an, seine Ärmel hochzukrempeln, und ich wende den Blick ab. Ich bin verzweifelt bemüht, meine Erregung unter Kontrolle zu halten.

„Sieh mich an", knurrt er und ich füge mich.

Welche Wahl habe ich denn?

„Hast du schon jemals ein Korsett getragen?", fragt er.

Ich schüttle den Kopf. „Nein, Sir." Ich hoffe, dass er darauf anspielt, dass wir irgendwann wieder eine Session haben werden – obwohl wir noch nicht einmal angefangen haben –, aber er lässt es dabei bewenden. Sobald seine Ärmel hochgekrempelt sind und seine dicken Unterarme zum Vorschein kommen, krümmt er einen Finger.

„Komm zu mir, Kleines."

Er schlingt seine Hand um meine Kehle, sobald ich nah genug bin, und ich starre ihn an. Ich kämpfe gegen die Panik, obwohl die Lust in meinem Unterleib pulsiert.

„Du kannst atmen", flüstert er. Ich spüre, wie er seine Fingerspitzen in meinen Nacken gräbt und fühle mich seltsam hilflos. Nur durch diesen einfachen Griff nahezu unbeweglich.

Zögerlich atme ich ein und bemerke, dass er recht hat. Ich kann immer noch atmen.

„Wirst du ein braves Mädchen sein und tun, was ich dir sage?", knurrt er.

Ich versuche zu nicken, aber es gelingt mir nicht. „Ja, Sir", sage ich mit erstickter Stimme.

„Ich werde dir wehtun, Sabina", sagt er und ein weiterer Lustblitz durchzuckt meinen Unterleib. „Aber ich werde dir auch ein Vergnügen bereiten, wie du es noch nie zuvor erlebt hast. Unter der Bedingung, dass du tust, was ich dir sage. Verstanden?"

„Ja, Sir." Meine Knie werden plötzlich weich und ich bin froh, dass er mich aufrecht hält.

Mit seiner freien Hand wandert er hinunter zu meiner Brust und streichelt die linke Seite. Er kratzt mit den Fingernägeln leicht darüber. „So hübsche, straffe, kleine Brustwarzen", sagt er und ich verkrampfe mich, weil ich erwarte, dass er sie kneifen wird. Stattdessen hebt er seine Hand und gibt mir einen kräftigen Klaps auf die Brust, während er noch immer meine Kehle festhält. „Sieh mich an. Wage es nicht, wegzuschauen."

Ich kämpfe darum, mich auf sein attraktives Gesicht zu konzentrieren, während er mir immer wieder auf die Brüste schlägt. Das Stechen wird mit jedem Schlag stärker, bis ich glaube, keinen weiteren mehr aushalten zu können. Ich versuche, mich wegzuwinden.

„Aber, aber", bellt er. „Habe ich gesagt, dass du dich bewegen darfst?"

„Entschuldigung, Sir", krächze ich.

Er hält mich immer noch fest, verändert seine Position

ein wenig und schlägt mir auf die andere Brust. Wieder und immer wieder, bis mir die Tränen in die Augen schießen.

„Was sagt man da?"

„Danke, Sir."

„Braves Mädchen. Manieren sind wichtig."

Ich keuche, als er meine geschundene Brust greift und sie kurz drückt, bevor er mit seinen Fingerspitzen an meinem Bauch hinuntergleitet. Tiefer und tiefer, bis er die sehnsüchtige, pulsierende Stelle zwischen meinen Schenkeln erreicht.

„Manieren werden belohnt", flüstert er, findet meine pulsierende Klitoris und streichelt sie so zärtlich, dass ich am liebsten meine Hüfte nach vorn schieben will, um mehr Reibung zu erzeugen. „Hmm." Sein Tonfall ist fast schon gesprächig. „Es scheint, als würde das jemand genießen."

Ich kann nur wimmern, als er den Druck leicht erhöht und mit seiner Fingerspitze qualvolle Kreise um die steife, empfindliche Perle zwischen meinen Beinen zieht.

„Gefällt dir das, Kleines?"

„J-ja, Sir."

„Das merke ich." Sein Ausdruck ist kühl, fast spöttisch, was meine Demütigung nur noch verstärkt. Er steht vollständig bekleidet vor mir, während ich völlig nackt bin, mich hilflos winde und nach ein paar scheinbar mühelosen Berührungen verzweifelt nach mehr verlange. Er gräbt seine Fingernägel grausam in meine Klitoris und ich schreie auf. Ich strecke mich auf die Zehenspitzen und versuche vergeblich, ihm zu entkommen. „Aber du wirst noch nicht kommen. Nicht für eine ganze Weile …"

Er zieht seine Hand weg und ich spüre den Verlust deutlich. Der scharfe Schmerz seines Zwickens hallt noch immer in meiner empfindlichsten Stelle nach.

Dann bringt er sein Gesicht so nah an meins heran, dass ich für einen Moment denke – hoffe –, er wolle mich küssen. Stattdessen flüstert er: „Und du weißt natürlich, dass du erst kommen darfst, wenn ich es dir erlaube."

Oh Gott. „Ja, Sir."

„Gut." Er tritt einen Schritt zurück und lässt meinen Hals los. Ich bin froh, dass er stattdessen meinen Arm festhält, sonst wäre ich vielleicht schon zu Boden gegangen. Meine Knie fühlen sich an, als ob sie aus Wackelpudding wären. „Bringen wir dich in Position, damit wir ein wenig Spaß haben können."

Ich fühle mich wie in einem Traum, als er mich ans Andreaskreuz führt und mich so positioniert, wie er es gern hätte: Mit dem Gesicht zum Kreuz, die Arme und Beine gespreizt und mit Manschetten gefesselt.

„Bequem?", fragt er, als er fertig ist.

„Ja, danke." Ich schließe die Augen. Zum Teil bin ich froh, dass ich ihn nicht mehr sehen kann, ein anderer Teil in mir ist enttäuscht. Ich spüre eine dumpfe Sehnsucht zwischen meinen Schenkeln und meine Brüste brennen immer noch heiß von seinen Handflächen.

„Ausgezeichnet. Dann können wir beginnen."

Ich habe kaum Zeit, mich zu fragen, was als Nächstes geschehen wird, bevor etwas Dickes und Schweres auf meine Schulterblätter klatscht. Dann schlägt dasselbe Ding auf meinen Hintern. Es ist ein Auspeitscher, stelle ich fest, aber er muss riesig sein, dick verstärkt und mit ordentlich Gewicht dahinter.

Maximus gibt einen Rhythmus vor und schlägt abwechselnd auf meinen oberen Rücken und meinen Hintern. Ich lehne meine Wange an meinen rechten Bizeps und schließe die Augen, um mich in den köstlichen, dumpfen Empfindungen zu verlieren. Es tut überhaupt nicht weh; es fühlt sich eher so an, als würde ich massiert werden, selbst als er anfängt, mich härter zu schlagen.

Ich bin schlaff, geschmeidig, beginne zu schweben …

Klatsch! Eine sengende Flamme stechender Qual auf meinen Arschbacken entlockt mir einen Schrei des Schreckens und des Schmerzes. Jeder Muskel in meinem Körper spannt sich an, als ob ein Knopf gedrückt worden wäre.

„Das hat deine Aufmerksamkeit erregt." Auf seinen Satz folgt ein weiterer Schlag und ich versuche vergeblich, mich wegzuwinden. Ich bin empört darüber, dass er mich so kurzerhand aus meiner Glückseligkeit gerissen hat.

„Dies ist ein echter Louisiana-Gefängnisriemen", sagt Maximus und versengt mein Fleisch wieder und wieder damit. „Bekannt dafür, erwachsene Männer zum Weinen zu bringen."

Ich kann nicht atmen; es fühlt sich an, als würde mir die Haut von den Arschbacken geschält. Ich verdrehe die Ketten der Fesseln an meinen Handgelenken und klammere mich daran fest.

„Weinst du schon, Kleines?"

„Nein!", keuche ich und versuche, mich daran zu erinnern, Luft zu holen.

„Nun, ich höre nicht auf, bis du es tust."

Er verpasst mir noch mehrere brennende Hiebe und ich habe keine andere Wahl, als sie hinzunehmen, so wie ich an das Kreuz gefesselt bin. Dieser Riemen muss riesig sein und es fühlt sich so an, als würde er jedes Mal dieselbe Stelle treffen – ein breiter Striemen über meine beiden Arschbacken.

Ich schließe die Augen und zwinge mich, mich zu konzentrieren. Zu fokussieren. Und langsam, durch die Qualen hindurch, werde ich mir einer anderen Empfindung immer bewusster: Eine heiße Flüssigkeit, die zwischen meinen gespreizten Schenkeln hinunterfließt.

„Willst du noch mehr?", knurrt Maximus.

„Ja, Sir", keuche ich und bin fest entschlossen, ihm nicht die Oberhand zu geben.

Wenn er überrascht ist, verbirgt er es gut. „Du hast nicht *bitte* gesagt, Kleines."

Scheiße. Fünf weitere Schläge verbrennen meine Arschbacken in atemberaubend schneller Abfolge, bevor ich nach Luft schnappen kann, um zu schreien: „Bitte!"

Als eine Hand plötzlich meine Muschi packt, erschrecke ich und stoße ein hilfloses Stöhnen aus. Er greift sie in ihrer Fülle und reibt mit seiner Handfläche über meinen Kitzler … hin und her. Seine Hand gleitet so leicht hindurch, dass mein Gesicht bei dem Gedanken, dass ich meine Erregung nicht vor ihm verbergen kann, fast so heiß wird wie mein Arsch.

„Bei den Göttern, bist du nass", sagt er schroff. „Du stehst wirklich auf Schmerzen, nicht wahr?"

Mit seiner anderen Hand packt er meine Brust und kneift grausam hinein. Er gräbt seine Fingerspitzen in das weiche Fleisch.

Ich winde mich und stöhne. Das brennende Stechen in meinen Pobacken verstärkt die unerbittliche Art, wie er meine Klitoris mit der flachen Hand reibt, noch mehr.

„Du tropfst in meine Handfläche", sagt er. „Willst du kommen?"

„Ja! Oh Gott, bitte, ja, Sir!"

„Noch nicht." Er zieht seine Hand weg und im nächsten Moment reibt er mit diesen Fingern, die vom Beweis meiner Erregung komplett glitschig sind, über meine Lippen und mein Kinn. „Du riechst so gut", knurrt er. „Koste es."

Ich öffne den Mund und lasse ihn zwei Finger über meine Zunge reiben.

„Braves Mädchen", sagt er. „Lecke sie schön sauber."

Ich lutsche daran und wünsche mir plötzlich, es wäre sein Schwanz. Er wird nicht der Einzige sein, der hier jemanden reizt; ich kann genauso gut geben, wie ich nehmen kann. Ich werde mit einem Stöhnen belohnt und widerstehe dem Drang, triumphierend zu grinsen. Ich will, dass er sich genauso verzweifelt nach mir sehnt wie ich mich nach ihm …

Der Mann bewegt sich manchmal mit einer Geschwindigkeit, die sich jeder Logik entzieht. Ich habe den Gedanken noch nicht einmal zu Ende gedacht, als er seine Finger bereits aus meinem Mund gezogen und sie tief in meiner Muschi vergraben hat. Er fickt mich grob und bearbeitet meinen G-Punkt mit solcher Kraft, dass meine Schenkel zittern.

„Wage es ja nicht, zu kommen", befiehlt Maximus wütend. „Wage es nicht, bis ich es dir erlaube, oder ich schwöre, ich werde …"

Mit einem hilflosen Schrei komme ich. Meine Hüfte zuckt so stark, dass ich mit dem Becken immer wieder gegen das unnachgiebige Holz des Kreuzes stoße, während meine Muschi nach seinen mich immer noch fickenden Fingern schnappt. Das Gefühl ist so intensiv, dass ich froh bin, dass ich von den Handschellen gehalten werde. Und während ich nicht aufhören kann, zu stöhnen, ist mir in einem entfernten Teil in meinem Kopf bewusst, dass ich abspritze. Meine Säfte sprudeln über meine Schenkel …

9

Maximus

Iᴄʜ ɢʟᴀᴜʙᴇ, so hart war ich schon nicht mehr, seit ich ein Teenager war. Sabina spritzt tatsächlich ab, besudelt meine Arme, mein Hemd und den Fußboden mit dem unwiderruflichen, unwiderlegbaren Beweis, dass sie sich meinem Befehl widersetzt hat, nicht ohne Erlaubnis zu kommen.

Nicht, dass sie eine Wahl gehabt hätte. Wenn ich mich entscheide, eine Frau zum Höhepunkt zu bringen, dann wird sie zum Höhepunkt kommen, egal wie sehr sie versucht, es nicht zu tun. Egal wie verzweifelt sie ist, mir zu gehorchen.

Ich liebe einen guten Hirnfick.

So wie ich jetzt hinter ihr hocke, könnte ich leicht meine Zunge herausstrecken und über die straffe, glänzende, purpurrote Haut ihres geschändeten Arsches lecken. Ihr Duft ist überwältigend und ich kann ihre Scham fast in der Luft schmecken, weil sie sich nicht zurückhalten konnte.

Sie ist eine verdammte Pracht.

Ein echtes Schmerzluder.

Und es macht solchen Spaß, sie zu quälen.

Eine Nacht wird nicht genug Zeit sein, um all die Dinge zu tun, die ich mit ihr anstellen will. Verdammt, ich glaube nicht einmal, dass eine ganze Woche ausreichen würde.

Nicht ohne mein triumphierendes Lächeln zu verbergen, ziehe ich meine Finger aus ihrer triefenden Möse und befehle ihr, stillzuhalten, bevor ich mir den Luxus gönne, sie zu kosten. Ihre Klitoris ist so geschwollen und steif, dass sie sich wie ein kleiner Kieselstein auf meiner Zunge anfühlt. Ich lecke kurz daran herum, schließe die Augen und genieße den würzigen Duft ihrer Lust, den salzigen und leicht metallischen Geschmack des Blutes, das durch ihr Geschlecht pulsiert. Ich kann es durch ihre Haut hindurch schmecken, und der Drang zuzubeißen und das köstliche Elixier über meine Zunge laufen zu lassen, um es mit ihren Säften zu vermischen, ist so überwältigend, dass ich fast die Kontrolle verliere.

Fast.

Man wird aber nicht so alt wie ich, wenn man nicht lernt, sich zu beherrschen. Also reiße ich mich zusammen, lecke noch einmal hart und intensiv über ihre Klitoris und richte mich dann auf.

Ihre Brust hebt und senkt sich, sie atmet rasend schnell, ihr ganzer Körper zittert und sie ist schweißgebadet. Ich brauche nicht hinzusehen, um zu wissen, dass ihr Gesicht gerötet ist und ihre Augen glasig sind.

„Du böses, kleines Mädchen", flüstere ich ihr ins Ohr. „Du bist nicht nur ohne Erlaubnis gekommen, du hast dich auch noch vollgespritzt ... den Boden ...", ich senke meinen Ton, „mich".

Ihre einzige Reaktion ist ein Wimmern, von dem sich

meine Eier sehnsüchtig zusammenzuziehen. „Was habe ich dir gesagt, was passieren wird, wenn du mir nicht gehorchst?"

Sie schüttelt den Kopf. Ich will sie zurückholen – nur ein bisschen – um sicher zu gehen, dass sie immer noch in der Lage ist, ihr Safeword zu benutzen, wenn sie es muss. Und das bedeutet, sie dazu zu bringen, mit mir zu sprechen. „Sag es mir."

„D-du wirst ..." Sie schluckt und ihre Kehle wippt. „M-mich bestrafen, Sir."

„Und warst du Ungehorsam?" Ich muss mich anstrengen, um das Lächeln in meiner Stimme zu verbergen.

„J-ja, S-Sir. Es tut mir leid ..."

Ich erlaube mir ein spöttisches Lachen, als ich mich gerade lange genug von ihr wegbewege, um das gewünschte Utensil aus meiner Tasche zu holen. „Oh, Kleines. Noch tut es dir nicht leid. Aber das wird es gleich."

Der Lexan-Stock ist schwarz, lang und läuft spitz zu. Er hinterlässt köstliche Spuren, die tagelang anhalten. Plötzlich verspüre ich den Drang, Sabina zu markieren; ein ursprüngliches Verlangen, bleibende Spuren von mir auf ihrem hinreißenden Körper zu hinterlassen.

„Mach dich bereit, Süße", sage ich zu ihr und hebe den Stock. „Das wird wehtun."

Ich lasse den Stock über den unteren, fleischigen Teil ihres Arsches schnippen. Es war ein ordentlicher Schlag – nicht mit voller Wucht, beim besten Willen nicht, aber hart genug, um der schönen Blondine, die ihn abkriegt, einen erstickten Schrei zu entlocken. Bei den Göttern, aber die Geräusche, die sie ausstößt, rauschen direkt in meine Leistengegend. Eine leuchtend rote Linie zeichnet sich ab, die sich sogar stark von dem gesprenkelten, heißen Rosa abhebt, das der Gefängnisgurt verursacht hat. Sie wird sich ein paar Tage lang nicht setzen können, ohne an mich zu denken – ein Gedanke, der mir unendlich viel Freude bereitet. „Zähle mit und danke mir", sage ich kühl zu ihr.

Sie kämpft darum, die Fassung zu bewahren, und ich frage mich, ob sie sich jemals erlaubt hat, länger als ein paar Sekunden am Stück die Kontrolle zu verlieren. „Eins, danke, Sir", keucht sie.

Ich ziele mit dem nächsten Schlag ein wenig höher. Etwa einen Zentimeter über dem ersten. Meine Fähigkeit, gut zu zielen, ist eines der vielen Dinge, auf die ich stolz bin. Zu Sabinas Ehre sei gesagt, dass ihre einzige Reaktion ein Keuchen ist.

Dann fügt sie unaufgefordert hinzu: „Zwei, danke, Sir."

Mit dem plötzlichen Wunsch, sie zum Schreien zu bringen, platziere ich den dritten Schlag auf die Rückseite ihrer Oberschenkel. Ein kalter, harter Schlag auf jungfräuliches, noch nicht geschändetes Fleisch. Es muss unerträglich gewesen sein, denn es hat den gewünschten Effekt. Sabina wirft ihren Kopf zurück und schreit: „Scheiße!"

Ich frage mich, ob sie die Begeisterung in meiner Stimme hören kann, als ich meine Lippen nah an ihr Ohr bringe. „Aber, aber, meine kleine Süße. Was habe ich dir zum Thema Fluchen gesagt?"

„Es tut mir leid, es tut mir leid, es tut mir leid …" Es klingt wie ein Mantra, wie die Worte aus ihrem prallen, köstlichen Mund purzeln. Sie hat vorhin absichtlich an meinen Fingern gelutscht. Ein Versuch, die Oberhand zu gewinnen und mich vor Verlangen schwach zu machen, indem sie mir das Bild von ihr, wie sie meinen Schwanz lutscht, in den Kopf setzte. Und es hat funktioniert. Und obwohl ich sie bereits dafür bestraft habe, indem ich sie gezwungen habe, ohne meine Erlaubnis zu kommen –

wofür ich sie jetzt bestrafe –, ist mir klar, dass ich sie immer noch mehr dafür bezahlen lassen will.

Und das werde ich tun.

„Ich sag dir etwas", flüstere ich und lasse sie meinen Atem auf ihrer Haut spüren. „Du steckst noch sechs davon ein, ohne einen Laut von dir zu geben, und dann werde ich dich ficken. Willst du, dass ich dich ficke, Sabina?"

Ihre Antwort ist so leise, dass ich sie selbst mit meinen ausgeprägten sensorischen Fähigkeiten kaum hören kann. „Was war das? Ich habe dich nicht gehört."

„Bitte …"

„Sag es, Sabina", befehle ich. Sie zögert und ich weiß, dass sie einen Kampf mit sich selbst führt. Ich schlage ihr mit aller Kraft auf den Hintern, aber sie ist schon so weit, dass sie es kaum noch zu merken scheint. „Sag es." Ich spreche absichtlich in dem Tonfall, von dem ich weiß, dass er Wirkung bei ihr zeigen wird.

„Bitte … fick … mich …"

Mein Schwanz ist steif und pulsiert. So sehr ich ihre Lippen auch auf mir spüren will, weiß ich doch, dass ich es nicht lange aushalten würde. Das nächste Mal. Es wird ein nächstes Mal geben, so viel habe ich bereits beschlossen. Und wenn ich Sabina mit nach Hause nehmen und sie bei mir einsperren muss, um das zu gewährleisten, werde ich es tun. Aber eins nach dem anderen.

„Weißt du, was?" Ich bleibe cool, fast schon beiläufig. „Ich habe beschlossen, dass ich dich ficken werde – unabhängig davon, wie du die letzten Schläge wegsteckst. Aber du wirst noch sechs weitere Hiebe mit diesem Rohrstock bekommen. Also … Hörst du mir zu?" Ich schlinge ihr langes Haar um meine Faust und reiße ihren Kopf nach hinten. Die silberne Mondsichel an ihrer Kehle hüpft im Takt ihres rasenden Pulses.

„Ja, Sir", keucht sie.

„Wenn du sie aushältst, ohne einen Laut von dir zu geben, darfst du kommen. Vielleicht einmal, vielleicht zweimal … Verdammt, vielleicht lasse ich dich so oft und so heftig kommen, dass du mich anflehen wirst, aufzuhören. Aber wenn du auch nur einmal schreist, kannst du sicher sein, dass heute Nacht nur ich kommen werde. Du wirst mit einer pulsierenden, schmerzenden, unerfüllten kleinen Fotze ins Bett gehen."

Sie zuckt bei dem vulgären Wort zusammen. Noch so ein Hirnfick. Sie nicht fluchen lassen, aber selbst krass sein. Manche Frauen hassen manche Wörter und es macht immer wieder Spaß, herauszufinden, welche von ihnen auf welche reagieren.

Ich schiebe den Stock an der Innenseite ihres Schenkels hinauf und presse ihn gegen ihre geschwollenen Schamlippen. Sie belohnt mich mit einem Keuchen, als ich ihn gegen ihre empfindlichste Stelle drücke. „Habe ich mich klar ausgedrückt?"

„Ja, Sir."

„Braves Mädchen. Dann lass uns anfangen." Ich ziehe den Stock zwischen ihren Beinen hervor, lasse ihr Haar los, rolle mit den Schultern, um sie zu lockern und stelle mich hinter ihr auf.

Es ist an der Zeit, eine Markierung zu hinterlassen, damit diese reizende Blondine mich nicht so schnell vergisst.

Einer der vielen Vorteile Vampir zu sein ist die Fähigkeit, sich wahnsinnig schnell bewegen zu können. Wir nennen es, *verschwimmen*. Ich kann einen Raum innerhalb eines Wimpernschlags durchqueren.

Genauso schnell kann ich sechs gut gezielte, harte Stockhiebe austeilen. Und genau das tue ich auch, als ich drei glühende, rote Streifen über Sabinas Gesäß und drei weitere über die Rückseite ihrer Oberschenkel verteile, bevor sie überhaupt Zeit hat, sich bereit zu machen oder Luft zu holen.

Was bedeutet, dass alle sechs Schläge gleichzeitig auf sie einwirken – und als das passiert, habe ich den Stock längst fallengelassen, eine meiner Hände ist bereits zwischen ihren Beinen und die andere fest auf ihren Mund gepresst.

Ihr Schrei vibriert durch mein Inneres, gedämpft durch meine Finger, und während der Schmerz ihre Nervenenden in Flammen setzt, ergießt sich ihre Fotze in meine Handfläche.

Ich kann nicht länger warten. „Komm jetzt", knurre ich und reibe rhythmisch über ihre Klitoris. Sie gehorcht mir mit einem hilflosen Stöhnen, das sich in ein Wimmern verwandelt, als ich sie lange genug loslasse, um meine Hose zu öffnen, meine Erektion herauszuziehen und ein Kondom darauf abzurollen, bevor ich ihre Hüfte packe und sie in Position bringe. Sie kommt immer noch, als ich meinen Schwanz in sie stoße und ihre triefende, enge, kleine Fotze saugt mich gierig hinein. Gott, es kostet mich jedes Quäntchen Selbstbeherrschung, das ich über die Jahrhunderte entwickelt habe, um nicht sofort zu kommen, sobald ich ganz in ihr stecke. Stattdessen konzentriere ich mich darauf, ihr dickes weiches Haar um meine Faust zu schlingen und ihren Kopf nach hinten zu ziehen, um ihren Hals freizulegen. Mit der anderen Hand gleite ich über ihren weichen Bauch hinunter und finde ihre Klitoris, die im Takt ihres Herzschlags pulsiert.

Das vertraute Gefühl des Speichels, der meinen Mund flutet, lässt meine Reißzähne ausfahren. Und obwohl ich mich immer noch nicht bewege, weil ich ihr einen Moment Zeit gebe, sich an meine Größe zu gewöhnen, zuckt mein Schwanz in ihr und lässt sie keuchen.

Ich gleite mit meiner glitschigen Fingerspitze über ihre

Klitoris und reibe hin und her, auf und ab. Ich verändere das Tempo, die Richtung und den Druck so oft, dass sie nicht zum Höhepunkt kommen kann.

Noch nicht.

„So ein braves Mädchen", brumme ich, stoße tiefer hinein und drücke ihr Becken nach vorn, sodass mein Unterarm zwischen ihr und dem Kreuz eingeklemmt wird. „Das hast du so gut gemacht."

Sie keucht, zittert, und ist völlig weg.

„Sechs Schläge, ohne einen Laut von dir zu geben, das bedeutet, dass du eine große Belohnung bekommen wirst. Ich werde dich so heftig kommen lassen. Willst du auf meinem Schwanz kommen, Kleines?"

Ein ersticktes Wimmern entweicht ihren geöffneten Lippen.

„Ich verstehe das als Ja. Aber du musst brav sein und warten, bis ich es dir erlaube." Ich fange an, mich langsam zu bewegen. Ich entziehe mich ihr, bis nur noch meine Spitze in ihr steckt, und gleite dann wieder in sie hinein. Gott, wie sehr ich Kondome hasse. Das Einzige, was das Ganze hier noch besser machen würde, wäre, ihre samtigen Wände spüren zu können, ohne dass mich diese lästige Barriere umschließt. Aber ich trage es zu ihrem Schutz, nicht zu meinem. „Kannst du ein letztes Mal ein braves Mädchen für mich sein, Sabina?"

Ein Sterblicher wäre nicht in der Lage, ihre Antwort zu hören. Ich aber schon. „Ja, Sir."

„Deine Möse fühlt sich so gut an, Kleines. Ich wollte dich schon ficken, seit ich dich das erste Mal sah."

Ihre Augen sind geschlossen und ihre langen Wimpern flattern über ihre blasse Haut. Ich kann das Blut in ihren Adern pulsieren hören und mein Schwanz zuckt erneut.

Bei den Göttern, ich bin so durstig.

Nicht mehr lange.

„Warte noch", knurre ich und beginne schneller zu stoßen, während ich meinem Instinkt erlaube, die Kontrolle zu übernehmen. Mit den Lippen finde ich ihren Hals und lecke über die Stelle, in die ich gleich beißen werde, und genieße die salzige Süße ihrer Haut.

Sie stöhnt, als ich anfange, ihre Klitoris so zu streicheln, wie sie es am liebsten mag. So ein empfängliches kleines Geschöpf. Ich stoße immer wieder in sie hinein und zwinge mich, mich zurückzuhalten. Ich genieße die Vorfreude auf das, was gleich passieren wird.

Der tiefe, dumpfe Schmerz in meinen Eiern breitet sich aus, während sie sich straffen und zusammenziehen. Sabina ist ganz nah dran, sie zittert in meinen Armen und ihr Puls pocht in der Ader, über die meine Zunge kreist. Ich reibe noch zwei oder drei Mal über ihre steife Klitoris und knurre dann: „Jetzt!"

Mit einem markerschütternden Schrei kommt sie unter meiner Fingerspitze zum Höhepunkt und ich beiße zu. Meine Reißzähne durchbohren ihre weiche Haut. Ich kann das ursprüngliche Knurren nicht verhindern, das ich ausstoße, als ich ihr süßes Blut schmecke; diese metallische, würzige, heiße Flüssigkeit, die meinen Mund flutet, während ich mich verliere. Ich ficke sie so hart wie möglich und stürze über den Abgrund, als mein Schwanz mit meinem Orgasmus zuckt, während ich mich an ihr labe. Ich melke sie, trinke von ihr, ziehe ihr Vergnügen in die Länge und lasse ihren Höhepunkt immer weitergehen, während ich mich sättige. Ihre enge, triefende, kleine Fotze klammert sich immer wieder um meinen Schwanz ...

1 0

Sabina

Iᴄʜ ʜᴀʙᴇ ɴᴏᴄʜ ɴɪᴇ ᴇᴛᴡᴀs ᴀᴜᴄʜ ɴᴜʀ annähernd Ähnliches empfunden wie das, was Maximus mit mir macht. Vage nehme ich eine Stimme wahr, die vor Schmerz oder Vergnügen schluchzt – es ist schwer zu sagen – und dann wird mir bewusst, dass ich es bin, die dieses Geräusch ausstößt.

Er beißt mir in den Hals, aber der scharfe Schmerz ist irgendwie köstlich, und er strahlt durch meinen ganzen Körper, breitet sich in meinen Gliedern aus und sammelt sich an der Stelle zwischen meinen Beinen. Sein riesiger Schwanz dehnt mich weiter, als ich es je für möglich gehalten hätte, oder vielleicht fühlt es sich auch nur so an.

Ich hätte auch nicht gedacht, dass ein Orgasmus so intensiv sein oder so lange andauern kann, aber dieser scheint kein Ende zu nehmen … Eine Welle der Lust nach der anderen pulsiert durch meine Klitoris, meine Muschi, mein ganzes Wesen. Irgendwann erreiche ich einen Punkt, an dem ich es keine Sekunde länger aushalte. Ich will einfach nur, dass es aufhört. Ich bin wund, habe Schmerzen, bin verzweifelt.

„Bitte", flehe ich ihn atemlos an. „Bitte hör auf. Ich kann nicht … mach, dass es aufhört."

Einen Moment lang bin ich mir nicht sicher, ob er mich gehört hat, aber dann hört er auf, meine Klitoris zu streicheln. Er kneift brutal hinein und treibt mich über einen letzten Gipfel – den bisher höchsten. Ich schreie und meine Knie geben nach. Aber natürlich kann ich nirgendwohin, da ich mit Handschellen an das Kreuz gefesselt und außerdem auf Maximus' riesigem, unglaublich dickem Schwanz aufgespießt bin. Ich spüre ein warmes, nasses, tropfendes Gefühl auf meiner Schulter und dann verschwimmt meine Sicht …

Als ich zu mir komme, brauche ich einen Moment, um zu begreifen, wo ich bin. Ich bin in eine weiche Decke gehüllt und Maximus' attraktives Gesicht befindet sich direkt über mir und blickt auf mich herab.

„Willkommen zurück", sagt er schroff.

„Was …", krächze ich und merke plötzlich, wie trocken mein Mund ist. Als hätte er meine Gedanken gelesen, hält Maximus mir eine Flasche Wasser an die Lippen und ich sauge gierig daran. Ich genieße die kühle Flüssigkeit, die meine wunde Kehle lindert. Ich muss ziemlich viel geschrien haben, dass mein Hals so schmerzt. Nachdem ich genügend getrunken habe und er die Flasche weggenommen hat, versuche ich es erneut. „Was ist passiert?"

„Du bist ohnmächtig geworden", sagt er. Ich suche in seinem Gesicht nach einem Anzeichen von Sorge, aber er scheint völlig unbekümmert zu sein. Tatsächlich verzieht er seinen breiten Mundwinkel zu einem schiefen Grinsen. „Ich schätze, du bist zu heftig gekommen."

Bei der Erinnerung an das, was er mit mir gemacht

hat, kribbelt mein Gesicht heiß: Ich war ein bettelndes, schamloses, hilfloses Wrack.

Aber Gott, es war so gut.

Ich bewege mich und versuche, aufzustehen, aber der tiefe Schmerz in meinem Hintern erinnert mich an die Schläge, die er mir verpasst hat. Alles ist so verschwommen und ein Teil von mir glaubt fast, dass ich es mir nur eingebildet habe. Aber mein Körper sagt etwas anderes. „War ich lange weggetreten?"

Er zuckt mit den Schultern. „Ein paar Minuten. Lange genug, dass ich es dir hier bequem machen konnte."

Ich habe das deutliche Gefühl, dass er etwas vor mir verbirgt. Wenn ich es mir recht überlege, habe ich dieses Gefühl schon seit gestern. Aber ich kann es nicht einmal in Worte fassen, wie sollte ich dieses Thema dann also ansprechen?

„Wie fühlst du dich jetzt?", fragt er und streicht mir das Haar aus der Stirn.

„Schläfrig, aber gut." Ein Teil von mir möchte ihm all die anderen Dinge sagen, die er mich fühlen lässt, aber ich habe das deutliche Gefühl, dass es besser wäre, dies nicht zu tun. Wenn er Geheimnisse vor mir hat, sollte ich besser auf der Hut sein.

„Ich denke, du solltest mit mir nach Hause kommen", sagt er plötzlich.

Ich kann lediglich mit einem Blinzeln reagieren.

„Tatsächlich werde ich *Nein* nicht als Antwort akzeptieren", fährt er fort.

Ich finde meine Stimme wieder. „Ist das dein Ernst?"

„Vollkommen."

„Diese Idee kannst du dir abschminken", sage ich und drücke mich in eine sitzende Position hoch. Ich bin froh und erleichtert, als er gerade weit genug zurückweicht, um mir das möglich zu machen.

Er zieht eine dicke Augenbraue hoch. „Ist das so?"

„Nur weil wir eine Session hatten, bist du noch lange nicht mein Aufpasser. Und du darfst mir keine Befehle geben, die über diese Session hinausgehen. Und außerdem, warum in aller Welt würdest du so etwas vorschlagen? Ich bin mir sicher, dass ich schon bald wieder in der Lage sein werde, nach Hause zu fahren. Vielleicht nachdem ich einen Kaffee oder zwei getrunken habe. Wenn nicht, nehme ich mir einfach ein Taxi."

Seine Antwort überrascht mich völlig. „Stellt dein Ex-Freund dir nach?"

„Was? Nein! Wie kommst du denn auf so etwas?" Ich bin jetzt mehr als verwirrt. Wie sind wir in so kurzer Zeit von Nachsorge zu diesem bizarren, unangemessenen Streit gekommen?

Er hält etwas hoch und ich brauche einen Moment, bis ich erkenne, dass es mein Handy ist. „Sag mir, dass du nicht in meinem Handy herumgeschnüffelt hast", knurre ich. In meiner Brust kocht die Empörung über sein eklatantes Eindringen in meine Privatsphäre.

„Ich habe mir Sorgen gemacht, nachdem du gestern Abend so heftig auf die SMS reagiert hast, und dann, was du heute Abend gesagt hast. Ich sorge mich um dich, Sabina. Ich möchte, dass du in Sicherheit bist."

„Ich bin vollkommen sicher – jedenfalls vor Zeke. *Du* bist derjenige, der meine Nachrichten durchstöbert hat. Das würde ich wohl eher als Stalker-Verhalten bezeichnen!", schnauze ich.

Maximus scheint von meinem Ausbruch irritierender Weise völlig unbeeindruckt zu sein. „Warum warnt er dich dann, dich von hier fernzuhalten? Ist er schon einmal hier gewesen?"

„Das weiß ich nicht! Er hat mir nur gesagt, dass ich nie hierher kommen soll ... Damals, als wir noch zusammen waren. Vielleicht mag er kein BDSM. Vielleicht hat er Gerüchte gehört. Aber er hat mir genauso wenig vorzuschreiben, was ich tun soll, wie du!"

„Damit liegst du falsch", sagt Maximus kühl. Dann hebt er mich zu meinem absoluten Erstaunen mitsamt der Decke vom Boden hoch und verlässt die Kabine.

Bis auf meine Schuhe bin ich immer noch komplett nackt und dankbar für die Decke, als wir durch den Club gehen. „Was ist mit meinen Sachen?", jammere ich. „Mein Kleid, meine Handtasche, deine Tasche und deine Jacken …"

Maximus ignoriert mich. Hilflos und wütend starre ich auf sein markantes Kinn und überlege, wie ich ihn zur Vernunft bringen kann.

„Augustus", sagt er einen Moment später. Ich drehe meinen Kopf und sehe den Mann, der mich zuvor die Treppe hinunterbegleitet hat. „Wenn du so freundlich wärst, alles, was du in Kabine Eins finden kannst, einzusammeln und zu mir zu bringen, wäre ich dir auf ewig dankbar", sagt Maximus zu ihm.

Ich atme empört aus. „Ich bin durchaus in der Lage …"

„Gewiss", unterbricht Augustus mich und schon ist er weg.

Ich versuche, eine andere Taktik anzuschlagen. „Sir", sage ich in meinem unterwürfigsten Tonfall, „ich weiß es zu schätzen, dass du dich um mich kümmern willst. Aber das ist wirklich nicht nötig. Zeke bellt nur und beißt nicht. Er ist sauer, dass ich ihn verlassen habe, und jetzt versucht er, mich einzuschüchtern, damit er sich selbst besser fühlt. Ich bin in keiner Weise in Gefahr. Außerdem habe ich eine Katze zu Hause."

Tatsächlich habe ich einen Futterautomaten und einen Trinkbrunnen für Felix aufgestellt, sodass er eine ganze

Weile lang allein bleiben könnte, aber das muss Maximus ja nicht wissen.

„Dann fahren wir bei dir vorbei, füttern deine Katze und holen ein paar Sachen, und dann fahren wir weiter zu mir."

Gott, der Kerl ist aber hartnäckig. Und wahnsinnig stark, stelle ich fest, als ich versuche, mich aus seinem Arm zu winden. Die Decke beginnt, wegzurutschen, aber Maximus' Griff macht es mir unmöglich mich zu befreien. Mit wuterregender Leichtigkeit zieht er die Decke wieder um mich herum. „Du musst dich nicht um mich kümmern! Es geht mir bestens!"

„Sag mir", sagt er cool, „was stand in der letzten Nachricht von Zeke an dich?"

„Irgendetwas darüber, dass ich mich von hier fernhalten soll", murmele ich. „Irgendetwas darüber, dass es die letzte Warnung sei."

„Falsch", sagt Maximus. „Anscheinend hat er dir noch eine SMS geschickt, während du … anderweitig beschäftigt warst."

Ich schließe die Augen, als die Röte über meine Wangen kriecht. So wütend ich auch auf Maximus bin, die kleine Erinnerung daran, was er gerade mit mir gemacht hat, reicht aus, um einen weiteren Blitz der Lust durch meine Muschi pulsieren zu lassen. „Und was steht in der letzten Nachricht?" Die Niederlage in meiner Stimme ist hörbar und ich möchte mich dafür am liebsten treten.

„Schau es dir selbst an." Maximus hält sie mir zum Lesen hin.

Du wolltest nicht hören, also wirst du fühlen müssen. Ich werde warten, bis du wieder rauskommst.

Mein Herz beginnt zu klopfen. Maximus hat nicht unrecht – im Gegensatz zu den anderen SMS klingt diese hier eher wie eine direkte Drohung. Aber ich bin niemand, der sich versteckt. Ich werde mit Zeke schon fertig. Ich brauche keinen Ritter in goldener Rüstung, um mich zu retten. Die gibt es sowieso nur im Märchen.

In der echten Welt ist jede Frau auf sich allein gestellt. Zumindest meiner Erfahrung nach.

„Er blufft nur", murmle ich.

„Das will ich hoffen", sagt Maximus. „Aber solange auch nur die geringste Chance besteht, dass er es nicht tut, lasse ich dich nirgendwo alleine hingehen."

„Das an sich ist schon eine lächerliche Vorstellung!", stottere ich und meine Empörung nimmt wieder überhand.

„Hier bitte schön, Maximus", sagt eine männliche Stimme und ich sehe, dass Augustus zurückgekehrt ist. Er hält unsere Kleidung in seinen Armen und hat sich die Spielzeugtasche und meine Handtasche über seine breite, in einen Anzug gehüllte Schulter gehängt.

Maximus wirft ihm ein entschuldigendes, irritierend charmantes Grinsen zu. „Ich habe gerade meine Hände voll. Wärst du bitte ein Gentleman und würdest uns zu meinem Wagen begleiten?"

„Kein Problem."

„Das wird nicht nötig sein", sage ich zu Augustus und mache mir keine Mühe mehr, meinen Ärger zu verbergen. „Ich kann meine Sachen selbst tragen. Sobald dieser Trottel mich abgesetzt hat, werde ich sie dir abnehmen."

Augustus schaut Maximus an und zieht eine fragende Augenbraue hoch. Sie scheinen ein ganzes stillschweigendes Gespräch zu führen, ohne dass einer der beiden Männer ein einziges Wort sagt.

„Ich habe zu alledem nichts zu sagen?", schnauze ich, als Maximus sich umdreht und auf die Treppe zusteuert. Augustus folgt dicht hinter uns.

„Da du mich gerade einen Trottel genannt hast und du

in der nächsten kleinen Weile viel Zeit mit mir und meinem Spielzeugsack verbringen wirst, würde ich vorschlagen, dass du dir sehr genau überlegst, was du von dir gibst", sagt Maximus leise. „Und es gibt keinen Grund, so wütend zu sein. Ich mache nur meine Arbeit. Ich kümmere mich um dich."

„Das war vielleicht gestern deine Aufgabe, als du im Dienst warst", sage ich zu ihm. „Und vielleicht gerade jetzt nach der Session zur Nachsorge, aber wie ich schon sagte, bist du weder mein Aufpasser noch mein Dom. Ich bin eine erwachsene Frau und kann durchaus auf mich selbst aufpassen. Du kennst Zeke doch gar nicht! Er würde niemals etwas tun, was mir wirklich schaden könnte."

„Bist du dir dessen sicher?" Maximus schreitet jetzt die Treppe hinauf, so leichtfüßig, als ob er gar nichts tragen würde, geschweige denn meinen ganzen Körper. Er ist nicht einmal außer Atem und einen Moment lang bin ich zu beeindruckt, um ihm zu antworten.

Aber ich schüttle das Gefühl schnell wieder ab. „Ja, tatsächlich bin ich mir dessen sicher. Bitte."

„Sabina." Gott, die Art, wie er meinen Namen ausspricht, lässt mir den Atem stocken, selbst wenn ich wütend auf ihn bin. „Diese Schlacht hast du verloren. Du solltest es akzeptieren. Kein noch so großes Geschrei, Geheule, Betteln, Flehen oder Kreischen wird etwas daran ändern. Als du vorhin eingewilligt hast, mit mir zu spielen – als du dich von mir hast *ficken* lassen –"

Zu meiner ewigen Schande lässt die Art und Weise, wie er das sagt, eine weitere heiße Welle in meine Weiblichkeit strömen …

„Das hat mich zu deinem Aufpasser gemacht, zumindest in gewisser Weise", fährt er fort. Er bemerkt offensichtlich nicht, welche Wirkung seine beiläufige Erinnerung an das, was wir gerade getan haben, auf mich hat. „Ich fühle mich für dein Wohlergehen verantwortlich."

Wir haben es jetzt durch die obere Bar geschafft und sind draußen. Er hält inne, um die Decke fester um mich zu ziehen, und blickt in Richtung Himmel, bevor er auf eine Seitenstraße zusteuert.

„Stell dir nur einmal vor, ich würde dich gehen lassen und dir würde etwas passieren. Das würde ich mir nie verzeihen."

Ich halte kurz inne und lasse diesen Gedanken einen Moment lang auf mich wirken. Es ist ein gutes Argument. Leider.

„Wie sieht der Plan denn genau aus?", frage ich ihn besiegt – zumindest für den Moment.

„Wir fahren zu dir, füttern die Katze und holen dir ein paar Sachen für die Nacht. Dann fahren wir zu mir nach Hause, wo Zeke dich unmöglich finden kann."

„Wir brauchen die Katze nicht zu füttern", sage ich mit leiser Stimme. „Er hat einen Futterautomaten und einen Trinkbrunnen."

„Umso besser. Dann können wir direkt zu mir fahren." Er drückt mich kurz. „Danke für deine Ehrlichkeit."

„Ich würde trotzdem gern ein paar Sachen holen", sage ich.

„Ich habe bei mir zu Hause Ersatzzahnbürsten und solche Dinge", sagt er. „Wir können morgen zu dir fahren, wenn es nötig ist. Jetzt, da wir uns keine Sorgen mehr um deine – wie heißt deine Katze gleich?"

„Felix."

„Jetzt, da wir uns keine Sorgen mehr machen müssen, dass Felix hungern muss, würde ich lieber direkt zu mir nach Hause fahren. Hier, das ist mein Wagen."

Unglaublich. Der Mann kann mich mit einem Arm festhalten, während er mit der anderen Hand in seine

Tasche greift und auf die Fernbedienung drückt. Sein Wagen ist ein riesiger, schwarzer Cadillac. Ich weiß nicht viel über Marken oder Modelle, aber er sieht neu und sehr teuer aus.

„Wirf einfach alles auf den Rücksitz, Augustus", sagt Maximus, reißt die Beifahrertür auf und setzt mich auf den Ledersitz. Ich zucke zusammen, als mein Gewicht auf meinen geschundenen Hintern drückt. Selbst auf dieser gepolsterten Oberfläche. „Schnall dich an, Kleines."

„Was ist mit meinem Auto?", jammere ich, aber er schließt die Tür auf meine Proteste hin und geht herum, um noch ein paar Worte mit Augustus zu wechseln, bevor er seinen riesigen Körper auf den Fahrersitz schiebt. Der Wagen ist so groß, dass er hochsteigen muss, um einzusteigen, anstatt sich zu bücken.

Ich ziehe die Decke fester um mich und stoße einen frustrierten Laut aus. Was als äußerst köstlicher Abend begonnen hat, hat jetzt eine Wendung genommen, die ich absolut nicht kontrollieren kann.

Und wenn es etwas gibt, das ich hasse, dann ist es das Gefühl, die Kontrolle verloren zu haben. Ich kann damit umgehen – es sogar genießen –, während wir in einer Session sind, aber das ist die einzige Ausnahme.

„Wo wohnst du überhaupt?", murmle ich, als er den Motor anlässt und aus seiner Parklücke fährt. Sein Wagen schreit förmlich nach Geld, aber was weiß ich schon. Möglicherweise lähmen ihn die Rückzahlungsraten finanziell.

„Nicht weit von hier", sagt er. Dann wirft er einen Blick zu mir hinüber. „Und kannst du bitte aufhören, zu schmollen. Gott, ich habe noch nie eine Frau getroffen, die so wenig Lust darauf hatte, dass man sich um sie kümmert."

„Dann hast du eine Menge hilfloser Frauen kennengelernt", erwidere ich und schaue aus dem Fenster. Die

Lichter werden weniger und wir scheinen aus der Stadt hinaus und in Richtung Berge zu fahren.

Er stößt ein Glucksen aus. „Ein oder zwei."

Wir fahren eine Weile schweigend weiter und ich lasse die Ereignisse des Abends in meinem Kopf wie eine Filmrolle ablaufen. So wütend er mich jetzt auch macht, kann ich doch nicht leugnen, dass Maximus mir die beste und intensivste Session meines Lebens beschert hat. Und dabei ist der Sex noch nicht einmal mit einbezogen. Ich frage mich, wie es wohl wäre, wenn wir richtig ficken würden … In einem Bett, beide nackt, während wir uns in die Augen sehen können … Beim plötzlichen Schwall von Wärme zwischen meinen Schenkeln, den dieser Gedanke auslöst, muss ich sie zusammenpressen.

Vielleicht ist es doch gar keine so schlechte Idee, zu ihm nach Hause zu fahren. Vielleicht wird es eine zweite Runde geben.

Und plötzlich bete ich, dass es eine geben wird … Und ich hasse mich gleichzeitig dafür.

Maximus

Sabina schweigt den Rest der Fahrt zu meiner Villa im Rattlesnake Canyon. Gott verdammt, sie ist so ein Sturkopf. In gewisser Weise erinnert sie mich an Caroline und ich verdränge diesen Gedanken, sobald er in mir aufsteigt.

Ich habe sie absichtlich in Ohnmacht fallen lassen. Auf diese Weise hat sie nicht gemerkt, wie ich mich endlich sattgetrunken habe. Ich habe mir in die Fingerspitze gebissen und einen Tropfen meines Blutes auf die Einstichwunden an ihrem Hals geschmiert, um die Blutung zu stoppen. Vampirblut hat heilende Eigenschaften. Die kleinen Wunden sind immer noch da und das wird auch noch eine ganze Weile so bleiben, aber ich konnte etwas Zeit gewinnen. Sie weiß im Moment nur, dass sie vor Lust ohnmächtig geworden und zur Nachsorge wieder aufgewacht ist.

Bis unser Streit begann.

Ich konnte einfach nicht anders. Sie sah so wunderschön aus, wie sie dort lag, so zerbrechlich und hilflos, und ich musste wieder an die Angst in ihren Augen denken, als sie die Nachricht am Vorabend erhielt. Normalerweise bin ich kein Schnüffler, aber ich musste unbedingt wissen, ob sie wirklich in Gefahr schwebt.

Da sie keine Passwortsperre an ihrem Handy hat, war es leicht, mich einzuloggen und nachzusehen. Hätte ich nicht gesehen, was ich gesehen habe, hätte ich es einfach wieder in ihre Handtasche gesteckt, mich um sie gekümmert, bis sie sich vollständig erholt hätte, und sie ihres Weges geschickt.

Zumindest rede ich mir das ein.

Aber als ich die Nachrichten las, war ich froh, dass ich mir die Mühe gemacht hatte, nachzusehen. Der Inhalt der Nachrichten war schon schlimm genug, aber als ich das kleine Bild des Absenders – Zeke, ich möchte seinen Namen am liebsten speien – gesehen habe, konnte ich sofort erkennen, was er ist. Etwas, das Sabina wahrscheinlich nicht einmal weiß, wenn sie nur ein paar Wochen zusammen waren.

Ihr Ex-Freund ist ein dreckiger Gestaltwandler. Ein Gepard, soweit ich das vom Foto beurteilen kann, aber das ist nicht der beunruhigende Teil. Ungeachtet dessen, was sie sagt, kenne ich seine Art Typ. Und sie sind absolut in der Lage, ihre Drohungen wahr zu machen. Außerdem sind sie fast genauso besitzergreifend in Bezug auf ihre Frauen, wie wir Vampire es sein können.

Mir war sofort klar, warum er ihr befohlen hat, sie solle sich von dem Club fernhalten. Zwischen Wandlern und Vampiren gibt es schon seit langem eine Fehde. Die Drecksäcke haben die Frechheit, uns als Blutsauger zu bezeichnen. Meine Finger verkrampfen sich kurz um das Lenkrad, als Wut in meiner Brust aufsteigt. Sie ziehen in Rudeln umher, lieben es, zu kämpfen, und sind im Allgemeinen einfach nur Störenfriede. Man sollte meinen, wir Nicht-Menschen würden zusammenhalten. Es ist schon schwer genug, Superkräfte zu verbergen und nicht aufzufallen, wenn wir von Normalsterblichen umgeben sind, aber nein. Es gibt und gab alle möglichen Streitereien um Territorien und anderen Unsinn. Nicht einmal die Tatsache, dass Lucius Selene – die selbst zur Hälfte Gestaltwandlerin ist – zu seiner Königin gemacht hat, hat die Dinge völlig entschärft.

Nein, ich habe für ihre Art überhaupt nichts übrig. Selene ist in Ordnung, wir haben sie akzeptiert – nicht, dass Lucius uns eine Wahl gelassen hätte –, aber was den Rest von ihnen angeht … Vor allem die Männchen neigen zu unzivilisiertem Verhalten: Sie fangen Kämpfe an, streiten sich um Gefährtinnen, veranstalten metaphorische Pisswettbewerbe, um ihre Dominanz zu beweisen. Also versuchen wir Vampire, uns von ihrem Territorium fernzu-halten. Und sie halten sich von unserem fern … zumindest größtenteils.

Wenn Zeke Sabina jedoch als Gefährtin betrachtet und irgendwie herausgefunden hat, dass sie jetzt Zeit mit uns Vampiren verbringt, könnte sie in viel größerer Gefahr schweben, als ihr bewusst ist.

Und deshalb sitzt sie jetzt in meinem Wagen und kommt mit zu mir nach Hause, wo sie vor ihm sicher sein wird.

Um ehrlich zu sein, habe ich nicht viel weiter vorausge-plant als das. *Jede unmittelbare Bedrohung erst einmal beseitigen, und mich später um den Rest kümmern.* Das war schon immer mein Motto. Und sie könnte recht haben. Vielleicht blufft er nur und sein verletzter Stolz lässt ihn um sich schlagen, um ihr Angst zu machen.

Aber bis ich es nicht ganz sicher weiß, gehe ich kein Risiko ein.

Ich werfe einen Blick auf das hübsche Geschöpf auf meinem Beifahrersitz. Sie hat die Arme abwehrend vor der Brust verschränkt und starrt mürrisch aus dem Fenster. Ich richte meine Aufmerksamkeit wieder auf die Straße und versuche, ein Gespräch anzufangen. „Willst du für den Rest des Abends schmollen?"

„Ich schmolle nicht."

Ich unterdrücke ein Grinsen. „Du solltest mich nicht anlügen, Sabina. Ich könnte dich dazu bringen, es zu bereuen."

„Ich könnte nichts, was du mir jetzt antust, mehr bereuen, als dass ich zugestimmt habe, überhaupt mit dir zu spielen", erwidert sie.

Autsch. „Das ist noch eine Lüge. Du bedauerst nicht, mit mir gespielt zu haben. Ich wette sogar, du würdest es wieder tun, wenn ich dich lieb frage."

Darauf antwortet sie nicht und ich schenke ihr einen hörbaren Seufzer, als ich in meine lange Auffahrt einbiege. Leider ist meine Villa nachts weniger beeindruckend und tagsüber komme ich aus offensichtlichen Gründen nie in den Genuss der atemberaubenden Aussicht auf das Vorgebirge von Catalina. Aber sie ist groß und komfortabel und dank der fünfzig Hektar drum herum habe ich absolute Privatsphäre. Ich würde Sabina das Gelände gern erkunden und genießen lassen, während ich morgen schlafe, aber so wie sie sich im Moment benimmt, wird es immer wahrscheinlicher, dass ich sie irgendwo einsperren muss. Das ist umso bedauerlicher.

Das Sicherheitstor gleitet auf, als ich den Knopf auf meiner Fernbedienung drücke. Ich fahre den Wagen den Rest meiner Einfahrt hinauf und drücke einen weiteren Knopf, um die Garage zu öffnen, die Platz für vier Autos bietet. Im Moment besitze ich nur einen anderen Wagen – einen Rolls Royce, mein ganzer Stolz –, aber der steht auf der anderen Seite in der Garage. Da ich dieses Fahrzeug häufiger benutze, reserviere ich den Platz direkt neben dem Hauseingang für den Cadillac.

Wenn Sabina beeindruckt ist, versteckt sie es gut. „Ich schätze, hier bist du zu Hause", murmelt sie.

„Das stimmt. Nun ja, eigentlich ist das hier nur die Garage …" Ich drücke die Fernbedienung und das Garagentor schließt sich hinter uns.

„Du kannst mich nicht für immer hierbehalten", platzt sie plötzlich heraus. „Ich habe meine Katze, einen Job, Geschwister, Freunde … Sie werden mich alle vermissen, wenn ich am Montag nicht auftauche. Was du hier machst, ist im Grunde genommen Entführung."

Ich kann mir ein kurzes Lachen nicht verkneifen. „Was ich hier mache, Kleines, ist dafür zu sorgen, dass du in Sicherheit bist. Nicht, dass du auch nur einen Funken Dankbarkeit zeigen würdest. Jetzt steig aus dem Wagen oder muss ich dich ins Haus tragen?"

„Ich kann selbst gehen."

Als ich unsere Sachen vom Rücksitz genommen habe, steht sie bereits an der Haustür und hat die Decke wie einen Schutzschild um sich geschlungen. Ihr langes Haar fällt über ihre Schultern und verdeckt die Bissspuren, die meine Zähne hinterlassen haben. Gott, sie hat besser geschmeckt als alles, was ich in den letzten Jahrzehnten probiert habe. Mein Schwanz zuckt bei der Erinnerung daran. Ich nähere mich ihr, sodass sie mit dem Rücken gegen die Tür stößt, und bringe mein Gesicht so nah an ihres heran, dass ich ihren Atem auf meinen Lippen spüren kann. „Du bist nicht meine Gefangene, Sabina", sage ich mit tiefer Stimme. „Du bist mein Gast. Ich habe es sehr genossen, mit dir zu spielen. Dich zu ficken. Ich würde es gern wieder tun."

Ihre Atmung hat sich beschleunigt und ihre Pupillen

sind jetzt geweitet – das kann ich sogar im Halbdunkel des schwachen Garagenlichts sehen. Meine Erinnerung daran, wie ich sie vorhin habe fühlen lassen, hat die beabsichtigte Wirkung.

„Ich kenne Zeke zufällig." Es ist nur halb gelogen. „Und ich mache mir Sorgen, dass er nicht nur blufft. Ich sorge mich um dich, Kleines, und das ist der einzige Grund, warum ich dich hierhergebracht habe. Wenn wir uns vergewissert haben, dass du nicht wirklich in Gefahr schwebst und du mich nie wiedersehen willst, ist das in Ordnung. Du kannst gehen und ich werde dich gehen lassen. Ich werde dich sogar selbst zu deinem Wagen zurückbringen." Allein der Gedanke, dass dies tatsächlich passieren könnte, verursacht einen Stich in meinem Magen, aber ich ignoriere ihn.

„Oh", sagt sie mit leiser Stimme.

„Es liegt jetzt also an dir", sage ich zu ihr. „Du kannst das Beste aus einer schlechten Situation hier mit mir machen und den Rest unserer gemeinsamen Zeit genießen. Oder du kannst stur bleiben und mich bei jedem Schritt bekämpfen. Das macht viel weniger Spaß und außerdem weißt du selbst, dass du nicht gewinnen wirst. Also, was darf es sein?"

Es gibt eine sehr lange Pause, während sie nachdenkt. Dann sagt sie: „Ich schätze, ich werde unsere gemeinsame Zeit genießen."

Mir wird bewusst, dass ich grinse. „Braves Mädchen", sage ich. „Das ist definitiv die richtige Wahl. Dann lass uns jetzt hineingehen, ja?"

～

Sabina

. . .

SOLCHE ORTE HABE ich bisher nur in Filmen gesehen. Allein die Auffahrt zu Maximus' Haus hat sich wie eine Ewigkeit angefühlt. Seine Garage hat genügend Platz für eine ganze Flotte von Autos, und jetzt das. Ich folge ihm durch einen riesigen beeindruckenden Flur in eine gigantische Küche mit einer großen, quadratischen Marmorinsel in der Mitte. Der Fußboden ist aus dunklem Hartholz, die vielen Schränke sind aus Mahagoni und bilden einen perfekten Kontrast zu den hellbeigen Fliesen und der Marmorarbeitsplatte.

„Möchtest du etwas trinken?", fragt er und stellt seine Spielzeugtasche auf den Fußboden. Er drapiert seine beiden Jacketts über einen der Stühle und reicht mir meine Handtasche und mein Kleid. Einen Moment lang frage ich mich, wo mein Höschen ist. Dann fällt mir wieder ein, dass er es sich zuvor in seine Hosentasche gestopft hat. Ich lege mein Kleid und meine Handtasche auf die Kücheninsel.

„Etwas Starkes", murmle ich, während meine Wangen von der Erinnerung daran heiß werden.

„Du musst schon etwas genauer sein." Er schlendert zum Essbereich hinüber, der genauso groß wie die Küche ist, und geht auf einen massiven Schrank zu. „Noch einen Gin Tonic?"

„Einen doppelten, bitte." Ich werfe einen Blick auf die großen, dunklen Fenster. Die Aussicht von hier muss tagsüber spektakulär sein. „Wie groß ist dieses Haus?"

„Knapp tausendzweihundert Quadratmeter." Es schwingt kein Stolz in seiner Stimme mit, als er ein oder zwei fingerbreit Whisky in ein Glas und eine ordentliche Menge Gin in ein Longdrinkglas gießt. „Tonic ist im Kühlschrank."

Ich starre mit leerem Blick auf die Schrankwände und frage mich, in welchem der Schränke der Kühlschrank versteckt ist.

„Direkt vor dir. Die große Tür." Sein Tonfall scheint amüsiert und ich reiße die Türen mit etwas mehr Kraft als unbedingt nötig auf. Mein Gott, der ist groß genug, um Leichen darin zu verstauen. „Wenn du Eis willst, ist es …"

„Ich brauche kein Eis", unterbreche ich ihn und ziehe die Flasche Tonic aus dem Kühlschrank. Ich nehme ihm das Ginglas ab. „Danke." Dieser Kerl hat mich so verwirrt, dass ich kaum noch zwischen oben und unten unterscheiden kann. Meine Gefühle sind völlig durcheinander: Eine Minute bin ich wütend und in der nächsten geradezu kopflos vor Verlangen.

Scheißkerl.

Ich gieße den Tonic in meinen Gin und trinke einen großen Schluck. Für ein Gefängnis ist dieser Ort vielleicht gar nicht so schlecht.

„Das Wohnzimmer ist dort drüben", sagt Maximus und geht voraus. Ich folge ihm und versuche, alles in mich aufzunehmen: die sandfarbenen Wände, die hohen von dunklen Balken durchzogenen Decken, die polierten Hartholzfußböden, die unverhohlen teuren Möbel und Teppiche. Überall gibt es raumhohe Fenster, die wie glänzende schwarze Spiegel wirken.

Maximus lässt sich auf ein riesiges Polstersofa sinken und tätschelt mit seiner freien Hand auf den Platz neben sich. „Komm, setz dich zu mir", sagt er mit diesem dominanten Knurren und meine Beine tragen mich zu ihm, als hätten sie ein Eigenleben.

„Wie fühlst du dich, Kleines?", fragt er, als ich mich gesetzt habe.

Müde. Verwirrt. Geil. Frustriert. „Gut", sage ich.

Mit seiner Hand, die gemächlich über meinen Hinterkopf streichelt, greift er plötzlich nach dem Haar in meinem Nacken und zieht kräftig daran. „Was habe ich dir darüber gesagt, mich anzulügen?"

„Es tut mir leid", wimmere ich, während ein Blitz der Begierde durch meinen Unterleib schießt. Der Mann ist ein wahrer Meister: eine Berührung und ich bin Wachs in seinen Händen. „Ich bin … verwirrt, Sir. Ich fühle eine Menge verschiedener Dinge."

„Das ist verständlich." Er lockert seinen Griff und streichelt mich wieder sanft. Ich zittere. „Wie geht es deinem Arsch?"

Jetzt muss ich lächeln. „Wund, aber gut."

„Gut", wiederholt er. „Ich habe es sehr genossen, dir wehzutun."

Ein weiteres tiefes Pochen hallt in meinem Inneren wider.

„Und du hast es so gut hingenommen. Spreize deine Schenkel."

Mein Geschlecht muss wund sein und ich bin mir sicher, dass selbst die kleinste Berührung jetzt unerträglich wäre, aber ich gehorche seinem Befehl trotzdem. Es ist, als ob ich in seiner Nähe keinen freien Willen hätte.

„Braves Mädchen."

Ich halte die Luft an, warte auf seine Berührung, aber nichts passiert. Stattdessen nimmt er einen Schluck von seinem Whisky und spielt mit der anderen Hand immer noch mit meinem Haar. Ich komme mir dumm vor und beginne, die Beine wieder zu schließen, aber sein Knurren hält mich auf.

„Lass sie offen, bis ich dir etwas anderes sage."

Es ist demütigend, mit gespreizten Beinen neben ihm zu sitzen, aber es ist irgendwie auch höchst erotisch. Ich leere meinen Gin Tonic, um zu verbergen, wie erregt ich bin. Maximus mag herrisch, seltsam und extrem geheimnisvoll sein, aber er ist mit Abstand der erotischste Mann, den ich je getroffen habe. Schon eine einzige hochgezogene Augenbraue von ihm macht mich mehr an als stundenlanges Vorspiel mit jemand anderem.

„Du riechst so gut", flüstert er. „Und du bist so nass. Ich kann deine Erregung von hier riechen."

Meine Wangen glühen und ich schließe die Augen, weil ich mich vor seinem Blick verstecken will. Ich weiß jedoch, dass das unmöglich ist.

„Ich frage mich, Kleines … Bist du immer noch feucht von vorhin oder macht es dich jetzt von Neuem an, hier auf meiner Couch zu sitzen. Nur in eine Decke gehüllt mit gespreizten Schenkeln wie eine hungrige, gierige, kleine Schlampe, die verzweifelt nach einem Schwanz verlangt?"

Das Stöhnen entweicht meinen Lippen, bevor ich es unterdrücken kann. Seine derben Worte beschämen mich und erregen mich zugleich. Ich hasse mich dafür.

„Du willst mich schon wieder, nicht wahr?" Sein Knurren ist wie eine Liebkosung. „Diese empfindliche Stelle zwischen deinen Beinen ist wund und schmerzt, aber sie ist auch geschwollen und pocht, nicht wahr? Sie sehnt sich nach meinen Fingern … nach meiner Zunge … meinem Schwanz …"

Ich öffne die Augen und beobachte, wie er mit bedächtiger Langsamkeit seinen Whisky austrinkt und das Glas auf den Couchtisch stellt. Er nimmt mir mein leeres Glas aus der Hand und stellt es daneben. Dann lässt er seine Fingerspitzen über meine Oberschenkel wandern. Ich stoße ein weiteres hilfloses Stöhnen aus.

„Sag es mir, süße Sabina", murmelt er. „Sag mir, was du willst."

Ich schließe erneut meine Augen – alles, um mich vor seinem durchdringenden Blick zu verstecken – und schüttle den Kopf. Ich kann es nicht sagen. Ich kann einfach nicht.

Er kneift mich so heftig in die Innenseite meines Oberschenkels, dass ich nach Luft schnappe und zurückschrecke.

„Ich werde dich nicht noch einmal fragen", knurrt er.

„Bitte", flüstere ich, ohne zu wissen, worum ich eigentlich bitten soll. *Vor Begierde geistlos* ist ein Ausdruck, den ich schon so oft gehört und gelesen habe, aber ich habe ihn nie wirklich verstanden.

Bis jetzt.

„Bitte … was?" Er hat jetzt aufgehört, mein Haar zu streicheln, und greift mir in den Nacken. Das Stück Haut an meinem inneren Oberschenkel, dass er zwischen seinen Fingernägeln eingeklemmt hat, brennt fast so heiß wie mein Gesicht.

„Ich weiß es nicht", stöhne ich. „Ich kann … ich kann im Moment nicht klar denken."

Er schnauft mitfühlend und ich keuche, als er seine Fingernägel aus meinem Fleisch löst. „Meine arme Kleine. Soll ich dir helfen?"

Ich nicke.

„Das kannst du aber besser. Denk an deine Manieren."

„Ja, Sir. Bitte hilf mir."

Seine Berührung ist zunächst so leicht, dass ich mir nicht sicher bin, ob ich sie mir einbilde. Dann erhöht er den Druck ganz leicht und ich merke, dass er tatsächlich kleine Kreise um meine Klitoris zieht. Ich zittere bereits; rhythmische Impulse von unbeschreiblicher Lust pulsieren durch meine Muschi, als er sie fachmännisch liebkost. Sein Griff um meinen Nacken hält meinen Oberkörper unbeweglich, aber ich lasse meine Hüfte kreisen und versuche, die Art und Weise, wie er mich streichelt, zu kontrollieren.

„Halte still, Kleines", sagt er leise. „Beweg dich nicht und gib keinen Laut von dir."

Es kostet mich jedes Fünkchen Selbstbeherrschung,

ihm zu gehorchen, aber ich zwinge meinen Körper, sich zu entspannen.

„Braves Mädchen", murmelt er. Seine Fingerspitze bewegt sich immer noch unerbittlich und so unaufhaltsam wie ein Metronom. Meine Klitoris fühlt sich riesig an und meine Muschi ist seltsam leer. Mir wird bewusst, dass ich mich mehr nach seinem Schwanz in mir sehne, als ich mich jemals in meinem Leben nach irgendetwas gesehnt habe. „Sitz einfach nur dar und nimm es an", fährt er fort, „sei ein gutes Mädchen für mich. Wenn ich es sage, wirst du für mich kommen – du wirst ordentlich und hart für mich kommen – und du wirst dich dabei weder bewegen noch einen Ton von dir geben. Sonst muss ich deine Schenkel mit einer Rute versohlen, dich wieder an den Rande deines Orgasmus treiben und deine Hände an das Bett fesseln, ohne dich kommen zu lassen. Ich glaube nicht, dass du die Nacht damit verbringen willst, dich hilflos zu winden. Wenn dein Arsch und deine Schenkel fast so heiß brennen wie deine Klitoris und du verzweifelt nach Erlösung verlangst ... oder doch?"

Großer Gott. Seine Drohung lässt mich tatsächlich ein wenig abspritzen; ich spüre, wie das Rinnsal aus meiner Muschi zu meinem Arschloch hinunterfließt. Ich bin kurz davor, den Kopf zu schütteln und *Nein, Sir* zu sagen, aber dann erinnere ich mich an seine Anweisung, mich nicht zu bewegen. Mir wird bewusst, dass er mich testet.

Sein Glucksen sagt mir, dass ich bestanden habe. „Du bist ein schlaues Mädchen, nicht wahr?" Er gleitet mit der Fingerspitze zwischen meine Schamlippen hinunter, wirbelt kurz in meinem glitschigen Saft herum und gleitet dann wieder nach oben, um erneut über meine pulsierende, steife Knospe zu reiben. „Du bist so verdammt nass, Sabina. Ich liebe es, wie empfindsam du bist. Ich liebe das Gefühl, wenn du auf meinem Schwanz kommst. Ich möchte dich später noch einmal ficken. Würde dir das gefallen? Vielleicht lasse ich dich auf die Knie sinken und ficke dein Gesicht, bevor ich ganz tief in deine enge, feuchte, bedürftige kleine Fotze eindringe …"

Ich beiße mir auf die Unterlippe, um nicht aufzuschreien, denn seine gemurmelten Drohungen und Versprechen überfluten mich wie eine Litanei der Lust. Ich zittere vor Anstrengung, mich nicht zu bewegen, während er mich am Rande des Abgrunds hält, weiterredet und mich weiter neckt …

Seine Hand in meinem Nacken fühlt sich an wie ein Brandmal.

„Du wirst jetzt kommen", fährt er fort, „und du wirst dich daran erinnern, was ich gesagt habe, was passieren wird, wenn du auch nur einen Muskel bewegst oder zu laut atmest. Hast du mich verstanden?"

Bei seinen Worten spritzt es erneut aus meiner Muschi. Dann erhöht er den Druck auf meine steife Knospe gerade so weit, dass ich über den Abgrund stürze. Ein heißes, pulsierendes Kribbeln durchzuckt mein Inneres. Es geht von der Stelle aus, die er mit seinen Fingerspitzen massiert, und strahlt nach außen. Meine Muschi zieht sich immer wieder zusammen, während er mir ins Ohr säuselt, mich ermutigt und es auf seine fachmännische, aufreizende Art in die Länge zieht.

„Braves Mädchen, schhh, so ist es gut, komm hart für mich, hör nicht auf, wage es ja nicht, jetzt aufzuhören …"

Ich zittere unkontrolliert und klammere mich mit aller Kraft an die Decke, während er mich immer weiter und weiter treibt. Ich sehne mich verzweifelt danach, dass er die Reibung nur ein ganz klein wenig erhöht, gerade genug, um mich ganz kommen zu lassen, damit diese quälende, ekstatische Qual ein Ende nimmt.

„Du bist so wunderschön, wenn du zum Höhepunkt

kommst, Kleines. Ich glaube nicht, dass ich mich jemals an deinem Anblick sattsehen könnte. Deshalb ziehe ich es auch gern so in die Länge. Es ist deine eigene Schuld. Ich frage mich, wie lange wir das hier weitermachen können. Es ist ein unglaubliches Gefühl, nicht wahr, aber irgendwann muss es doch unerträglich werden ..."

Die Worte sprudeln über meine Lippen, ohne dass ich darüber nachdenke. „*Bitte*, Sir! *Machdassesaufhörtmachdassesaufhörtmachdassesaufhört* ..."

Ich weiß beim besten Willen nicht, wie er das macht. Wie er mir diese Empfindungen entlocken kann oder wie er meinen Körper so viel besser kennt als ich selbst. Aber er verändert die Art und Weise, wie er mich berührt, und es gibt einen letzten Höhepunkt von pulsierendem, Muschi-zuckendem Vergnügen, bevor es endlich abebbt. Die ganze Spannung fällt von mir ab und ich lasse mich erschöpft gegen seine Hand an meinem Nacken sinken. Erledigt. Besiegt.

Maximus' Stimme reißt mich in die Gegenwart zurück. „Oh je." Sein Ton ist irritierend beiläufig, als würde ich nicht gerade in einer regelrechten Pfütze meiner eigenen Erregung sitzen. Als würde mein Geschlecht nicht immer noch von den Nachbeben des längsten Orgasmus meines Lebens pulsieren. „Ich habe dich gewarnt, was passieren würde, wenn du einen Laut von dir gibst."

12

Maximus

GOTT, Sabina ist umwerfend, wenn sie kommt. Ich habe es so lange wie möglich in die Länge gezogen, um jede Sekunde ihres Vergnügens zu genießen und jedes winzige Detail an ihr wahrzunehmen: die Röte, die ihren Hals und ihr Gesicht hinaufstieg, das Pochen der Ader an ihrem Hals, das Zittern ihrer runden, vollen Schenkel.

Ich war auch neugierig, wie lange sie es aushalten würde, bevor sie zusammenbricht. Ich dachte mir, die einzige Möglichkeit, sie den ganzen Tag lang zu fesseln, ohne dass sie Verdacht schöpft, ist, es zu einer Strafe zu machen. Und sie hat mir direkt in die Hände gespielt.

Ich scheine mein Lächeln in ihrer Gegenwart oft verbergen zu müssen.

Jetzt sieht sie mich mit ihren großen, dunkelblauen Augen an und ihre geröteten Brüste heben sich bei jedem Atemzug.

„Ich habe dich etwas gefragt", knurre ich und sie zuckt zusammen.

„E-Entschuldigung, Sir. Du hast gesagt, du würdest mich bestrafen."

„Genau. Und was habe ich gesagt, wie diese Bestrafung aussehen würde?"

Sie wiederholt es langsam, als stünde sie unter Zugzwang. Und irgendwie ist das wohl auch so. „Du … du würdest mich mit einer Rute versohlen, mich zum … ganz nah zum Orgasmus bringen und dann würdest du … mich ans Bett fesseln."

Eigentlich würde ich sie gern noch einmal ficken, aber der Sonnenaufgang rückt immer näher und ich werde müde. „Braves Mädchen", sage ich zu ihr. „Und warum tue ich das?"

Sie schließt die Augen und mir entgeht nicht, wie sie ihre Hände in die Decke krallt. „I-ich habe ein Geräusch gemacht."

„Du hast mich angefleht, aufzuhören, dich kommen zu lassen", sage ich zu ihr. „Lautstark. Nachdem ich dir ausdrücklich befohlen habe, du sollst dich weder bewegen noch einen Laut von dir geben."

„Es tut mir leid, Sir." Jetzt lässt sie tatsächlich den Kopf hängen und ich spüre eine Art Stich in der Brust. Bei den Göttern, was ist es nur an ihr?

„Du brauchst dich nicht zu entschuldigen. Ich werde dich dafür büßen lassen", sage ich mit leiser Stimme. „Steh auf."

Sie klammert sich noch immer an die Decke, steht auf und schwankt ein wenig. Sie hat Durchhaltevermögen, das muss ich ihr lassen. Auch ich erhebe mich und lege einen Arm um ihre Schultern, um sie abzustützen.

„Hast du—" Ihre Stimme klingt krächzend und sie räuspert sich, bevor sie es erneut versucht. „Dürfte ich zuerst duschen?"

„Nur wenn es ganz schnell geht. Ich bringe dich in dein Zimmer."

Wenn sie überrascht ist, dass ich es als *ihr* Zimmer und nicht als meins oder unser Zimmer bezeichne, zeigt sie es nicht. Aber sie ist wahrscheinlich einfach nur erschöpft. Genau wie ich.

Ich führe sie aus dem Wohnzimmer, die Treppe hinauf und in mein Lieblingsgästezimmer. Es ist in verschiedenen Blau- und Lavendeltönen gehalten und die Aussicht bei Tag ist einfach überwältigend.

Ich habe sie bisher nur auf Fotos gesehen.

Alle meine Schlafzimmer haben ein eigenes Bad und ich führe Sabina in das an dieses Zimmer angrenzende Bad. Es gibt eine große Whirlpool-Badewanne darin und eine offene Dusche mit verschiedenen Duschköpfen – Regen, Wasserfall, Massage. Sie ist groß genug für zwei Personen, und so gern ich auch mit ihr hineinspringen würde, haben wir jedoch einfach keine Zeit dafür. „Handtücher und Waschlappen sind hier drin", sage ich und klopfe auf einen Schrank. „Zahnbürsten und Zahnpasta in dieser Schublade. Shampoo, Spülung, Duschgel … alles, was du sonst noch brauchen könntest, befindet sich in dieser Schublade. Bitte beeile dich. Du hast fünfzehn Minuten. Für jede weitere Minute bekommst du fünf weitere Hiebe mit der Rute. Über deine Schenkel."

Sie stößt ein halb wimmerndes, halb stöhnendes Geräusch aus und mein Schwanz zuckt bei diesem Klang. Sie steht wirklich auf Schmerzen – ein echtes Schmerzluder. Ich liebe es.

„Ich lasse dich dann mal machen", sage ich zu ihr. „Denk daran, du hast fünfzehn Minuten – ich werde dich jede Sekunde bereuen lassen, die du zu spät kommst."

„Ja, Sir."

Mir entgeht das Klicken des Schlosses nicht, sobald ich die Tür hinter mir geschlossen habe. Jetzt kann ich endlich offen grinsen. Als ob mich das Abschließen der Tür von irgendetwas abhalten würde. Doch wenn sie sich dadurch vorerst sicherer fühlt, werde ich es erlauben.

Ihr Zeitlimit ist auch mein eigenes, also eile ich in mein Bad und dusche mich blitzschnell. Dann ziehe ich mir ein schwarzes, ärmelloses T-Shirt und eine schwarze Jogginghose an, wobei ich meine Füße nackt lasse. Ich bin kein Fan von Anzügen und trage sie normalerweise nur im Club.

Ich habe noch ein paar Minuten Zeit und kehre in das Zimmer zurück, das ich Sabina zugewiesen habe. Ich stelle ein großes Glas Wasser auf den Nachttisch – Alkohol ist so dehydrierend für Menschen – und lege die Rute, die ich ausgewählt habe, auf das Bett, damit sie das Erste ist, was sie sieht, wenn sie hereinkommt. Das riesengroße Bett ist mit sauberer Bettwäsche bezogen und ich habe meine weichsten Seile bereits am schmiedeeisernen Kopfteil befestigt.

Ich bedaure nicht oft, was ich bin. Ich vermisse die Sonne und es ist eine Schande, dass ich tagsüber nie die Aussicht von meinem Haus aus genießen kann. Aber sonst …

Jetzt wünsche ich mir seltsamerweise, ich wäre ein einfacher Sterblicher. Ich hätte mich zu der süßen Sabina unter die Dusche stellen, sie noch einmal vögeln und dann neben ihr einschlafen können. Ich hätte sie in den Armen halten können, anstatt gezwungen zu sein, die Wahrheit zu verbergen, indem ich sie fessle und mich in mein dunkles Kellerboudoir zurückziehe. Ich werfe einen Blick auf das Glas Wasser, das ich ihr hingestellt habe, und spüre den sauren Beigeschmack von Schuldgefühlen auf meiner Zunge, weil ich weiß, was ich gleich tun werde.

Eine Frau unter Drogen zu setzen, ist moralisch verwerflich, das weiß ich selbst, aber ich kann einfach nicht riskieren, dass sie zu früh aufwacht. An das Bett gefesselt kann sie weder trinken noch essen noch zur Toilette gehen und ich will nicht, dass sie auch nur einen Moment länger als nötig leiden muss. Also habe ich eine Kleinigkeit in ihr Wasser gemischt, dass ich ihr zu trinken geben werde. Es ist geschmacklos, geruchslos und überaus wirksam. Wenn alles nach Plan läuft, wird sie gegen Sonnenuntergang aufwachen und sich fühlen, als hätte sie einen langen, tiefen, traumlosen Schlaf gehabt. Sie wird keine Zeit haben, sich aus ihren Fesseln zu befreien – wenn ich eine Frau fessle und sie allein lasse, verwende ich einen speziellen Knoten, der sich leicht lösen lässt, wenn man die richtige Stelle zum Ziehen findet. Obwohl ich noch nie eine Frau getroffen habe, die dies herausgefunden hat oder es musste – oder sie würden wohl auf Entdeckungsreise gehen und sich fragen, wo zum Teufel ich bin.

Die Badezimmertür öffnet sich und sie kommt in einer Dampfwolke heraus. Ich atme den süßen, heißen Duft ihrer Haut und des Grapefruit-Duschgels ein, das sie benutzt haben muss. Ein schlichtes, weißes Handtuch ist um ihren Körper gewickelt und ihr feuchtes Haar fällt über ihre weichen Schultern.

Ich liebe es, wie sich ihre Augen weiten, als sie erst mich und dann die Rute neben mir auf dem Bett liegen sieht.

„Hast du alles gefunden?", frage ich sie.

„Das habe ich. Danke."

„Du hast Glück", fahre ich fort, „du hast es gerade noch rechtzeitig geschafft. Eine Minute länger und ich hätte dich noch mehr bestrafen müssen. Und jetzt komm her."

Sie gehorcht zögernd. Ihre Bewegungen sind langsam, aber anmutig. „Ich werde dich jetzt an das Bett fesseln. Gibt es noch etwas, was du vorher tun musst?" Ich meine damit, dass dies ihre letzte Gelegenheit ist, zur Toilette zu gehen, und ich hoffe, dass ich nicht gezwungen bin, es näher auszuführen. Aber sie ist klug und versteht, was ich meine.

„Nein, Sir. Ich war gerade erst."

„Braves Mädchen. Lass dein Handtuch fallen, trinke etwas von dem Wasser und leg dich hin."

Ich rechne fast mit einer Diskussion, aber sie legt das Handtuch gehorsam über einen Stuhl in der Nähe, leert die Hälfte des Glases – was genug sein sollte – und legt sich auf den Rücken, wobei sie ein kleines Stöhnen von sich gibt, als ihr Gewicht auf ihren Hintern drückt. Das Geräusch rauscht, wie immer, direkt in meinen Schwanz.

Ich staune darüber, wie schlank ihre Handgelenke sind, als ich sie mit zwei langen, weichen Seilen am Kopfteil des Bettes befestige und darauf achte, dass die Fesseln weder zu locker noch zu fest sitzen. Sie ist viel gefügiger, als ich erwartet hatte, und ich frage mich, ob es Erschöpfung oder etwas anderes ist. Vielleicht hat sie einfach erkannt, dass es keinen Sinn hat, sich gegen mich zu wehren.

Schließlich gewinne ich immer.

„Ist das bequem?", frage ich und blicke auf ihre atemberaubende, nackte Gestalt hinunter.

„Ja, Sir."

„Du kannst dich auf die Seite oder auf den Bauch drehen, wenn du willst?"

Sie dreht sich versuchsweise auf die Seite. „Ja, Sir."

„Gut. Für den Moment auf den Rücken, Kleines."

Sobald sie in der richtigen Position ist, greife ich nach

der Birkenrute und peitsche damit ein paarmal durch die Luft. Beim Ausdruck auf ihrem schönen Gesicht muss ich ein Lächeln unterdrücken. Sicherlich ist da Angst, aber sie ist mit nicht gerade wenig Verlangen vermischt.

„Heb deine Beine hoch. So ist es gut, braves Mädchen. Gerade hoch in die Luft, Füße zusammen. Lass die Knie locker."

Sie ist gelenkig und tut, was ich ihr sage, ohne sichtbare Anstrengung. Trotzdem schlinge ich meine freie Hand um ihre Knöchel, um sie in Position zu halten.

Ihr Arsch ist immer noch rosa und die Striemen vom Lexan-Stock sind leicht erhaben. Ihre Möse, die mir zwischen ihren geschlossenen Schenkeln verlockend entgegensieht, ist ebenfalls noch geschwollen. Wie eine reife Guave. Ich verspüre den plötzlichen Drang, in sie hineinzubeißen. Stattdessen lecke ich mir über die Lippen.

„Warum tue ich das?", frage ich und verfalle in meinen dominanten Tonfall.

Sie schließt die Augen und stöhnt. „Bitte, Sir, können wir es einfach hinter uns bringen?"

Kaum hat sie den Satz beendet, lasse ich die Rute auf ihren geschundenen Hintern knallen. Ein schneller, harter Schlag, der sie aufschreien lässt. „Sollen wir das noch einmal versuchen?"

„W-weil ich n-nicht still war, als ich g-gekommen bin", flüstert sie erfreulich eingeschüchtert.

„Besser. Bist du bereit?"

„Ja, Sir."

„Mach dich auf etwas gefasst, Kleines. Das hier wird wehtun. Und du kannst schreien, so laut du willst – niemand kann dich hören."

Ich halte ihre Beine mit der linken Hand hoch und peitsche mit der rechten Hand in kurzen, scharfen Schlägen der Rute auf beiden Seiten über die Rückseite ihrer Oberschenkel. Das rote Muster setzt sich jetzt bis zu ihren Kniekehlen fort.

Sabina schreit unaufhörlich, als hätte ich es ihr befohlen, und zuckt mit ihrer Hüfte in einem vergeblichen Versuch, sich mir zu entwinden. Ich liebe die Birkenrute; ihr Aussehen ist so trügerisch. Ich muss kaum mit dem Handgelenk schnippen, um die gewünschte Wirkung zu erzielen, und obwohl sie beim Aufprall kaum ein Geräusch macht, ist der Stich, den sie verursacht, wirklich heftig.

Ich muss sie weder hart noch lange auspeitschen, um das gewünschte Ergebnis zu erzielen, und die ganze Sache ist innerhalb von ein paar Minuten vorbei. Während ich noch immer ihre Knöchel festhalte, bewundere ich mein Werk und spüre, wie meine Nasenflügel beben, als ich den unverkennbaren Duft ihrer Erregung wahrnehme.

„Na, na", sage ich beruhigend. „Und schon ist es vorbei. Das hast du sehr gut gemacht. Ich denke, du verdienst eine Belohnung. Spreiz die Beine für mich, Knie an die Brust, so ist es brav."

Sie hat jetzt aufgehört, zu schreien und keucht. Und obwohl ich vorhatte, sie nur mit den Fingern zu reizen, überkommt mich die Gier. Nachdem ich sie losgelassen habe, tut sie, wie ihr befohlen wurde. Sie spreizt ihre Beine und beugt ihre Knie.

Ohne Umschweife vergrabe ich meine Zunge in ihrer süßen, heißen Fotze.

Bei den Göttern, aber das Mädchen ist nass und mein Schwanz ist so steif in meiner Hose, während ich ihre Muschi wie einen reifen Pfirsich lecke. Ihr Saft und mein Speichel tropfen über mein Kinn. Ihre Klitoris liegt wie eine kleine Murmel auf meiner Zunge und ich sauge und lecke hungrig daran, wobei ich ihre geschundenen Schenkel grausam von hinten packe, um sie in Position zu halten, während ich sie verschlinge. Ich kann ihr Blut durch ihre weiche Haut riechen und die daraus resultierende tiefe, dumpfe Sehnsucht in meiner Leiste macht mich nur noch wütender – sie hat kein Recht, mich auf diese Weise zu erregen.

Sie steht kurz davor, ihr ganzer Körper zittert, und ich gleite mit meiner Zunge so tief in sie hinein, wie es nur geht, bevor ich noch einmal langsam und ausgiebig bis zu ihrer Klitoris hinauflecke. Dann löse ich widerwillig meinen Griff um sie, stehe auf und wische mir das Kinn ab.

„Ich denke, das ist genug", sage ich. „Wenn du ein braves Mädchen bist, werde ich es beenden, sobald du aufgewacht bist."

Sabina windet sich und zappelt in ihren Fesseln. Ihre Schenkel sind immer noch gespreizt und sie ist nichts als ein bettelndes, hilfloses, lüsternes Häufchen Elend. Es ist so verdammt heiß, es mitanzusehen, dass ich wünschte, ich hätte Zeit, meinen Schwanz in sie zu stoßen.

Später.

„Du kannst jetzt deine Beine senken", sage ich zu ihr.

„Bitte", stöhnt sie. „Bitte, Sir. Ich werde niemals schlafen können ..."

„Beine runter." Mein geknurrter Befehl duldet keinen Widerspruch und sie gehorcht mit offensichtlichem Widerwillen. Ich ziehe das Laken hoch, um sie zuzudecken, beuge mich vor und drücke ihr einen Kuss auf die Stirn. „Braves Mädchen. Träum süß."

„Warte, wo willst du denn hin? Du willst mich doch nicht wirklich hier liegenlassen, so ans Bett gefesselt?" In ihrer Stimme liegt ein Hauch von Panik und ich spüre einen Anflug von Bedauern.

„Ich werde nicht weit weg sein, meine Süße. Ruh dich etwas aus." Ohne ihr die Gelegenheit zu einer Antwort zu geben, ignoriere ich ihr Wimmern, schalte das Oberlicht aus, lasse die Nachttischlampe jedoch brennen, nur für den Fall, dass sie aufwacht. Alle meine Vorhänge sind Verdunkelungsvorhänge, sodass sie kaum etwas sehen würde, selbst wenn sie tagsüber aufwacht. Ich unterdrücke einen Seufzer und verlasse ihr Zimmer.

Die Sonne ist fast aufgegangen und ich habe es gerade noch rechtzeitig geschafft, denke ich, als ich mich auf den Weg in den Keller mache, wo ich mich vor den tödlichen Sonnenstrahlen verstecken muss, wie ich es nun schon seit unzähligen Jahrhunderten getan habe.

Ich bin müde, geil und ausgelaugt, und doch verfolgt mich das Echo von Sabinas geflüstertem Betteln hinunter in mein Verlies …

13

Sabina

MIT EINEM SCHRECK wache ich auf und weiß nicht, wo ich bin. Als ich versuche, mir eine klebrige Haarsträhne aus dem Gesicht zu streifen, bemerke ich, dass meine Hände an das Kopfteil des Bettes gefesselt sind, und schlagartig fällt mir alles wieder ein. Ich bin bei Maximus zu Hause. Wir haben zusammen gespielt, er hat mich gefickt, dann hat er mich mit nach Hause genommen. Ich drehe meinen Kopf und stelle erschrocken fest, dass er nicht neben mir liegt. Er hat mich doch sicher nicht allein hiergelassen … Wie lange habe ich geschlafen? Ich werfe einen Blick zum Fenster, aber die dicken Vorhänge geben nichts preis – nicht einmal der kleinste Hauch von Tageslicht ist zu sehen.

Ich lecke mir über die Lippen und bemerke, wie durstig ich bin. Mein Blick fällt auf das halb volle Glas Wasser auf dem Nachttisch. Ich bemühe mich, es zu erreichen, aber leider ist das Seil, mit dem Maximus mich gefesselt hat, zu kurz.

Wo ist das Arschloch eigentlich?

Ich fühle mich seltsam erschöpft, fast wie verkatert, aber ich habe gestern Abend nur zwei Gin Tonics über mehrere Stunden hinweg getrunken, also kann es das nicht sein. Ich versuche, meinen Körper zu bewegen, um das Laken auf mir loszuwerden, aber es kostet mich Unmengen von Kraft und ich gebe schon bald auf. Stattdessen zwinge ich mich, ein paar tiefe Atemzüge zu nehmen, und kämpfe gegen die aufsteigende Panik an.

Ich befinde mich im Haus eines praktisch Fremden und bin an ein Bett gefesselt. Nackt. Mein Kopf ist benebelt. Hat er mich unter Drogen gesetzt? Sicherlich nicht. Ein Widerling wie Ethan würde sich zu so etwas herablassen, aber doch nicht Maximus. Er ist ein Sadist, das definitiv, und durch und durch dominant, aber er hat auch eine fürsorgliche, umsichtige Seite gezeigt. Er arbeitet als Sicherheitsmann, um Himmels willen. Er verdient seinen Lebensunterhalt damit, Frauen zu beschützen.

Das wäre die perfekte Tarnung, sagt eine kleine Stimme in mir, aber ich beschließe, sie zu ignorieren. Nein, er ist wahrscheinlich nur im Bad oder unten in der Küche und macht uns etwas zu essen. Ich habe eigentlich keinen Hunger, aber für einen Kaffee würde ich fast morden.

Die Minuten vergehen, während ich so daliege, und meine Gedanken rasen. Niemand braucht so lange im Bad. Es würde doch auch sicherlich nicht so lange dauern, etwas zu essen oder einen Kaffee zu machen. Wo ist er?

Ich winde mich im Bett und der darauffolgende Schmerz in meinem Hintern erinnert mich an unsere Session. Ein sofortiger Lustschmerz schießt durch meinen Unterleib und meine Klitoris beginnt plötzlich zu pulsieren. Ich kann mich nicht erinnern, wann das letzte Mal jemand eine solche sexuelle Wirkung auf mich hatte. Ich dachte, ich würde sterben, als er mich bis an den Rand des Orgasmus leckte, bevor er mich einfach liegenließ – völlig notgeil und sehnsüchtig nach Erlösung und Schlaf.

Zum Glück bin ich trotz meiner Befürchtungen relativ schnell eingeschlafen. Aber jetzt erwachen meine Nervenenden wieder zu neuem Leben. *Toll*, denke ich. *Jetzt habe ich Durst, Schmerzen* und *bin geil.*

Und ich bin ans Bett gefesselt, sodass ich nichts dagegen tun kann.

Ich ziehe experimentierend an den Seilen um meine Handgelenke und drehe meinen Kopf, um die Knoten besser sehen zu können. Irgendwann stelle ich fest, dass sich meine Hände erreichen können und ich nutze diesen Vorteil sofort aus, indem ich an dem Knoten an meinem linken Handgelenk herumfummle.

Das ist alles wie in einem billigen Horrorfilm, denke ich mir, als ich an dem weichen Seil zerre. Wenn ich es schaffe, mich zu befreien, werde ich wahrscheinlich etwas zum Anziehen finden, die Treppe hinuntergehen und bestimmt einen menschlichen Kopf im Kühlschrank entdecken.

Erst Zeke, dann Ethan und jetzt das. Gibt es denn auf der ganzen Welt keine vernünftigen, normalen Männer mehr? Sind die wirklich alle schon vergeben?

Wenigstens lenkt mich meine Konzentration auf das Lösen der Fesseln vom Pulsieren zwischen meinen Beinen ab.

„Komm schon", ermutige ich mich selbst und spüre, wie sich das Seil leicht lockert. Ich versuche es jetzt eher durch Tasten als durch Hinsehen, denn ich kann meinen Kopf nicht im richtigen Winkel halten, um zu sehen, was ich tue, ohne mir den Nacken zu verrenken. Mit den

Fingerspitzen entdecke ich schließlich eine kleine Schlaufe, die in dem ansonsten sauberen Knoten fehl am Platz zu sein scheint. Ich ziehe ganz leicht daran und stöhne fast vor Erleichterung auf, als sich der gesamte Knoten sofort löst. Ich hätte bei den Pfadfinderinnen besser aufpassen sollen; vielleicht hätte ich es dann früher herausgefunden. Mit einer freien Hand drehe ich mich auf den Bauch und versuche, die Schlaufe des Knotens an meinem rechten Handgelenk zu finden. Als ich daran ziehe, löst sich auch das letzte Band, das mich an das Bett fesselt.

Gott sei Dank, verdammt noch mal. Ich setze mich auf, greife mir an den Kopf und versuche vergeblich, das plötzliche Pochen in meinen Schläfen zu lindern. Ich greife nach dem Glas Wasser und leere es mit ein paar gierigen Schlucken. Dann schwinge ich meine Beine über die Bettkante und stehe schwankend auf, während mein wundes Hinterteil und meine Oberschenkel über die Bettlaken rutschen.

Ich ziehe die Vorhänge zurück und blinzle gegen das grelle Sonnenlicht an. Als ich wieder sehen kann, staune ich über die Aussicht, die sich mir bietet. Nichts als atemberaubende Arizona-Berge, so weit das Auge reicht. Kein einziges Haus in Sicht, nur Natur in ihrer ursprünglichsten und schönsten Form. Dieser Glückspilz Maximus kann dies täglich genießen. Ich weiß nicht, warum er sich die Mühe macht, überhaupt Vorhänge anzubringen. Es ist ja nicht so, dass jemand hineinschauen könnte – selbst nachts, wenn das Licht an ist.

Meine Blase beschließt, aufzuwachen, und ich gehe vorsichtig ins Bad, um mich darum zu kümmern. Nachdem ich mir die Hände gewaschen habe, streiche ich mir die Haare aus dem Gesicht und werfe sie über meine Schulter zurück, bevor ich mein Spiegelbild betrachte.

Ich sehe nicht sonderlich gut aus. Meine Augen sind blutunterlaufen. Meine Wimperntusche ist verklumpt und ich lecke meinen Finger an, um die Flecken unter meinen unteren Wimpern wegzuwischen. Dann fällt mir etwas anderes ins Auge: Eine Stelle, die einem blauen Fleck an meinem Hals nicht unähnlich ist. Das muss von dem Biss stammen, den er mir gestern Abend während unserer Session verpasst hat. Ich kann mich nicht daran erinnern, wann ich das letzte Mal einen Knutschfleck hatte – jedenfalls nicht, seit ich ein Teenager war – und ich lehne mich näher an den Spiegel, um einen besseren Blick zu erhaschen.

Mir gefriert das Blut in den Adern.

Ganz sicher nicht, denke ich, und mein Herz beginnt, doppelt so schnell zu schlagen. Es kann unmöglich das sein, wonach es aussieht.

Innerhalb des Blutergusses sind zwei deutliche Einstichwunden sichtbar. Sie haben genau die richtige Größe und Form, um …

Nein, jetzt machst du dich lächerlich, sage ich mir selbst. Vampire gibt es nur in Romanen und Filmen. Vielleicht hat er mich versehentlich mit den Zähnen erwischt, als er an meinem Hals saugte –, aber diese Spuren würden anders aussehen. Menschliche Zähne sind stumpf. Sie hinterlassen ganz andere Abdrücke. Wohingegen dieser … Ich sehe zwei perfekt runde Löcher, die denen eines Schlangenbisses nicht unähnlich sind, nur weiter voneinander entfernt.

Unfähig, es mir zu verkneifen, stupse ich die Stelle an und keuche angesichts des plötzlichen, scharfen Stichs. Er hat mich lange gebissen – Gott, es hat sich so gut angefühlt –, aber das war sicher nur ein Zufall. Ja, ich kam gerade so heftig, dass meine Knie fast nachgaben. Aber selbst dann wäre ich mir ziemlich sicher, dass ich gemerkt hätte, wenn er mein verdammtes Blut getrunken hätte.

Nur, dass ich ohnmächtig war. Dann hätte er es tun können.

Nein. Auf gar keinen Fall. Ich hatte schon immer eine übermäßig lebendige Fantasie und das hier beweist es nur.

Wo ist er dann? Diese Frage drängt sich mir auf. *Warum bist du in einem offensichtlichen Gästezimmer und nicht in seinem Schlafzimmer? Ist es nicht üblich, dass man das Bett mit einem Mann teilt, wenn man die Nacht zusammen verbringt? Hat er dich betäubt und gefesselt, damit du bis zum Sonnenuntergang schläfst und nichts von alledem mitbekommst?*

Stimmt es überhaupt –, dass Vampire sich vor dem Sonnenlicht verstecken müssen?

Bevor ich mich mit diesen Gedanken noch selbst in den Wahnsinn treibe, beschließe ich, etwas zu unternehmen. Schritt eins: etwas zum Anziehen finden. Im Gästezimmer gibt es keinen Kleiderschrank, aber ich erinnere mich, dass ich mein Kleid unten in der Küche gelassen habe. Bis ich dort unten bin, muss ich das Handtuch benutzen, das über dem Stuhl hängt. Ich greife danach und wickle es um meinen Körper, dankbar für den Schutz, auch wenn es dürftig ist. Mit angehaltenem Atem und hämmerndem Herzen gehe ich auf Zehenspitzen zur Tür und öffne sie vorsichtig. Ein kurzer Blick in den langen Flur zeigt mir, dass niemand da ist, also gehe ich die Treppe hinunter und in die Küche. Zu meiner großen Erleichterung sind mein Kleid und meine Handtasche immer noch genau dort, wo ich sie zurückgelassen habe. Schnell lasse ich das Handtuch fallen und ziehe mir das Kleid über den Kopf. Dann krame ich in meiner Handtasche nach meinem Handy.

Verdammt. Der Akku ist leer.

Unfähig, ein Stöhnen der Angst und Frustration zu unterdrücken, lehne ich mich an den Tresen und versuche, meine Gedanken zu ordnen. Mein Telefon funktioniert nicht. Ich habe kein Auto und ich befinde mich irgendwo im Vorgebirge. Ich müsste kilometerweit laufen, nur um sein verdammtes Grundstück zu verlassen, und dann noch viel weiter, um zurück in die Zivilisation zu gelangen.

Wie dumm war ich eigentlich, mich in diese Lage zu bringen?

Aber Maximus hat mir wirklich keine andere Wahl gelassen. Er war so unglaublich charmant.

Ein Jammer, dass er ein Vampir ist.

Jetzt muss ich über mich selbst lächeln. Wahrscheinlich gibt es für all das eine ganz vernünftige Erklärung. Ich könnte es mir einfach gemütlich machen, dieses riesige, üppige Anwesen erkunden und darauf warten, dass er wieder auftaucht. Was er wahrscheinlich bald tun wird – *spätestens nach Sonnenuntergang*, denke ich ironisch.

Du drehst durch, Sabina. Eine plötzliche Hoffnung, dass ich träume, überkommt mich, und ich kneife mir wie wild in den Unterarm.

Nichts. Ich bin immer noch in dieser Küche. Immer noch kein Entkommen.

Ich schließe die Augen, tippe mir mit den Fingerspitzen an die Stirn und zwinge mich, nachzudenken. Ich habe mein Auto nicht, das stimmt, aber es stehen zwei in der Garage. Ich könnte mir eins davon nehmen und zurück zum Club Toxic fahren. Technisch gesehen wäre es kein Diebstahl – er arbeitet dort und ich könnte die Schlüssel später bei ihm abgeben oder sie ihm per Post zuschicken. Vorausgesetzt, ich kann sie finden.

Und dass das Garagentor nicht verschlossen ist.

Warum hast du es so eilig, abzuhauen?, fragt mich eine kleine Stimme. *Er hat dir doch gar nicht wehgetan – zumindest nicht über das hinaus, wozu du eingewilligt hast.* Meine Klitoris erwacht wieder zum Leben, als ich an seine Hände auf meinem Körper denke, an seinen tiefen, dominanten Ton in meinem Ohr, an seine Zunge, die mich an den absoluten Rand des Wahnsinns treibt ….

Wenn es mir irgendwie gelingt, mir ohne seine Zustimmung eines seiner Autos zu leihen und nach Hause zu gelangen, ist eine Sache sicher: Ich werde nichts davon jemals wieder spüren. Maximus wäre stinksauer.

Und obwohl ich mit meinem Singledasein vollkommen zufrieden bin, kann ich nicht ignorieren, wie mein Körper auf ihn reagiert. Es ist wie ein Drogenrausch und ich will mehr. So viel mehr. Ich will wissen, wie er küsst, wie sein Schwanz schmeckt; ich will mehr von seiner exquisiten Folter erfahren, die er so mühelos austeilen kann.

Bin ich wirklich bereit, auf den besten Sex meines Lebens zu verzichten, nur weil ich ohne ihn aufgewacht bin und jetzt die lächerliche Vorstellung im Kopf habe, dass er kein Mensch ist?

Meine Fingerspitzen gleiten wieder zu meinem Hals und ich zucke zusammen, als ich die Bisswunde berühre. Aber es ist nicht nur eine Vorstellung. Ich habe einen greifbaren, sichtbaren Beweis. Und obwohl ich damit einverstanden war, mit ihm zu spielen und sogar Sex mit ihm zu haben, kann ich mich an keine Diskussion darüber erinnern, sein Abendessen zu werden.

Das Lachen, das über meine Lippen kommt, grenzt an Hysterie und mir wird plötzlich schwindlig. Ich muss mich einfach einen Moment lang hinsetzen. Mich orientieren. Keine übereilten Entscheidungen treffen.

Ich gehe in den Wohnbereich, in dem wir vorhin saßen, und erlaube meinen schwachen Knien, unter mir nachzugeben, als ich auf das gemütliche Sofa sinke. Die Aussicht von hier ist genauso spektakulär wie die im Schlafzimmer, aber meine Augenlider fühlen sich so schwer an.

Gott, bin ich müde.

Ich will einfach nur für ein paar Minuten dösen, dann werde ich mich zusammenreißen und mir einen Plan ausdenken. Vielleicht liege ich ja sogar noch im Bett und es ist alles nur ein Traum …

14

Maximus

ALS ICH AUFWACHE, gilt mein erster Gedanke Sabina. Großer Gott, ich hoffe, es geht ihr gut. Ich hoffe, sie ist gerade erst aufgewacht und blinzelt jetzt verschlafen, während die Erinnerungen an diesen Morgen langsam in ihr wieder aufsteigen. Ich frage mich, ob sie noch feucht ist, und mein Schwanz zuckt bei dem Gedanken. *Vielleicht schläft sie ja noch,* denke ich, als ich meinen Keller verlasse und die Treppe hinaufspringe. In meiner Eile nehme ich zwei Stufen auf einmal, um sie schneller zu erreichen. Ich könnte sie wecken, indem ich meinen Schwanz tief in sie hineinschiebe–

Ich blinzle, weil mein Gehirn nicht wahrhaben will, was ich sehe. Die Vorhänge sind zurückgezogen, das Bett ist leer. Auch das Glas auf dem Nachttisch ist leer. Das ganze verdammte Zimmer ist leer.

„Sabina? Kleines?" Ich zwinge mich, lässig zu klingen,

als ich einen Blick in das angrenzende Badezimmer werfe, aber keine Spur von ihr entdecke. „Wo bist du?"

Sie kann nicht weit sein, sage ich mir. Wir sind kilometerweit von allem entfernt. Sie hat kein Auto. Sie würde auch meine Adresse nicht kennen, also wäre es wohl unmöglich, ein Taxi zu rufen, oder?

Ich fange an, methodisch zu suchen, und frage mich, warum ich ein so verdammt großes Haus haben muss. Nachdem ich mich vergewissert habe, dass sie sich nicht im zweiten Stockwerk befindet, gehe ich in den ersten Stock hinunter und reibe mir zwanghaft den Kopf, während ich die Küche und das Wohnzimmer absuche.

Sie liegt zusammengerollt auf dem Sofa, trägt ihr zerknittertes Kleid vom Vorabend und ihre Füße sind immer noch nackt. Ich knipse eine Lampe in der Nähe an und sie zuckt zusammen, als sie aufwacht und mir klar wird, was passiert sein muss. Sie ist durstig aufgewacht, hat es irgendwie geschafft, die Schlaufen in den Knoten zu finden, die ich benutzt habe, hat dann den Rest des Wassers getrunken und es bis hierhin geschafft, bevor sie wieder eingeschlafen ist.

„Sabina", sage ich leise.

Dann entdeckt sie mich und der Ausdruck von absoluter Angst, Furcht und Verrat auf ihrem Gesicht lässt mich erstarren. „Maximus", sagt sie kalt. „Ich möchte bitte nach Hause fahren."

Sofort bin ich an ihrer Seite und möchte sie an mich ziehen. Aber ich spüre irgendwie, dass meine Berührung momentan nicht willkommen ist. „Was ist denn los?"

„Was ist denn los?" Ihre Stimme klingt schrill und sie hat Mühe, sich aufrecht hinzusetzen, wobei sie sich mit jeder Faser ihres Seins so weit wie möglich von mir weglehnen will. „Wo warst du den ganzen Tag?" Sie deutet auf die schwarzen Fenster. „Buchstäblich *den ganzen Tag*?

Hast du mich wirklich ans Bett gefesselt und mich völlig alleingelassen? Ich dachte, es wäre ein Spiel. Ich dachte, du würdest zu mir kommen, sobald ich eingeschlafen bin."

„Hör zu, Kleines", sage ich und frage mich, wie ich es erklären soll. Das ist der Grund, warum ich nie ein Mädchen mit nach Hause bringe. Aus genau diesem verdammten Grund.

„Komm mir bloß nicht mit *Hör zu, Kleines*!" Aus ihren schönen blauen Augen sprühen jetzt Feuer und Trotz. Wieder einmal muss ich dem Drang widerstehen, nach ihr zu greifen. „Ich weiß, was du bist", sagt sie leise. „Du kannst aufhören, dich zu verstellen. Und es ist in Ordnung – nun, nein, eigentlich ist es nicht in Ordnung, aber wenn du mich jetzt einfach nach Hause bringst, werde ich es niemandem erzählen. Dein Geheimnis wird bei mir sicher sein."

Ich straffe meine Gesichtszüge, um nichts zu verraten, während ich ihre kleine Aussage aufnehme. „Was ich bin?"

„Ja." Sie schiebt ihr langes, blondes Haar zur Seite und zeigt auf die Stelle an ihrem Hals, an der ich sie gebissen habe. Kaltes Grauen macht sich in meinem Bauch breit. „Du bist ein Vampir, nicht wahr? Und du hast mich gebissen, verdammt!" Dann stößt sie ein schrilles, fast hysterisches Lachen aus. „Ich kann nicht einmal glauben, dass diese Worte aus meinem Mund kommen!"

Jede mir zur Verfügung stehende Möglichkeit schießt mir blitzschnell durch den Kopf. Ich wäge eine nach der anderen ab, wobei ich auch an die Konsequenzen denke. Ihre Erinnerung löschen. Es leugnen und eine Ausrede für die Bissspuren finden. Sie töten. Die letzte Option ist ein automatischer Gedanke, denn jahrhundertelang war dies die einzige Möglichkeit, mein eigenes Überleben zu sichern. Aber nein. Wir leben nicht mehr im finsteren Mittelalter. Außerdem mag ich sie, selbst wenn sie mich mit unverfälschtem Entsetzen auf ihrem exquisiten Gesicht anstarrt.

„Ja", sage ich langsam. „Du hast recht. Ich bin ein Vampir."

Und obwohl sie es zuerst gesagt hat, scheint meine Bestätigung sie zu schockieren und ihr Mund bleibt offen stehen. „Wirklich?"

„Ich werde dich nicht anlügen, Sabina. Es tut mir leid, dass du es auf diese Weise erfahren hast. Erstens möchte ich dir versichern, dass ich dich niemals verletzen oder dir etwas antun würde, und zweitens würde ich es sehr begrüßen, wenn du es mich erklären lässt."

„Und dann bringst du mich nach Hause?"

„Wenn du dann immer noch gehen willst."

Ein erneutes schrilles Lachen. „Wenn ich immer noch gehen will? Was ist denn die Alternative?"

Ich zucke mit den Schultern. „Ich bin immer noch der gleiche Typ wie gestern."

„Nein, bist du nicht! Du bist verdammt noch mal *tot*!"

Ich ignoriere den Stich und lege eine Hand auf ihr nacktes Knie. Sie zuckt zurück, stößt mich aber nicht weg. Ein vielversprechendes Zeichen. „Lass uns das wie zwei vernünftige Erwachsene besprechen, ja? Ich beantworte alle Fragen, die du hast, aber brauchst du vorher noch etwas?"

Als sie ihren Blick zu meinem Gesicht hebt, ist etwas von ihrer Angst verschwunden. Aber sie beißt sich auf die Unterlippe. „Ich nehme nicht an, dass du Kaffee hast?"

Ich muss ein Glucksen unterdrücken. Das war das Letzte, was ich von ihr erwartet hatte, und doch will ich nicht, dass sie denkt, ich würde die Situation auf die leichte Schulter nehmen. „Natürlich habe ich Kaffee. Sonst noch etwas?"

Sie senkt den Blick. „Ich muss zur Toilette."

„Die nächstgelegene ist den Flur hinunter, zweite Tür links." Ich nicke mit dem Kinn, um die Richtung anzuzeigen. „Ich warte dann in der Küche auf dich." Meine Hand gleitet von ihrem Knie, als sie sich unsicher aufrichtet. „Oder soll ich dich begleiten?" Ich will nicht, dass sie stürzt und sich verletzt.

„Nein, es geht mir gut. Ich kann auf mich selbst aufpassen", schnauzt sie, wendet mir den Rücken zu und geht in Richtung Flur.

Ich schließe beim plötzlichen Stechen in meiner Brust die Augen. Wie oft hat Caroline genau dasselbe zu mir gesagt. In genau demselben Tonfall mit genau demselben Nachdruck? Nur dass es eine Lüge war. Am Ende konnte sie nicht auf sich selbst aufpassen. Und ich konnte nicht …

Nein, sage ich mir entschlossen. Die Vergangenheit ist in der Vergangenheit, es gibt kein Zurück mehr. Ich muss mich auf die Gegenwart konzentrieren. Sabina hat mein Geheimnis aufgedeckt und ich muss mir überlegen, wie ich die Dinge von nun an handhaben will.

Ich mache mich auf den Weg in die Küche, schalte meine Kaffeemaschine ein und wähle ein paar Tassen aus, während das rhythmische Knirschen des Mahlens der Bohnen an meine Ohren dringt. Die Maschine war eine teure Anschaffung, vor allem für jemanden, der allein lebt und eigentlich weder essen noch trinken muss – außer Blut natürlich –, um zu überleben. Aber ich habe einen Geschmack für das Zeug entwickelt. Ich muss nur dafür sorgen, dass sie stets mit Kaffeebohnen und Wasser gefüllt bleibt, und die Maschine erledigt den Rest der Arbeit für mich.

Während ich auf den Signalton warte, der mir sagt, dass das Wasser heiß genug ist, lehne ich mich gegen den Küchentresen und sehe Sabinas Tasche auf der Kücheninsel liegen. Ihr Handy liegt direkt daneben. Ich greife danach und stelle fest, dass der Akku leer ist.

„Schnüffelst du wieder?", sagt eine kalte Stimme und ich drehe mich um und sehe sie in ein paar Metern Entfernung stehen. Die Arme hat sie abwehrend vor ihrer Brust verschränkt.

Verflixt.

„Hast du ein Ladegerät in deiner kleinen Handtasche?", frage ich sie.

„Nein."

„Das dachte ich auch nicht. Dort drüben ist ein Qi." Ich zeige auf die Ecke, wo das Gerät an der Steckdose hängt. „Du kannst dein Handy einfach darauflegen und es wird aufgeladen, wenn es ein neues Modell ist."

„Oh. Danke." Widerwillig nimmt sie mir das Handy aus der Hand und legt es auf die flache, runde Ladefläche.

Meine Kaffeemaschine piept. „Der Kaffee ist gleich fertig." Ich stelle die erste Tasse unter den Auslauf und drücke den Knopf. „Sahne oder Zucker?"

„Nur Sahne, danke."

Unter ihrem wachsamen Blick bereite ich zwei große Tassen Kaffee zu und gebe einen Schluck Sahne in ihre. Ich mag meinen Kaffee lieber schwarz. „Ich denke, wir sollten uns setzen", sage ich zu ihr, nachdem sie einen großen Schluck getrunken hat.

„In Ordnung."

Von der Küche aus gelangt man in einen großen Essbereich mit einem Tisch und sechs Stühlen. Plötzlich wird mir bewusst, wie lächerlich mein Haus auf jemanden wie sie wirken muss. Allein in einem Haus zu leben, dass nicht für eine, sondern groß genug für mehrere Familien ist. Um ehrlich zu sein, war es nicht die Größe des Hauses, die meine Entscheidung beeinflusst hat. Auf die meisten Zimmer könnte ich verzichten – es gibt einige, die ich nie benutze. Meine Haushälterin kommt wöchentlich her, aber ansonsten bin ich hier allein. Und da ich die meisten Nächte im Toxic arbeite, verbringe ich die meiste Zeit zu Hause in meinem Keller. Deshalb habe ich mir dieses Haus ausgesucht. Es hat einen Keller, der perfekt für meine Bedürfnisse geeignet ist, und die Lage ist ideal. Fünfzig Hektar drumherum sorgen für ein hohes Maß an Privatsphäre. Sabina zieht einen der Stühle heraus und setzt sich, während sie ihre Kaffeetasse mit beiden Händen umschließt. Als ich mich ihr gegenüber setze, sieht sie mich mit ihrem offenen, blauen Blick an und schnaubt leicht. „Na dann mal los", sagt sie. „Erkläre es."

„Was soll ich dir erklären?", entgegne ich und kann den plötzlichen Drang nicht unterdrücken, sie ein klein wenig zu necken. Sie belohnt mich mit einem verärgerten Seufzer.

„Alles! Ich weiß nichts über Vampire, außer den Dingen, die ich in Filmen gesehen oder in Büchern gelesen habe. Bist du wirklich tot? Musst du dich wirklich vor der Sonne verstecken?" Ihre Stimme überschlägt sich und ihre Finger gleiten an ihren Hals, ohne dass sie sich dessen bewusst ist. „Hast du wirklich mein Blut getrunken? Bin ich deshalb ohnmächtig geworden?"

Eine Welle des Mitgefühls überschwemmt mich, aber ich trinke einen Schluck von meinem Kaffee, anstatt nach ihr zu greifen. „Deshalb bist du nicht ohnmächtig geworden", sage ich langsam, „aber ja, ich habe … von dir getrunken. Ich konnte nicht anders. Du warst einfach so …" Ich verstumme, weil ich mir nicht sicher bin, ob es zu diesem Zeitpunkt wirklich angebracht ist, ihr zu sagen, wie köstlich sie ist.

„Wenn nicht davon, wovon bin ich dann in Ohnmacht gefallen?"

„Vor Lust", sage ich kühl und sie spottet. „Es ist wahr.

Wenn wir zubeißen, geben unserer Reißzähne eine Art Lustserum an das Opf– in deinen Blutkreislauf. Du warst schon mitten in deinem Höhepunkt. Du konntest so viel Lust nicht aushalten, sodass du ohnmächtig wurdest."

„Wow." Sie schüttelt den Kopf. Wenn sie mitbekommen hat, dass ich sie beinahe als Opfer bezeichnet hätte, hat sie sich vernünftigerweise entschieden, es nicht anzusprechen. Braves Mädchen. Sabina kneift die Augen zusammen und starrt mich an. „Wie alt bist du?"

Mir wird bewusst, dass ich mir schon wieder über den Hinterkopf reibe, und ich zwinge mich, damit aufzuhören. „Ich war fünfunddreißig, als ich verwandelt wurde."

„*Verwandelt*. Du meinst wohl, als du gestorben bist und zu einem Vampir wurdest?"

Ich nicke.

„Und wann war das genau?"

Ich seufze. „Während einer Schlacht. Wir kämpften gerade gegen die Westgoten. Ich war ein Zenturio."

Sabina blinzelt schnell und ich kann sehen, wie sie in ihrem Kopf nachrechnet. „Du machst Witze", sagt sie leise. „Du heißt tatsächlich Maximus, weil du im wahrsten Sinne des Wortes ein *echter* Römer bist? Aber dann wärst du ja weit über tausend Jahre alt!"

„Etwas über 1600."

Sie lehnt sich auf ihrem Stuhl zurück. Der schockierte Unglaube steht ihr mitten ins Gesicht geschrieben. „Scheiße", sagt sie. „Scheiße."

„Wortwahl", sage ich automatisch und sie wirft mir einen Blick zu.

„Ich denke, *Sir*", sagt sie kühl, „bei allem Respekt, aber wenn man herausfindet, dass der Kerl, mit dem man gerade gespielt und Sex gehabt hat, in Wirklichkeit ein toter Zenturio-Vampir ist, der seit sechzehn Jahrhunderten herumläuft und das Blut anderer Menschen trinkt, dann ist das ein außergewöhnlicher Umstand, bei dem man fluchen dürfen sollte."

Ich verkneife mir ein Grinsen. „Na gut", sage ich ihr. „Machen wir eine Ausnahme."

„Für dieses ganze Gespräch", fügt sie hinzu. Es ist keine Frage. „Also, wie ist es passiert? Wie wurdest du … *verwandelt*?"

„Lucius hat mich auf dem Schlachtfeld gefunden. Ich schätze, er hat irgendetwas in mir gesehen. Er war dabei, Leutnants zu rekrutieren. Die Verwandlung ist ein schwieriger Prozess. Man muss mehrmals von seinem Schöpfer trinken. Viele sterben oder werden verrückt dabei. Die Starken überleben." Ich zucke mit den Schultern. „Ich habe überlebt."

„Dein Schöpfer? Und wer ist Lucius?"

„Der Besitzer des Club Toxic."

„Moment mal." Sie trinkt ihren Kaffee aus, springt von ihrem Stuhl auf und beginnt, vor dem großen schwarzen Fenster auf und ab zu gehen. „Der Besitzer? Vom Club Toxic? Es gibt also noch mehr von euch?"

Vielleicht war es keine gute Idee, in dieses Wespennest zu stechen. So riskant es auch sein mag, ihre Erinnerungen zu löschen, ist es auf jeden Fall einfacher, als dieses verdammte Gespräch zu führen. „Sehr viele mehr. Hör mal, Sabina …"

„Nein", schnauzt sie und hält gerade lange genug inne, um mich anzustarren, bevor sie weiterspricht. „*Ich* stelle hier die Fragen, Maximus."

Ich kann nicht anders, als ihren Mut zu bewundern. Ich habe noch nie eine unterwürfige Sterbliche gesehen, die einem dominanten Vampir auf diese Weise die Stirn bietet. Ein Teil von mir sehnt sich jedoch danach, dieses lästige Gespräch zu beenden, sie ins Schlafzimmer zu schleppen und sie daran zu erinnern, wer genau hier die

Oberhand hat. Der andere Teil in mir ist von ihrem Mut beeindruckt.

„Gott, ich weiß gar nicht, wo ich anfangen soll", murmelt sie schließlich. „Wo warst du den ganzen Tag?"

„Im Keller."

„In einem Sarg?" Sie klingt entsetzt.

Ich gluckse. „Nein. Ich habe eine Art Tresor, in dem ich mich tagsüber ausruhe."

„Also dieser Mythos über die Sonne …"

„Ist kein Mythos", bestätige ich. „Sonnenlicht verbrennt Vampire zu Asche."

Der Blick, den sie mir dann zuwirft, ist erfüllt von etwas, das ich nicht erwartet hatte: Mitleid. „Du hast also seit 1600 Jahren die Sonne nicht mehr gesehen? Du hast noch nie die atemberaubende Aussicht von deinem eigenen Haus genossen?"

„Nein. Nun, ich habe Fotos gesehen."

„Das ist so schade. Das tut mir leid."

Mir gefällt nicht, worauf das hinausläuft. Ich kann es nicht ausstehen, bemitleidet zu werden. „Das sollte es nicht", sage ich ein wenig zu energisch. „Ich bin es gewohnt."

Ich habe sie verletzt, das sehe ich am Aufblitzen des Schmerzes in ihren Augen, bevor sie den Blick abwendet. Sie holt tief Luft und fängt sich wieder, bevor sie ihr Verhör fortsetzt. „Was ist mit den anderen Mythen? Silber? Holzpflöcke? Knoblauch? Oh Gott!" Zu meinem Erstaunen bricht sie in Gelächter aus und schlägt sich die Hand vor den Mund. „Was hast du gedacht, als ich dir gesagt habe, dass das mein Safeword ist?"

Ich bin nicht in der Lage, nicht zurückzulächeln. „Ich muss zugeben, dass ich ein wenig überrascht war. Ich habe mich gefragt, ob du mehr weißt, als du zugibst."

„Nein. Reiner Zufall, das kann ich dir versichern."

„Ich mag Knoblauch eigentlich ganz gerne", sage ich zu ihr. „Er hat keine negativen Auswirkungen. Dasselbe gilt für Silber. Ein Pflock durch das Herz … Nun, das würde jedem wehtun."

„Ich schätze schon." Zu meiner großen Erleichterung hört sie auf, auf und ab zu pirschen und dreht sich zu mir um. „Maximus", sagt sie leise.

„Ja, Kleines?"

„Meinst du, ich könnte noch einen Kaffee haben?"

15

Sabina

Bᴇɪ ᴅᴇᴍ, was ich inzwischen weiß, sollte ich mich mehr fürchten, als ich es tue. Aber irgendwie habe ich selbst jetzt keine Angst vor dem großen, attraktiven Mann, der mir gerade einen weiteren Kaffee mit seiner schicken Maschine zubereitet. Wenn überhaupt fühle ich mich jetzt sogar noch mehr zu ihm hingezogen.

Und ich weiß nicht genau, was das über mich aussagt.

Mein Verstand ist von den Enthüllungen immer noch überwältigt. Es ist zu viel, um es zu verarbeiten. Maximus trägt eine lockere Jogginghose und ein schwarzes T-Shirt. Sein riesiger Bizeps spannt sich an, als er den Kühlschrank öffnet, um die Kaffeesahne herauszunehmen. Ich versuche, mich von der plötzlichen Welle der Lust abzulenken, indem ich an all die Dinge denke, die er gesehen und erlebt haben muss. Sechzehn Jahrhunderte. Das dunkle Zeitalter. Das Mittelalter. Die Pest. Die Renaissance. Das viktorianische Zeitalter. Beide Weltkriege.

Ich kann es nicht fassen.

„Danke", sagt er, als er die Tasse vor mich hinstellt.

„Wofür?"

„Dass du mich noch nicht gebeten hast, dich nach Hause zu bringen. Ich mag dich, Sabina. Und ich will dich immer noch beschützen."

Die Ironie entgeht mir nicht und ich muss plötzlich lachen. „Vor Zeke? Ein Vampir will mich vor meinem blöden Ex-Freund beschützen?"

Seine blassblauen Augen blitzen plötzlich irritiert auf. „Pass auf", sagt er. „Ich mag es nicht, wenn man sich über mich lustig macht."

„Es tut mir leid", sage ich und meine es ernst. „Ich bin nur … Es ist einfach zu viel um es zu verarbeiten."

Es gibt eine Pause und ich puste auf meinen Kaffee, bevor ich einen Schluck trinke.

„Vor mir brauchst du keine Angst zu haben, Kleines", sagt Maximus. „Aber vor Zeke solltest du dich fürchten. Unterschätze ihn nicht."

„Ich will nicht über Zeke reden. Ich möchte mehr über dich sprechen."

„Ich will aber nicht über mich sprechen."

Wir starren uns an. Ich wende den Blick zuerst ab, verblüfft über das Kribbeln in meinem Unterleib, das sein Blick in mir auslöst. Warum muss ich ihn nur so sehr begehren?

„Du solltest etwas essen", sagt er nach einer Weile zu mir. „Bist du sicher, dass du keinen Hunger hast?"

„Irgendwie nicht. Du?"

Er grinst. „Ich habe schon gespeist. Aber ich könnte noch einen Schluck vertragen."

Mein Gesicht wird heiß, als ich mich an das Gefühl seiner Zähne in meinem Hals erinnere. An die Stöße der Lust, die so intensiv waren, dass ich tatsächlich ohnmächtig davon wurde. Eine heiße Wärme schießt durch mein Geschlecht. „Isst du überhaupt richtiges Essen?"

„Ich kann, aber ich muss es nicht."

Ich will gerade noch einen Schluck Kaffee trinken, als mir bewusst wird, dass die Tasse bereits leer ist.

„Sabina."

„Ja?" Beinahe hätte ich auch noch *Sir* gesagt, aber ich kann mich gerade noch rechtzeitig zurückhalten. Was hat dieser Kerl nur an sich? Selbst die Entdeckung, dass er ein echter Vampir ist, hält mich nicht davon ab, ihn zu begehren.

„Ich muss schnell duschen. Bist du noch da, wenn ich fertig bin?"

„Du willst nicht, dass ich dir Gesellschaft leiste?" Die Worte haben meine Lippen schon verlassen, bevor ich überhaupt darüber nachdenken konnte, sie auszusprechen oder nicht.

Er zieht eine dunkle Augenbraue hoch. „Wenn du willst. Aber sei gewarnt, ich bin in keiner sonderlich sanften Stimmung."

Seine Warnung lässt meine Klitoris nur noch mehr pulsieren. „Zur Kenntnis genommen."

Er nimmt mich an der Hand und führt mich die Treppe hinauf in das Badezimmer, das an das Zimmer angrenzt, in dem ich geschlafen habe. Die Dusche ist riesig und leicht groß genug für zwei Personen. Es gibt mehrere raffiniert aussehende Aufsätze.

„Ausziehen", sagt er in diesem tiefen, dominanten Ton und mein Herz macht einen Satz. Es dauert nur einen Moment, bis ich mir das Kleid über den Kopf gezogen und es beiseite geworfen habe.

Jetzt starrt er mich an. Er mustert jeden Zentimeter meines nackten Körpers mit seinem hungrigen Blick. Meine Brustwarzen werden hart. Obwohl er schon alles von mir gesehen hat, spüre ich, wie mir die Hitze in die Wangen steigt, während die Sekunden vergehen und er mich immer noch ohne zu blinzeln weiter beobachtet.

„Du bist dran", sage ich im verzweifelten Versuch, die Stimmung aufzulockern.

Er zieht sein T-Shirt aus und streift seine Hose ab. Ich sehe ihn zum ersten Mal nackt. Ohne Kleidung sieht er genauso gut aus wie im Anzug. Seine breite Brust ist mit einem Hauch dunkler Haare bedeckt und verjüngt sich nach unten zu einer schmalen Taille und einem flachen, muskulösen Bauch. Sein Waschbrettbauch spannt sich an, als er auf mich zugeht, und sein riesiger Schwanz ragt bereits nach oben.

„Du bist wunderschön", knurrt er und streicht mir die Haare aus dem Gesicht. Dann neigt er seinen Kopf und presst seine Lippen auf meine.

Er schmeckt nach Kaffee und etwas anderem, etwas Dunklem und Köstlichem. Ich erwidere den Kuss gierig, und streiche mit meinen Händen über seine breiten Schultern, während er mich an sich zieht. Er stößt seine Zunge in meinen Mund, während er mit den Händen meinen Hintern umschließt, um mich ganz nah an sich zu spüren.

Mein Herz rast und ich kann nicht mehr atmen. Ich will nicht mehr atmen. Ich will ihn in mir spüren, will mehr von ihm. Ich will zu seinen Füßen knien und diesen dunklen, gefährlichen Mann anbeten.

Diesen Vampir.

Ich verdränge diesen Gedanken, als er schließlich den Kuss unterbricht, meine Hand nimmt und mich in die Dusche führt.

Maximus zieht an einem Hebel, drückt einen Knopf, und schon stehen wir unter der Dusche. Das warme Wasser regnet auf uns herab, während er mich wieder an sich zieht und weiter küsst.

Wenn ich in seinen Armen liege, ist irgendwie nichts anderes wichtig. Funken elektrischer Lust schießen durch mein Inneres, wenn ich seine Lippen auf meinen spüre. Ich kann ein Stöhnen nicht unterdrücken, als er sich von mir löst und beginnt, an meinem Hals und meiner Brust zu knabbern – vorsichtige, bedächtige Bisse in mein Fleisch, die hart genug sind, um mich zum Keuchen zu bringen. Als er seine Lippen um meine Brustwarze schlingt und zu saugen beginnt, klammere ich mich an seinen Kopf und stöhne bei dem exquisiten Gefühl.

„Aber, aber", sagt er und lässt meine harte Knospe lange genug los, um zu sprechen. „Hände über den Kopf an die Wand."

Die Kacheln sind kalt unter meiner Haut, aber ich gehorche, ohne zu zögern, und bin erstaunt, wie er mich gleichzeitig mit Angst und Lust erfüllen kann.

Erst nachdem er meine Brustwarze wundgesaugt hat, widmet er sich der anderen Seite und beginnt den Vorgang von Neuem, bis ich wimmere und flehe, *bitte, bitte* … Ich weiß nicht, was ich von ihm will, aber ich will, dass diese exquisite Folter aufhört.

Schließlich beißt er mir noch einmal wild in meine Brustwarze und lässt sie schließlich los. „Spreize deine Beine", knurrt er. „Weiter … So ist es gut. Schließe deine Augen."

Ich bin atemlos und mein Herz klopft, als ich tue, was er sagt. Ich warte. Das warme Wasser ergießt sich über meine Schultern und meine Klitoris fühlt sich riesig an. Sie sehnt sich verzweifelt nach seiner Berührung. Es würde nicht viel brauchen, um mich kommen zu lassen – ich bin jetzt schon so nah dran …

Ich höre es den Bruchteil einer Sekunde, bevor ich es spüre. Maximus hat einen der Duschköpfe auf eine Düseneinstellung umgestellt und bevor ich überhaupt realisieren kann, was er vorhat, hat er ihn bereits zwischen meine gespreizten Schenkel gerichtet. Der harte Wasserstrahl schießt direkt auf meine sehnsüchtige, pulsierende Perle.

Mein Orgasmus überkommt mich fast augenblicklich. Ich bin mir vage bewusst, dass er etwas sagt, aber ich kann die Worte nicht verstehen, weil das Wasser so laut rauscht. Die Empfindungen strömen durch alle meine Nervenenden. Meine Schenkel zittern und ich presse meine Hände zusammen, um sie über meinem Kopf zu halten. Eine Welle der Lust nach der anderen schießt durch meinen Körper, bevor mein Höhepunkt schließlich abebbt. Jetzt bin ich überstimuliert und der starke Wasserstrahl ist zu viel für meine Wunde Klitoris. Ich winde meine Hüfte und versuche, mich wegzudrehen, aber Maximus klammert eine starke Hand um meinen Bauch und drückt mich an die Wand.

„Du glaubst, du kannst ohne Erlaubnis kommen?“, knurrt er und verändert den Wasserstrahl so, dass er mich jetzt sogar noch härter trifft.

Ich wimmere. Meine ganze Welt, meine gesamte Konzentration reduziert sich nur auf die unerträgliche Stimulation an meiner empfindlichsten Stelle.

„Das passiert mit bösen kleinen Mädchen, die ohne Erlaubnis kommen“, fährt er fort. „Sie werden bestraft.“ Er schiebt seine Hand an meinem Bauch hinunter, direkt über mein Schambein und zieht die Vorhaut meiner Klitoris zurück, woraufhin meine geschändete Knospe noch direkterer Qual ausgesetzt wird.

„Bittebittebitte …“, stoße ich verzweifelt aus. Ich will, dass er aufhört. „Es tut mir leid!“ Noch während ich es sage, merke ich, wie sich das Gefühl wieder verändert. Ich bin mir nicht sicher, ob er den Wasserstrahl umgelenkt hat, aber der Schmerz verwandelt sich wieder zu Lust.

„Hmm“, sagt er und ich kann das Lächeln in seiner

Stimme hören. „Es erstaunt mich immer wieder, wozu der weibliche Körper fähig ist." Er bewegt die Düse jetzt hin und her und massiert meine Klitoris, um mir einen weiteren Höhepunkt zu entlocken. „Wenn du den Schmerz überkommst ..."

Mein Stöhnen ist erstickt und hallt von den kalten Wänden wider.

„Wirst du noch einmal ohne Erlaubnis kommen, Kleines?"

„Nein! Nein, Sir. Nein, niemals!" Ich stoße jetzt in der Luft herum, aber er bewegt sich mit mir, ohne mir eine Atempause zu gönnen.

„Gut." Er schaltet den Strahl abrupt ab und ich höre, wie er den Duschkopf zur Seite legt. Meine Klitoris pocht immer noch unkontrolliert. „Auf die Knie. Lass die Augen geschlossen. Hände auf den Rücken und den Mund auf."

Ich war noch nie ein großer Fan davon, Männern einen zu blasen, aber plötzlich überkommt mich das Bedürfnis, ihn zu schmecken. Langsam sinke ich in Position hinunter. Er lässt mich einen Moment lang warten, und dann spüre ich die große, runde Spitze seines Schwanzes gegen meine Lippen drücken.

„Wenn du es gut machst", knurrt er, „lasse ich dich vielleicht noch einmal kommen. Wenn nicht ..."

Seine Drohung hängt unausgesprochen in der Luft, aber er muss es nicht sagen. Ich will ihm Vergnügen bereiten. Ich will, dass er sich so gut fühlt, wie er mich fühlen lässt. Er fährt mit den Fingern durch mein nasses Haar, zerrt an einem Knoten, aber mein Schmerzensschrei wird von seiner dicken Länge gedämpft, die er langsam in meinen Mund presst.

„Kannst du ihn ganz in den Mund nehmen, kleines Schätzchen?"

Ich bin mir nicht sicher, aber ich werde es auf jeden

Fall versuchen. Ich entspanne meine Kehle, als er meinen Kopf umklammert und seine Erektion tiefer hineindrückt. Einer meiner Ex-Freunde hatte eine Vorliebe für Blowjobs. Jetzt bin ich froh über das Training, als Maximus beginnt, langsam und vorsichtig meinen Hals zu ficken, während sich meine Lippen weit um seinen beträchtlichen Umfang aufspannen.

Er stöhnt auf und ich spüre es bis in die Zehenspitzen. „Ich bin beeindruckt, Kleines", sagt er und lässt mich nach Luft schnappen, indem er seinen Schwanz herauszieht und kurz mit der Hand darüber reibt. Als ich die Augen öffne, sehe ich, dass an der Spitze eine winzige Perle von Sperma glitzert, und ich will sie plötzlich unbedingt ablecken. „Du wurdest gut trainiert. Überhaupt kein Würgereflex?"

„Nicht, wenn der Winkel stimmt", sage ich und freue mich über sein Lob.

„Sehr gut. Aufmachen."

Schon bald stößt er seinen dicken Schwanz in meinen Mund, zieht ihn wieder hinaus und hält meinen Kopf fest, um mich zu führen. Meine Muschi tropft und fühlt sich sehnsüchtig leer an. Ich frage mich, ob er jetzt kommen wird oder vorhat, mich noch einmal zu ficken. Er wird wilder und ich kann die Laute nicht unterdrücken, die ich von mir gebe, wenn er in meine Kehle stößt. Fäden von Spucke bedecken mein Kinn und tropfen auf meine Brüste hinunter.

„Bei den Göttern", stöhnt er, „das könnte ich den ganzen Tag lang tun."

Meine Knie schmerzen und meine Zehen verkrampfen sich, wie ich da so hocke, aber ich begrüße das Unbehagen, wenn es ihm Freude bereitet.

„Aber das ist genug … für den Moment." Er entzieht sich mit einem feuchten *Plopp* meinem Mund und ich sehe ihn mit Tränen in den Augen an. „Lass uns das tun, wofür wir hierhergekommen sind, und dann nach nebenan gehen."

Ich bin hoffnungslos erregt und es fällt mir schwer, mich auf das Waschen meiner Haare und das Einseifen meines Körpers zu konzentrieren, während sein riesiger Körper neben mir in der Dusche steht, aber ich schaffe es. Er scheint es ebenfalls eilig zu haben und innerhalb von Minuten sind wir in flauschige Handtücher gewickelt und trocknen uns ab.

Es scheint so natürlich, so normal zu sein. Als wäre dies ein Teil unserer täglichen Routine. Mit einem Stich wird mir klar, dass sich ein Teil von mir wünscht, dies wäre der Fall. Glücklicherweise lenkt er mich von diesem Gedankengang ab, indem er mich mit sich zieht und gierig küsst.

Niemand hat mich jemals so geküsst, wie er es tut. Seine Lippen und seine Zunge sind eine Offenbarung, während sie die meinen erobern. Jeder Quadratzentimeter meiner Haut kribbelt und ich habe das Gefühl, in seinem Geschmack, seinem Duft und in seiner Nähe zu ertrinken. Als meine Knie nachzugeben drohen, leckt er über meine Unterlippe und grinst mich an. „Bereit für Runde zwei?"

16

Maximus

ICH HABE im Laufe der Jahre viele Frauen gehabt, aber nur wenige haben mich so bewegt wie Sabina. In einer Minute ist sie mit ihren großen Augen die Unschuld selbst und in der nächsten eine hungrige, kleine Schlampe. Es ist die betörendste Kombination.

Sie schmeckt nach Sonnenschein und Honig und duftet süßer als die schönste Rose. Wenn sie kommt, verdunkelt sich ihr blauer Blick bis zu einem Punkt, an dem ihre Augen fast marineblau wirken. Die Laute, die sie von sich gibt, gehen mir direkt in den Schwanz.

Ich werfe sie aufs Bett, sobald wir das Zimmer betreten haben, und dann liegt sie dort und starrt mich mit ihren großen, glänzenden Augen an. Ihre hübsche, rosafarbene Fotze ist noch immer von der Dusche geschwollen und ich kann mich nicht entscheiden, was ich mehr in ihr vergraben möchte: meine Zunge oder meinen Schwanz.

„Spreiz deine Beine schön weit für mich … so ist es

gut", sage ich ihr und freue mich, als sie ohne zu zögern gehorcht. Ich steige aufs Bett und senke mein Gesicht hinunter, bis es direkt über ihre entblößten Muschi schwebt. Ich atme tief ein. Mein Schwanz zuckt, als mir die kombinierten Gerüche ihrer Erregung und des Blutes, das nah unter der Oberfläche ihrer weichen Haut rauscht, in die Nase steigen. „Was wirst du nicht wieder tun?", frage ich, wobei ich bewusst meine strenge Stimme verwende.

„Ohne Erlaubnis kommen", flüstert sie.

„Braves Mädchen." Ich fange an, sie zu necken. Ich lecke ihre inneren Schenkel, ihre prallen Schamlippen, tauche meine Zunge in ihre enge Muschi hinein und lecke sogar über ihr faltiges, kleines Arschloch – überall, nur nicht dort, wo sie es am meisten will: an ihrer erigierten, kleinen Klitoris. Ich beiße in die weiche Haut ihres Unterbauchs und lecke gierig über jeden Zentimeter ihres Geschlechts, klammere meine Hände um ihre Taille, um sie festzuhalten, als sie beginnt sich zu winden. Sie hofft, meine Zunge dorthin zu lenken, wo sie sie am verzweifeltsten spüren will.

Als ich schließlich bereit bin, ihr zu geben, was sie begehrt, hebt sich ihre Brust und die Erregung tropft bereits aus ihrer Muschi. Sie rieselt über ihr kleines, runzliges Arschloch. Ich werde sie auch dort hinein ficken, habe ich beschlossen. Ich will sie auf jede erdenkliche Weise in Besitz nehmen, wieder und immer wieder, bis ich sie für alle anderen ruiniert habe.

Langsam und vorsichtig ziehe ich die Vorhaut ihrer geschwollenen Klitoris zurück und lege meine Lippen darauf, um sanft zu saugen.

„Oh Gott!" Sabina schreit auf, greift nach meinem Kopf und klammert sich mit den Händen fest. „Bitte, Sir."

„Noch nicht." Meine Worte sind gedämpft, aber sie hat sie trotzdem gehört, und ich spüre, wie sie sich anspannt.

Mein Schwanz schmerzt und meine Eier sind schwer. *Bald*, sage ich mir. Nur noch ein wenig mehr Folter. Ich liebe es so sehr, wenn sie bettelt.

Ich treibe Sabina an den Rand des Wahnsinns und halte sie dort, indem ich abwechselnd an ihrer harten kleine Knospe sauge und lecke, bis sie nicht mehr klar denken kann und mein Kinn bereits tropft. Erst dann richte ich mich auf und positioniere mich über ihr, wobei die Spitze meines Schwanzes ihren Eingang reizt.

„Warte", flüstert sie, „haben wir ein Kondom?"

Verflixt. Ich hasse diese Dinger. Jetzt wäre kein guter Zeitpunkt, ihr zu sagen, dass ich sie tatsächlich gar nicht schwängern kann. „Nein", sage ich und will mich entziehen, aber sie hält mich fest.

„Ist schon gut", sagt sie. „Bitte. Ich will dich spüren … Alles von dir."

Eine Sekunde lang frage ich mich, was über mich gekommen ist. Diese Art von leichtsinnigem Verhalten passt überhaupt nicht zu mir, aber dann gleite ich in ihre enge feuchte Hitze und alles andere tritt in den Hintergrund. Bei den Göttern, sie fühlt sich noch besser an, als ich es mir vorgestellt habe. Ich werde nicht lange durchhalten und ich will sie noch einmal zum Schreien bringen, bevor ich fertig bin.

Ich richte mich auf, lege eine Hand um ihren schlanken Hals und verändere den Winkel meines Beckens, sodass ich mit jedem Stoß gegen ihre empfindliche Perle reibe. Sie reagiert sofort. „Bitte", fleht sie mit erstickter Stimme, „bitte erlaube mir zu kommen."

Ich erhöhe das Tempo und achte darauf, meinen Griff um ihre Kehle sanft genug zu halten, sodass sie immer noch atmen kann. Sie ist so glitschig und doch kann ich spüren, wie die Wände ihre Muschi zu flattern beginnen, während ich sie mit all meiner Begierde und der Leidenschaft in mir ficke.

„Mit mir zusammen", knurre ich und lasse zu, dass ich das wenige Fünkchen Kontrolle verliere, dass ich noch hatte. Ich stoße mit aller Kraft in sie hinein, spüre, wie sich die Lust in mir aufbaut, bis ich mit einem Brüllen über den Abgrund stürze.

Ich komme so heftig, dass ich Sterne sehe, und bin mir vage bewusst, dass auch sie kommt. Ihre Fotze zieht sich rhythmisch um meinen zuckenden Schwanz zusammen.

Ihre Schreie sind Musik in meinen Ohren.

Erst als wir beide erschöpft sind, lasse ich ihre Kehle los und breche über ihr zusammen. Ich achte darauf, das meiste Gewicht auf meinem Arm abzustützen, um sie nicht zu erdrücken.

„Oh wow", wimmert sie und ich kann das Lächeln in ihrer Stimme hören. „Das war unglaublich."

Ich habe mein Gesicht an ihrer Halsbeuge vergraben, aber auch ich grinse. „Und ich habe dich noch nicht einmal gebissen."

Sie stößt ein freudig klingendes Kichern aus. „Das würdest du doch sicher nicht jedes Mal tun. Ich glaube nicht, dass ich das überleben würde!"

„Nein, das glaube ich auch nicht." Mit einem Seufzer entziehe ich mich ihr und bin erstaunt über die Flut unserer gemischten Säfte, die sich auf das Laken ergießt. „Wir haben eine ziemliche Sauerei gemacht."

„Ich habe eine Spirale", sagt sie, „und normalerweise habe ich nie ungeschützten Sex. Ich wollte dich einfach nur spüren. Das sieht mir eigentlich gar nicht ähnlich …"

„Ist schon gut", sage ich zu ihr. „Für mich ist es genauso." Ich bin plötzlich erschöpft und habe das Bedürfnis, meine Augen ein paar Augenblicke lang zu schließen. „Kleines?"

„Ja, Sir?"

Ich ziehe sie in meine Arme, bis ihr Kopf auf meiner Brust ruht. Ihre Wange ist heiß an meiner Haut. „Können wir ein paar Minuten ganz ruhig liegen bleiben? Ich muss mich erholen. Schließlich bin ich schon ein alter Mann."

Sie lässt ein weiteres entzückendes Kichern hören. „Natürlich, Sir."

„Danach machen wir uns frisch und fahren zu dir nach Hause, um nach Felix zu sehen. Und besorgen dir etwas zu essen."

„In Ordnung."

Meine Augen sind geschlossen, aber selbst während ich döse, nehme ich alles wahr: ihren Duft, wie sie sich anfühlt, die Wärme ihrer samtigen Haut auf meiner. Ihr Haar, das immer noch feucht von der Dusche ist und über meine Brust streicht.

Ein kleiner Gedanke drängt sich unaufgefordert in meinen Kopf und bahnt sich seinen Weg in mein Bewusstsein, bevor ich ihn unterdrücken kann: Ich will sie nie wieder loslassen.

Sabina

ICH HABE NOCH NIE Drogen genommen, abgesehen von ein paar Zügen an einem Joint in meinen späten Teenagerjahren, aber so habe ich es mir immer vorgestellt: Wahnsinnig gut, obwohl man weiß, dass es schlecht für einen ist. Ich kann nicht ganz genau sagen, was es ist, das mich so sehr zu Maximus hinzieht, aber ich kann mich nicht dagegen wehren.

Um Himmels willen, dieser Mann ist ein Vampir, und

anstatt das zu tun, was jede vernünftige Frau tun würde – über alle Berge zu laufen –, bin ich wieder mit ihm ins Bett gesprungen.

Das muss übertriebener Masochismus sein.

Trotzdem bereue ich es nicht, dass ich geblieben bin, während ich mit meinem Kopf an seiner großen Schulter liege und jeden Winkel seines markanten Gesichts betrachte. Er ist vielleicht kein Ehemannmaterial – verdammt, er eignet sich wahrscheinlich nicht einmal als fester Freund –, aber es ist der beste Sex, den ich je hatte. Ich werde das so schnell nicht wieder aufgeben. Nenn es verrückte Chemie oder einfach nur nackte Lust, aber ich werde diese Welle reiten, bis ich gezwungen bin, abzuspringen.

Ich sollte Zeke einen Dankesbrief schreiben. Hätte er mir nicht diese drohenden SMS geschickt, hätte ich Maximus vielleicht nie wieder gesehen. Oder hätte ich Ethan nicht getroffen. Schon seltsam, wie mich zwei solche Idioten zu einem so unglaublichen Mann geführt haben.

Das Leben ist schon manchmal komisch.

Maximus sieht mit geschlossenen Augen weniger furchterregend aus. Seine langen, dunklen Wimpern heben sich deutlich von seiner blassen Haut ab. Sein breiter, großzügiger Mund ist leicht geöffnet und ein Schauer durchfährt mich bei der Erinnerung daran, was er mit diesen Lippen alles machen kann. Mit dieser Zunge. Obwohl meine Muschi wund ist und schmerzt, immer noch klebrig von zuvor, pulsiert sie, wenn ich daran denke, wie er mich geleckt hat. Ich zwinge meine Gedanken jedoch, in die Gegenwart zurückzukehren. Maximus mag erschöpft genug sein, um ein Nickerchen zu machen, aber ich bin hellwach und munter. Ich versuche immer noch, die Ereignisse der letzten paar Tage zu verarbeiten.

Wimmelt es im Club Toxic wirklich von Vampiren?

Gibt es auch weibliche Vampire oder sind es alles Männer? Wusste Zeke dies irgendwoher; hat er mich deshalb gewarnt, mich fernzuhalten? Wollte er mich wirklich beschützen, anstatt mich zu bedrohen?

Oh Gott, jetzt, wo Maximus mich gebissen hat, bin ich auch ein Vampir?

Ich liege eine ganze Weile da und quäle mich mit Fragen, sodass ich mehr als erleichtert bin, als er die Augen öffnet und meine Grübeleien unterbricht.

„Du hast nicht geschlafen?", fragt er mit kehliger Stimme.

„Nein."

„Geht es dir gut? Du siehst blass aus."

„Bin ich jetzt auch ein Vampir?" Ich spreche die Angst aus, die mich verzehrt, seit der Gedanke mir zum ersten Mal durch den Kopf geschossen ist.

Er stößt ein Glucksen echter Belustigung aus. „Nein, Kleines. Es ist nicht so einfach, jemanden zu verwandeln."

„Oh, gut."

„Gut?" Er dreht sich zu mir um und zieht eine dunkle Augenbraue hoch. „Du würdest kein Vampir sein wollen?" Er klingt ein wenig beleidigt.

„Nein! Ich meine … Ich habe noch nicht einmal darüber nachgedacht … Ich meine, ich weiß nicht genug über …"

Maximus unterbricht mein Gebrabbel mit einem weiteren Glucksen. „Ich mache doch nur Spaß."

„Oh." *Mistkerl.* Mein Magen nutzt diesen Moment, um in der Stille laut zu Knurren.

„Wir sollten dich füttern", sagt er, drückt mir einen Kuss auf den Kopf und hebt mich von sich hinunter.

„Könnte ich vorher noch einmal schnell duschen?"

„Sicher. Ich werde dieses Mal aber nicht mitkommen,

sonst landen wir wieder her. Ich gehe in die Küche und besorge dir etwas zu essen."

„In Ordnung." Ein Teil von mir ist enttäuscht, dass wir nicht noch einmal Sex haben werden, aber als ich aufstehen will, protestieren meine schmerzenden Muskeln und ich merke, dass es vielleicht tatsächlich besser wäre, meinem Körper eine kleine Pause zu gönnen.

Ich wasche mir nicht noch einmal die Haare, sondern seife nur meine Achselhöhlen und meinen Schambereich ein. Mein Kleid liegt immer noch auf dem Boden des Badezimmers, wo ich es fallengelassen habe, und obwohl ich es nur ungern wieder anziehe, habe ich keine andere Wahl. Es wird schön sein, nach Hause zu kommen, damit ich mich umziehen kann.

Als ich die Küche betrete, lässt Maximus gerade zwei gegrillte Käsebrote auf einen Teller gleiten. „Ich hoffe, du magst Käse und Tomaten", sagt er und schiebt mir den Teller entgegen.

„Das tue ich."

„Ich würde einen Moment warten, die sind bestimmt noch heiß."

„Danke." Das Glas Wasser, das er vor mich hinstellt, ist sehr willkommen und ich trinke einen großen Schluck.

„Kommst du ein paar Minuten hier zurecht? Ich dachte, ich könnte duschen und mich frisch machen, während du isst", sagt er.

„Klar."

„Dein Handy sollte jetzt auch aufgeladen sein."

„Danke", sage ich erneut. „Ähm ... Sir?"

„Ja, Kleines?"

„Hast du etwas zum Anziehen für mich?" Ich deute auf mein zerknittertes Kleid. „Irgendetwas Bequemeres?"

Er grinst und mir fällt zum ersten Mal auf, dass er ein kleines Grübchen auf der linken Wange hat. „Ich werde sehen, ob ich etwas finde. Ich bin in ein paar Minuten zurück."

Ich sehe ihm nach, als sein breiter, nackter Rücken durch die Tür verschwindet und nehme einen Bissen von meinem Brot. Es ist köstlich und ich merke, wie hungrig ich tatsächlich war. Ehe ich mich versehe, habe ich beide Brote aufgegessen und mein Wasser ausgetrunken. Nachdem ich den Teller und mein Glas zu der riesigen Doppelspüle gebracht habe, gehe ich zu der Stelle, an der mein Handy geladen wird, und nehme es von der Ladestation.

Ich habe ein paar Nachrichten – eine von meiner Schwester, die fragt, warum ich sie noch nicht zurückgerufen habe, und noch eine von Zeke.

Du kannst dich nicht ewig vor mir verstecken.

Was zum Teufel ist mit dem Kerl eigentlich los? Ich bin eher wütend als ängstlich. Egal, was Maximus sagt, ich kenne Zeke. Sein Bellen ist viel schlimmer als sein Biss. Trotzdem ist es besser, wenn Maximus diese letzte Nachricht nicht sieht. Das würde nur wieder seine seltsame, überfürsorgliche Ader anstacheln. Ich schalte das Handy aus und stecke es in meine Handtasche.

„Die sind wahrscheinlich ein bisschen groß für dich, aber es sollte reichen, bis wir bei dir sind", sagt Maximus und wirft mir ein Bündel Kleidung zu.

Es ist ein dunkelblaues T-Shirt und eine schwarze Jogginghose. „Danke", sage ich, streife mein Kleid ab und ziehe mir das T-Shirt über den Kopf. Es ist ein gutes Gefühl, etwas Sauberes zu tragen.

Maximus beobachtet mich, während ich mich umziehe, und die dunkle Begierde in seinen Augen lässt meinen Unterleib zusammenziehen. Werde ich ihn jemals nicht begehren? Die Jogginghose ist viel zu groß, aber sie hat einen Kordelzug, sodass ich sie an der Taille zusammenbinden kann.

„Hinreißend", sagt er. Erst in diesem Moment bemerke ich, dass er einen Anzug trägt.

„Gehst du … zur Arbeit?"

„Nachdem ich dich nach Hause gebracht habe."

„Oh." Das ist alles, was ich sagen kann. Die Welle der Enttäuschung, die ich spüre, ist ebenso überwältigend wie lächerlich. Um sie zu verbergen, deute ich auf meine nackten Füße. „Ich weiß nicht mehr, wo ich meine Schuhe gelassen habe."

„Wahrscheinlich oben. Ich gehe sie holen." Er kann sich wahnsinnig schnell bewegen, wenn er es will, und wieder einmal stehe ich allein in der Küche und starre auf mein kleines Täschchen auf dem Marmortisch. Das war es dann also. Er wird mich nach Hause bringen und dann in den Club gehen. Das ist auch gut so, sage ich mir. Ich muss morgen arbeiten und wenn ich die ganze Nacht mit ihm verbringe, nutze ich niemandem etwas. Auch wenn ich den größten Teil des Tages geschlafen habe, muss ich mich wenigstens etwas ausruhen, wenn ich meinen Job behalten will.

„Hier, bitte sehr." Maximus ist genauso schnell wieder aufgetaucht, wie er verschwunden ist, und legt mir die Sandalen vor die Füße. Ich ziehe sie an und schlinge mein Kleid über meinen Arm. „Bist du so weit?"

„Sicher." Bevor ich ihm in die Garage folge, sehe ich mich ein letztes Mal in der Küche um und frage mich, ob ich sie jemals wiedersehen werde. Irgendwie bezweifle ich es.

„Oh, hast du dein Handy mitgenommen?"

„Ja, danke."

Ich warte darauf, dass er mich fragt, ob es irgendwelche Nachrichten gab, aber er schweigt. Er führt mich in die Garage und öffnet mir die Beifahrertür, bevor er selbst auf der Fahrerseite einsteigt.

Die Atmosphäre zwischen uns hat sich leicht verändert. Ich kann nicht genau sagen, wie oder warum, aber ich habe einen Kloß im Hals, den ich nicht leugnen kann, als er die Fernbedienung drückt, um das Garagentor zu öffnen. Und schon fahren wir in die Nacht von Arizona hinaus.

Maximus

SABINA SCHWEIGT während der gesamten Fahrt, starrt aus dem Fenster und kaut auf ihrer Unterlippe. Ich bin versucht, in ihren Kopf einzudringen, um zu sehen, was sie denkt, aber das wäre ein unfairer Vorteil. Manchmal ist es schwieriger, seine besonderen Kräfte nicht einzusetzen, als sie zu benutzen.

Als wir den Club Toxic erreicht haben, parke ich und steige mit ihr aus, um sie zu ihrem Auto zu begleiten, auch wenn sie mich nicht darum gebeten hat. „Ich glaube, Felix wird sich freuen, dich zu sehen", sage ich und versuche, Konversation zu machen.

„Da bin ich mir sicher."

Sie sieht hinreißend in meinen Klamotten aus, auch wenn ihr Make-up verschmiert ist und sie einen mürrischen Gesichtsausdruck hat. „Kommst du mit in den Club?", frage ich.

Sie dreht sich zu mir um, wirft mir einen langen, abwägenden Blick zu und deutet dann auf die Kleidung, die sie trägt. „So?"

„Nein, aber wir könnten einen kurzen Zwischenstopp bei dir zu Hause einlegen, du könntest dich umziehen …"

„Ich muss morgen arbeiten. Ich brauche wenigstens ein paar Stunden Schlaf."

„Es ist noch früh. Du könntest in den Club kommen und trotzdem noch schlafen." Ich frage mich, warum ich so verzweifelt versuche, sie bei mir zu behalten. Warum kann ich sie nicht einfach nach Hause gehen lassen? So sehr ich mich auch selbst belüge und sagen möchte, dass ich nur um ihre Sicherheit besorgt bin, weiß ich doch, dass mehr dahintersteckt. Ich mag sie zu sehr. Ich möchte nicht von ihrer Seite weichen.

„Nein, danke", sagt sie steif. „Ich bin nicht wirklich in der Stimmung für einen Klubbesuch. Und ich sollte wenigstens etwas Zeit mit meinem Kater verbringen, bevor ich ihn wieder alleinlasse."

„Hast du noch mehr SMS erhalten?", stelle ich schließlich die Frage, die mich schon gequält hat, seit sie ihr voll aufgeladenes Telefon eingesteckt hat.

Eine kleine Pause. Dann sagt sie: „Nein."

Ich weiß, dass sie lügt. Aber sie ist eine erwachsene Frau und auch wenn wir miteinander gespielt haben, gehört sie offiziell nicht mir. Zu diesem Zeitpunkt kann ich nichts mehr für sie tun. Gott, aber ich hasse es, mich hilflos zu fühlen. „Versprich mir, dass du es mir sagst, wenn du welche erhältst. Ich mache mir Sorgen, Sabina."

„Du brauchst dir keine Sorgen zu machen. Ich kann auf mich selbst aufpassen."

Sie ist so wütend wie hübsch. „Kleines, ich weiß nicht, was ich getan habe, um dich zu verärgern, aber bitte lass uns darüber sprechen." Ich habe das Gefühl, betteln zu müssen, aber ich will nicht, dass wir auf diese Weise auseinandergehen. Wenn ich heute Abend nicht mehr Zeit mit ihr verbringen kann, möchte ich sie sobald wie möglich wiedersehen.

„Du hast nichts getan, das mich verärgert hat", sagt sie. Schon wieder eine Lüge. „Ich bin nur müde."

„Was machst du morgen nach der Arbeit? Mir ist aufgefallen, dass ich gar nicht weiß, was du beruflich machst."

„Tierarzthelferin", sagt sie knapp. „Und ich weiß es noch nicht. Ich habe noch nichts vor."

„Ich könnte dich abholen. Wir könnten etwas unternehmen."

„Ich werde darüber nachdenken."

„Gib mir dein Handy." Ich benutze meinen dominanten Tonfall und sie zuckt zusammen.

„Warum?"

„Entriegle es und gib es mir. Ich will dir meine Nummer geben."

„Ich kann sie selbst eingeben." Sie fischt ihr Handy aus ihrer kleinen Tasche und tippt ein paarmal auf den Bildschirm. „Schieß los."

Mir ist bewusst, dass sie dies mit Absicht macht, weil sie nicht will, dass ich das Telefon habe. Weil sie eine weitere Nachricht erhalten hat, aber ich weiß jetzt nicht, was ich sonst tun soll. Ich gebe ihr meine Nummer und bete, dass sie sie richtig einspeichert.

„Danke", sagt sie. Sie zieht ihre Schlüssel heraus und schiebt das Handy zurück in ihre Tasche. „Ich sage dir Bescheid."

Weil ich mich nicht zurückhalten kann, greife ich nach ihren Schultern und verschlinge ihre Lippen mit meinen, als ich sie gierig küsse. Eine Sekunde lang ist sie steif, doch dann entspannt sie sich in meinen Armen. Sie öffnet den Mund und gibt meiner Zunge nach. Ihre Brustwarzen werden an meinem Oberkörper hart und drängen sich gegen den Stoff meiner Kleidung. Ich erhasche den Duft von frischer Erregung. Als sie ein Stöhnen ausstößt, reiße ich mich von ihr los.

„Fahr vorsichtig", sage ich zu ihr. „Tu mir einen Gefallen und schreib mir eine SMS, wenn du nach Hause kommst."

„Warum?" Ihre Augen waren bis eben vor Verlangen dunkel, aber jetzt sind sie von Misstrauen riesengroß.

„Damit ich weiß, dass du in Sicherheit bist." Und damit ich ihre Telefonnummer habe.

Sie stößt ein kleines Schnauben aus. „Glaubst du nicht, dass ich in der Lage bin, nach Hause zu fahren?"

Gott, aber manchmal möchte ich sie einfach schütteln. „Das habe ich doch gar nicht gesagt. Es ist nur … Schau, ich bin immer noch besorgt, dass dein Ex hier herumlungert. Wie ich schon sagte, ich kenne seine Art Typ. Bitte tu es für mich. Nur eine kleine Nachricht."

Sabina rollt mit den Augen. „Also gut. Hat dir schon einmal jemand gesagt, dass du überfürsorglich bist?"

Ich schenke ihr mein entwaffnendstes Grinsen. „Die ganze Zeit."

Sie dreht sich um, um in ihr Auto zu steigen, greift nach der Tür und ich widerstehe dem Drang, ihrem wunden Hintern einen kurzen Klaps zu geben. Sobald sie in ihrem schäbigen, alten Explorer sitzt, kurbelt sie das Fenster herunter. „Einen schönen Abend noch", sagt sie.

„Dir auch. Und denk an mich, wenn du ins Bett gehst. Du darfst nicht ohne Erlaubnis kommen."

In ihren Augen blitzt etwas auf, das ich nicht identifizieren kann, aber es ist sofort wieder verschwunden. „Gute Nacht, Maximus." Ohne auf eine Antwort zu warten, lässt sie den Motor an und fährt los.

Ich schaue ihrem Wagen nach, bis die Rücklichter

verschwunden sind, und habe ein flaues Gefühl im Magen. Ich weiß nicht, wo sie wohnt. Ich habe ihre Telefonnummer nicht. Ich kenne nicht einmal ihren Nachnamen.

Meine Kleidung ist mir egal, die kann man leicht ersetzen. Aber sie hält jetzt alle Trümpfe in der Hand. Wenn sie beschließt, mich nie wiedersehen zu wollen, werde ich sie niemals finden können. Und diesen Gedanken kann ich nicht ertragen.

Wie konnte ich es so weit kommen lassen? Ich bin es gewohnt, derjenige zu sein, der die Kontrolle hat. Sowohl im als auch außerhalb des Schlafzimmers. Es fühlt sich so an, als ob meine Fähigkeit, rational zu denken, aus dem Fenster fliegt, wenn ich in ihrer Nähe bin.

Ich unterdrücke einen Seufzer, reibe mir den Hinterkopf und mache mich auf den Weg zum Eingang des Clubs. Es gibt die übliche Schlange von Leuten, die darauf warten, hereingelassen zu werden. Ich schleiche mich an ihnen vorbei, ohne auch nur meine Kollegen an der Tür zu beachten.

Mein Handy brennt mir ein Loch in die Tasche, während ich auf Sabinas SMS warte. Wie lange dauert die Fahrt von hier zu ihrer Wohnung? Hat sie das jemals gesagt?

Ich hätte zurück in meinen Wagen springen und ihr nach Hause folgen sollen.

Aber wie gesagt: Rationales Denken. Vernunft. Alles vorbei.

Mehrere Leute grüßen mich, als ich die Treppe zum Verlies hinuntergehe, aber ich antworte nur knapp. Meine Gedanken sind bei einem großen, blauäugigen Mädchen mit einem römischen Namen und dem süßesten Blut, das ich seit einem Jahrhundert gekostet habe.

„Maximus!" Eine errötete spindeldürre Brünette packt mich beim Arm.

Ich blinzle und konzentriere mich langsam auf ihr Gesicht. Verdammt noch mal, ich bin so abgelenkt. Das ist wirklich nicht gut. „Leean, was kann ich für dich tun?"

Sie ist Stammgast im Toxic, ein Süßblut, das süchtig danach ist, mit Vampiren zu spielen und sie von sich trinken zu lassen. Ich habe sie selbst auch schon mehr als einmal genossen. „Kennst du den Typen dort drüben?" Leann deutet auf einen Mann, der in der Nähe der Bar im Schatten steht. Er trägt einen dunklen Anzug und es ist aus dieser Entfernung unmöglich, sein Alter zu schätzen.

„Das kann ich nicht behaupten", sage ich ehrlich. „Ich habe ihn noch nie gesehen."

„Aber er ist ein Vampir, oder?"

„Das ist er." Wir können unsere eigene Art immer spüren.

„Nun, ich habe zugestimmt, mit ihm zu spielen. Kannst du mich im Auge behalten?"

„Hier draußen oder in einer Kabine?"

„Dort drüben." Sie zeigt auf den am weitesten von uns entfernten öffentlichen Spielbereich, eine Prügelbank mit Fesseln.

„Selbstverständlich", sage ich zu ihr. „Sag mir einfach Bescheid, wenn ihr anfangen wollt. Komm vorher zu mir."

„Danke. Es wird nicht lange dauern." Sie dreht sich um und stakst zurück zu dem fraglichen Mann. Ihr knallrotes, hautenges Kleid betont ihre schmale Hüfte. Ich komme nicht umhin, ihren knabenhaften Hintern mit Sabinas prallerem, runderem zu vergleichen.

Reiß dich zusammen, Maximus. Du hast einen Job zu erledigen.

Mein Handy vibriert in meiner Tasche und ich ziehe es heraus. Ich habe eine SMS von Sabina erhalten: *Ich bin sicher zu Hause angekommen, Sir.*

Ich grinse und bin mehr als erleichtert, dass ich jetzt

wenigstens ihre Nummer habe. Ich schreibe zwei schlichte Worte zurück.

Braves Mädchen.

～

Sabina

Es WAR ein langer Tag und die Sonne geht erst jetzt unter.

Gestern Abend, als ich nach Hause kam, habe ich mir etwas zu essen gemacht, ein heißes Bad genommen und mit Felix gespielt, bevor ich erschöpft ins Bett gefallen bin.

Aber bevor ich irgendetwas davon tat, schrieb ich Maximus eine SMS. Ich tat es wider besseres Wissen, aber die Belohnung – seine Antwort – kam sofort.

Braves Mädchen.

Schon komisch, wie zwei kleine Worte eine solche Wirkung auf ein Mädchen haben können. Jedenfalls auf mich.

Als ich endlich einschlafen konnte, träumte ich von ihm. Ich wachte feucht und sehnsüchtig auf, aber ich hatte keine Zeit, etwas dagegen zu tun, weil ich mich beeilen musste, mich für die Arbeit fertigzumachen. Ich weiß nicht, ob ich es sonst getan hätte. Er hat mich angewiesen, es nicht zu tun, und ich scheine seinen Befehlen aus Gründen zu gehorchen, die ich selbst nicht ganz verstehe.

Ich war bei der Arbeit den ganzen Tag abgelenkt und meine Gedanken schweiften ständig zu dem großen, dunklen, attraktiven Dom, von dem mir die Knie weich werden, wenn er mich küsst. Das hat er gestern Abend absichtlich getan, bevor er mich vom Club gehen ließ – um mich daran zu erinnern, wie leicht er mich zum Dahinschmelzen bringen kann.

In meiner Mittagspause habe ich gesehen, dass er mir eine SMS geschrieben hat: *Ich will dich heute Abend wiedersehen. Lass mich vorbeikommen.* Mein Körper reagierte sofort auf den Gedanken, ihn zu sehen und seine Berührung zu spüren, die auf mich wie eine Droge wirkt. Mein Herz hämmerte gegen meine Rippen, als ich ihm antwortete. Ich schrieb ihm *Ja* und gab ihm meine Adresse.

Erst jetzt, während ich in meinem Wohnzimmer auf und ab gehe und beobachte, wie der Himmel langsam dunkler wird, zweifle ich an meiner Entscheidung.

Ich wollte nicht, dass es so aussieht, als würde ich mich zu sehr anstrengen, also trage ich eine schwarze Yogahose und ein hellblaues Trägertop. Meine Brustwarzen drücken bereits gegen die Baumwolle. Ich habe geduscht, mich rasiert, meine Haare geföhnt und leichtes Make-up aufgelegt – aber nicht so viel, wie ich es tun würde, wenn ich in den Club ginge. Ich weiß nicht, ob er heute Abend im Dienst ist. Er hat es nicht erwähnt. Und obwohl ich den ganzen Nachmittag darüber nachgedacht habe, habe ich mich immer noch nicht entschieden, ob ich ihn begleiten würde, wenn es so wäre.

Es liegt nicht nur daran, dass ich früh aufstehen muss, um zur Arbeit zu gehen, und an einem Wochentag nicht bis in die frühen Morgenstunden herumtollen kann. Es liegt auch an dem, was er über den Club Toxic gesagt hat – dass er voller Vampire ist. Der Besitzer ist ein Vampir. Wie hat Maximus ihn genannt? Lucius. Der Schöpfer.

Manchmal frage ich mich immer noch, ob ich das alles nur träume.

Trotz Maximus' Befürchtungen habe ich kein weiteres Wort von Zeke gehört. Ich weigere mich, ihm zu antworten, also ist es ihm wahrscheinlich langweilig geworden. Gott sei Dank. Wenn er mich weiter belästigen würde, wäre das eine Komplikation, die ich wirklich nicht gebrauchen kann.

Da ich weiß, dass Maximus noch eine ganze Weile auf sich warten lassen wird und wahrscheinlich nicht einmal vor Einbruch der Dunkelheit aufwacht, gehe ich in meine kleine Küche und öffne eine Flasche Merlot. Ich gieße mir ein großes Glas ein, begebe mich damit zum Sofa und mache es mir dort gemütlich.

Felix springt hoch und setzt sich zu mir. Sein Schnurren klingt wie das ferne Grollen von Donner. Ich kraule ihn mit meiner freien Hand zwischen den Ohren, während er sich neben mir einkuschelt.

Mein Telefon klingelt. Es liegt immer noch auf dem Küchentisch, wo ich es liegengelassen habe. Ich fluche, während ich mich abhetze, um es rechtzeitig zu erreichen. Der Name meiner Schwester blinkt auf dem Display auf und ich erinnere mich, dass ich versprochen hatte, sie anzurufen.

Verdammt.

Mit einem schlechten Gewissen drücke ich auf den Knopf, um zu antworten. „Hallo Lissy", sage ich

„Meidest du mich?"

„Nein! Nein, wirklich nicht. Entschuldige, ich hatte nur viel um die Ohren."

„Du lebst allein. Hast keine Kinder. Keinen Mann. Du arbeitest nur bis fünf. Wie viel kannst du um die Ohren haben?"

Ich rolle mit den Augen. Manchmal benimmt sie sich mehr wie meine große Schwester als wie meine kleine. „Du wärst überrascht", sage ich trocken.

„Ich wollte nur fragen, ob du morgen Zeit zum Abendessen hast. Ich habe ein paar Freunde zu Besuch. Du hast doch mit diesem Zeke-Typen Schluss gemacht, oder?"

Mir gefällt nicht, worauf das hinausläuft. Es ist nicht

das erste Mal, dass sie versucht, mich mit jemandem zu verkuppeln. Speziell unter dem Vorwand, mich zum Essen einzuladen. Es ist jedes Mal ein komplettes Desaster. Entweder versucht sie, einen Mann für mich zu finden, oder sie will sich Geld leihen. Manchmal ist es auch beides. „Ja, aber …"

„Gut, dann sehen wir uns morgen. Punkt acht."

„Lissy, ich habe nicht …"

Ich starre das Handy an. Sie hat einfach aufgelegt. Ich bin versucht, sie zurückzurufen und ihr meine Meinung zu sagen, aber es hat keinen Sinn. Sie ist wild, leichtsinnig – alles, was ich nicht bin. Sie springt von einem Mann zum nächsten, hat einen riesigen, unberechenbaren, bunten Freundeskreis und bringt sich ständig in Situationen, aus denen sie gerettet werden muss.

Ich bin nur die Idiotin, die ihr Chaos beseitigen muss. Das war schon immer so, seit wir klein waren. Ein Teil von mir nimmt es ihr übel. Ich bin die Älteste, also habe ich mich immer verantwortlich gefühlt. Und das war auch in Ordnung, als wir noch Kinder waren und keine Eltern hatten. Aber jetzt ist sie dreißig. Das ist doch sicher alt genug, um auf sich selbst aufzupassen?

Ich bin gerade wieder auf die Couch gesunken, als es an der Tür klingelt und ich aufschrecke.

Maximus.

Felix, der immer neugierig auf Besucher ist, trottet neben mir her, als ich die Tür öffnen will. Manchmal benimmt er sich eher wie ein Hund als wie eine Katze.

Maximus steht mit einem Blumenstrauß in der Hand vor der Tür. Sündhaft hinreißend in seinem üblichen Anzug. Er lässt seinen aufmerksamen Blick über meine Yogahose und mein Oberteil schweifen und zieht eine dunkle Augenbraue hoch. „Bleiben wir zu Hause?", fragt er zur Begrüßung.

„Wir haben keine konkreten Pläne besprochen. Ich kann mich jederzeit umziehen", sage ich abwehrend. „Sind die für mich?"

„Ja." Er reicht mir den Blumenstrauß.

„Danke schön. Bitte komm herein." Als er über die Schwelle tritt, schaue ich nach unten, um Felix vorzustellen, aber der ist bereits verschwunden. „Möchtest du etwas trinken? Einen Kaffee? Tee? Wein? Vielleicht habe ich auch noch ein Bier im Kühlschrank. Ich werde die hier nur schnell ins Wasser stellen." Ich stottere und bin plötzlich nervös und verunsichert durch die Art und Weise, wie sehr mich seine Nähe aus dem Konzept bringt.

„Ich würde gern einen Schluck Wein trinken, aber ich muss fahren. Es sei denn, du möchtest, dass ich über Nacht bleibe?"

Ich erstarre mit einer Hand am Griff der Kühlschranktür. „Musst du nicht arbeiten?"

Er stößt ein finsteres Glucksen aus. „Doch, das muss ich. Ich wollte nur sehen, wie du reagierst."

Ich mag es nicht, wenn man mit mir spielt. Grimmig nehme ich eine Schere und mache mich daran, die Stängel der Blumen, die er mir geschenkt hat, anzuschneiden. Ich hatte noch nie einen grünen Daumen und könnte den Namen dieser Blüten beim besten Willen nicht benennen, aber sie sind rosa und sehen hübsch aus. Ich frage mich, ob ich irgendwo eine passende Vase habe. Ich bekomme nie Blumen geschenkt. „Nun, jetzt weißt du es", schaffe ich es, zu sagen.

„Ich dachte, du hättest gesagt, du hast eine Katze?"

„Habe ich auch. Sie ist hier irgendwo." Falls ich noch Zweifel daran hatte, dass Maximus nicht ganz menschlich ist, hat Felix' Reaktion diese ausgeräumt. Er begrüßt Besucher normalerweise immer und schnüffelt an ihren Schuhen. „Er ist schüchtern", lüge ich.

Ich dachte schon, Maximus wäre gegangen und hätte sich ins Wohnzimmer gesetzt, aber plötzlich schlingt er seine Hände von hinten über meine Schultern und ich erschrecke mich fast zu Tode.

„Ganz ruhig", sagt er leise. „Ich wollte nur richtig Hallo sagen. Leg die Schere weg und dreh dich zu mir um."

Wenn er diesen Tonfall anschlägt, bin ich hilflos dagegen. Es ist fast so, als ob er mich hypnotisiert. Ich tue, was er sagt.

„Du siehst wunderschön aus", murmelt er und schon landen seine Lippen auf meinen.

Sofort ist es, als würde ich ertrinken. Ich klammere mich an ihn, meine Haut kribbelt und mein Inneres pulsiert vor Verlangen. Ich vergesse, zu denken, zu atmen … Alles, was es in diesem Moment auf der Welt gibt, sind dieser Mann und die Gefühle, die er in mir weckt.

Er gleitet mit der Hand an meinem Rücken hinunter, umschließt meine Pobacke und zieht mich dicht an sich heran, sodass ich seine dicke, harte Länge durch seine Anzughose spüren kann. Er zieht sein Gesicht gerade weit genug weg, um leise zu knurren: „Warst du ein braves Mädchen, Kleines? Oder hast du masturbiert, seit ich dich das letzte Mal gesehen habe?"

„Nein." Meine Stimme ist ein Krächzen. „Ich war brav, Sir."

„Dann verdienst du eine Belohnung." Bevor ich begreife, was passiert, hat er mir die Hose und den Slip ausgezogen, seine Erektion befreit, mich hochgehoben und mich mit seinem riesigen Schwanz aufgespießt.

Das Geräusch, das ich von mir gebe, ist geradezu unmenschlich, aber ich kann nicht anders. Allein sein Kuss hat mich so feucht werden lassen, dass er ganz leicht in mich hineingleitet und mich zum Punkt eines exquisiten Schmerzes ausdehnt.

Als er mich auf den Küchentresen setzt, reibt er seine Nase an meinem Hals und ich werfe meinen Kopf zurück und verliere mich im Gefühl seiner sanft wiegenden Hüfte an meiner Weiblichkeit. „Ich habe den ganzen Tag davon geträumt, das zu tun", murmelt er an meiner Haut und ich spüre die Spitzen seiner Zähne. „Ich habe solchen Hunger auf dich, Sabina."

Ich grabe meine Fingernägel in sein Jackett und schlinge meine Beine fester um seine Taille. Ich sehne mich verzweifelt danach, ihn tiefer zu spüren. Härter. Schneller. Ich bin jetzt schon so nah dran.

„Du wirst auf meinem Schwanz kommen, wie ein braves, kleines Mädchen", sagt er zu mir und steigert das Tempo seiner Stöße so sehr, dass ich hilflos stöhne. „Nicht wahr?"

„Ja, Sir." Er verändert den Winkel seines Beckens, sodass er mit jedem tiefen Stoß gegen meine Klitoris drückt. „Oh Gott, bitte ..."

„Jetzt", knurrt er und mein Orgasmus stürzt wie ein Tsunami über mich herein. Ich ertrinke in der Lust und klammere mich an ihn, als wäre er ein Rettungsboot, während Wellen heißer, flüssiger Lava durch meinen ganzen Körper schießen.

Dann spüre ich einen scharfen, schmerzenden Stich an meinem Hals und alles wird dunkel ...

1 8

Maximus

Es IST ERST eine Woche her, seit eine gewisse Blondine in meiner Welt aufgetaucht ist. Und ich kann mir ein Leben ohne sie bereits jetzt nicht mehr vorstellen – ein Gedanke, der mir Angst macht.

Wir haben uns nicht so oft sehen können, wie wir es gerne hätten, da sie tagsüber arbeitet und ich nachts. Aber jeder Moment, den ich mit ihr verbringe, macht mir Lust auf mehr. Egal ob wir spielen, ficken oder einfach nur reden. Sie ist klug und witzig und es ist ein Vergnügen, sie in den Fängen von Schmerz und Lust zu sehen.

Leider ist sie auch so stur wie drei Böcke und während sie mir mit ihrem Körper völlig vertraut, ist sie doch sehr zurückhaltend mit Details über ihre Gefühle, ihre Vergangenheit und ihre Gedanken. Ich weiß zum Beispiel, dass Zeke sie immer noch bedroht, aber sie hat ihn seit der ersten Nacht, die sie bei mir zu Hause verbracht hat, nicht wieder erwähnt. Und jedes Mal, wenn ich versuche, das

Problem anzusprechen, wechselt sie das Thema oder lenkt mich auf andere, körperliche Weise ab.

Es ist empörend.

Sie schläft jetzt tief und fest nackt in meinen Armen und ich beschließe, ihr noch ein paar Minuten zu geben, bevor ich sie wecke. Ich habe mir die Nacht freigenommen, damit wir sie zusammen verbringen können. Kurz nach Sonnenuntergang kam sie zu mir nach Hause. Ich bestellte Pizza und wir haben uns einen Film angeschaut. Dann habe ich ihren schönen nackten Körper mit Eiswürfeln und heißem Wachs gequält, bevor ich sie in die Besinnungslosigkeit gefickt habe.

Sabina wird jedes Mal ohnmächtig, wenn ich von ihr trinke. Das ist mir aufgefallen, als ich das erste Mal in ihrer Wohnung war und sie auf dem Küchentisch nahm. Aber sie ist nie lange weggetreten und der Blick, den sie mir zuwirft, wenn sie wieder zu sich kommt – so offen und vertrauensvoll –, macht mich fertig. Ich könnte in ihren Augen ertrinken.

Sie hat sich an diesem Abend umgezogen und war mit mir in den Club gekommen, obwohl wir dort nicht zusammen spielten. Sie blieb an meiner Seite und nippte an einem Glas Wein, während sie sich die öffentlichen Sessions anderer Gäste ansah, was es mir möglich machte, sie einigen meiner Kollegen vorzustellen. Auch Lucius und Selene waren an diesem Abend anwesend. Sie saßen aufrecht und erhaben auf ihren Thronen, und ich dachte einen Moment lang darüber nach, sie auch ihnen vorzustellen, entschied dann jedoch, dass es noch zu früh war.

Obwohl ich seit Caroline für niemanden mehr so empfunden habe, kann ich nicht wissen, was Sabina für mich fühlt. Sie genießt, was ich mit ihr mache, daran gibt es keinen Zweifel. Aber wir haben über die Vergangenheit genauso wenig gesprochen wie über die Zukunft. Zumindest nicht über *ihre* Vergangenheit. Seitdem sie die Wahrheit über mich erfahren hat, macht es ihr Spaß, mich mit Fragen über bestimmte Epochen der Geschichte zu löchern, die sie interessieren. Und ich beantworte gern, was ich kann. Ich bewundere, dass sie immer mehr lernen will. Mehr wissen will.

Ich wünschte nur, sie würde auch etwas von sich preisgeben.

Sie öffnet flatternd die Augen und dreht sich zu mir um. „Maximus", seufzt sie und die Art, wie sie meinen Namen ausspricht, geht mir durch Mark und Bein.

„Kleines."

„Habe ich lange geschlafen?"

„Nein. Ich wollte dich gerade wecken."

Sie bewegt sich und gibt ein kleines Stöhnen von sich. „Für die zweite Runde?"

„Du bist unersättlich." Ich küsse ihren Scheitel.

„Nur mit dir." Sie verzieht ihre vollen Lippen zu einem zufriedenen Lächeln. „Ich kann nie genug davon bekommen, was du mit mir machst."

„Das Gefühl beruht auf Gegenseitigkeit."

Sie schiebt ihre Hand nach unten, um meinen Schwanz zu packen, aber ich fange sie ab und schiebe sie weg.

„Ich will reden", sage ich zu ihr.

Sie versteift sich und plötzliche Anspannung strahlt von ihr aus. „Dieser Satz führt nie zu etwas Gutem."

„Es ist nichts Schlimmes. Es ist nur so … Wir verbringen so viel Zeit miteinander und ich weiß immer noch so gut wie gar nichts über dich."

„Da gibt es nichts zu wissen." Sofort nimmt ihr Gesicht den mir inzwischen vertrauten, verschlossenen Ausdruck wieder an.

„Das glaube ich nicht. Du wurdest verletzt."

Sie stößt ein kleines Schnaufen aus. „Jeder wurde schon einmal verletzt."

„Das ist wahr." Meiner Erfahrung nach sind Menschen eher bereit, sich zu öffnen, wenn man mit gutem Beispiel vorangeht. Ich schlucke, schließe meine Augen und bete, dass ich das, was ich im Begriff bin zu tun, nicht bereuen werde. „Auch ich bin verletzt worden."

„Von wem?" Sie sieht mich jetzt aufmerksam an.

„Caroline."

„Deine Geliebte?"

„Meine Ehefrau."

Es gibt eine lange Pause und mir wird klar, dass ich alles dafür geben würde, zu wissen, was Sabina gerade denkt. Aber ich widerstehe der Versuchung, einen Blick in ihre Gedanken zu werfen. Wenn sie eifersüchtig ist, zeigt sie es nicht.

„Was hat sie getan?"

„Sie hat nichts getan. Die Schuld lag bei mir."

„Okay, was hast *du* getan?"

„Ich konnte sie nicht beschützen. Sie hatte ein kleines Geschäft. Sie stellte Hüte her. Ich habe es erlaubt – sie hatte Spaß daran und war gut darin …"

„Du hast es *erlaubt*?", wiederholt Sabina mit Unglauben in der Stimme. „Wie großzügig von dir! Wann genau war das?"

Ich ignoriere den offensichtlichen Seitenhieb und fahre fort. „1895. Nicht alle verheirateten Frauen durften arbeiten. Aber wie ich schon sagte, sie war gut darin und hatte Spaß dabei. Die Leute kamen von überall her, um ihr Kunsthandwerk zu kaufen."

„Und was hast du gemacht? Was war dein Beruf?"

„Ich habe mit Pferden gehandelt."

„Ich schätze, die waren damals beliebter", sagt sie mit einem Lächeln.

Ich unterdrücke ein irritiertes Schnauben. „Wie dem auch sei, Caroline hat länger gearbeitet. Sie hatte einen Eilauftrag, den sie zu Ende bringen wollte. Ich sollte sie abholen, um sie vom Ladengeschäft zu uns nach Hause zu begleiten. Ich habe sie nach Einbruch der Dunkelheit nie allein hinausgehen lassen. Aber ich habe verschlafen." Ich merke, dass ich meine Hände zu Fäusten balle und zwinge mich, sie zu öffnen. Die Erinnerung ist immer noch so roh und schmerzhaft wie vor einem Jahrhundert. „Ich weiß nicht, ob sie einfach nicht warten wollte oder ob sie dachte, ich würde nicht kommen, aber sie machte sich allein auf den Weg. Zu Fuß. Mitten durch London. Sie hat sich meinem Befehl widersetzt." Ich halte inne und traue mich kaum, fortzufahren.

„Was ist passiert?" Sabinas Stimme ist kaum mehr als ein Flüstern. Sie drückt sanft meinen Oberschenkel.

„Sie wurde von einer Gruppe von Männern angegriffen. Sie … vergewaltigten sie und stießen ihr ein Messer ins Herz, bevor sie ihren Schmuck stahlen. Sie waren betrunken, sagte die Polizei, und hatten sich hinreißen lassen. Sie wurden gefasst und gehängt, aber das hat Caroline natürlich nicht zurückgebracht." *Du hättest sie verwandeln sollen.* Ein Satz, der mich seither verfolgt, aber ich spreche ihn nicht laut aus. Ich schaue hinunter und sehe, wie eine Träne über Sabinas Wange läuft.

„Das tut mir so leid, Maximus."

„Ich hätte da sein müssen. Ich hätte sie nie allein gehen lassen dürfen. Ich war ihr Ehemann! Es war meine Aufgabe, sie zu beschützen."

„Es war nicht deine Schuld! Du gibst dir doch nicht selbst die Schuld dafür?"

„Natürlich tue ich das!" Mein Ton ist eindringlicher, als ich es beabsichtigt habe und ich zucke zusammen. „Entschuldige. Es fällt mir sehr schwer, darüber zu sprechen."

„Arbeitest du deshalb jetzt als Sicherheitsmann? Bist du deshalb so beschützend? Ist das der Grund, warum du wegen Zekes Nachrichten so ausgeflippt bist?"

„Zum Teil. Ich habe mir an dem Tag, an dem wir sie beerdigt haben, zwei Dinge geschworen. Dass ich den Rest der Ewigkeit damit verbringen würde, auf andere aufzupassen, und ..." Ich halte inne und mir wird plötzlich bewusst, was ich gerade sagen wollte.

„Und?", hakt sie nach.

„Es spielt keine Rolle."

Sie stößt einen kleinen Seufzer aus. „Ich kann es mir schon denken."

„Wirklich?"

„Das ist nicht schwer. Du hast dir geschworen, nie wieder jemanden zu lieben, nicht wahr?"

Ich schlucke den Kloß in meinem Hals hinunter. Ich will es nicht zugeben, aber ich will sie auch nicht anlügen.

„Es spielt keine Rolle", sagt sie, dreht den Kopf und küsst meine Brust. „Was zählt, ist, dass du dir nach all dieser Zeit immer noch Vorwürfe machst, obwohl du es nicht solltest. Solche Dinge passieren. Schlimme Dinge passieren eben."

Dass ein Mädchen, das erst seit dreieinhalb Jahrzehnten am Leben ist, mir die Realitäten der Welt erklärt, ist irgendwie bezaubernd. Ich muss lächeln, obwohl die Erinnerungen so schmerzhaft sind. „Ich weiß, Kleines", sage ich schließlich. „Aber ich gedenke dafür zu sorgen, dass weniger schlimme Dinge passieren. Und ich denke, ich habe seit diesem Tag schon einige Menschen gerettet."

„Ich bin mir sicher, du hast mehr gerettet, als du weißt."

Es gibt eine Pause und ich kann fast spüren, wie Sabina mit sich ringt. Ich warte, denn ich weiß, dass Schweigen oft der beste Weg ist, jemanden zum Weiterreden zu bewegen. Sie enttäuscht mich nicht.

„Zeke hat mir noch zwei weitere Nachrichten geschickt."

Eine Welle der Wut steigt in meiner Brust auf und ich zwinge mich, meinen Tonfall ruhig zu halten. „Danke, dass du es mir gesagt hast. Aber du hast ihn nicht gesehen?"

„Nein. Ich glaube wirklich, dass er nur versucht, mich einzuschüchtern. Obwohl ich keine Ahnung habe, warum."

Ich könnte es ihr sagen, aber ich tue es nicht. „Zeigst du mir die Nachrichten?", frage ich stattdessen.

„Mein Telefon ist unten."

„Dann später."

Sie beißt sich auf die Unterlippe und ich frage mich, ob sie sich über sich selbst ärgert, weil sie es mir erzählt hat, oder ob sie sich Sorgen macht, wie ich auf diese Nachrichten reagieren werde, wenn ich sie sehe. Nach einem Moment seufzt sie. „In Ordnung."

„Braves Mädchen."

„Maximus?"

„Ja, Kleines?"

„Vielen Dank, dass du mir von Caroline erzählt hast. Ich habe das Gefühl, dass ich dich jetzt ein wenig besser kenne."

„Gut. Denkst du, du wirst dich eines Tages revanchieren?"

„Wie?"

„Indem du mir etwas über dich erzählst. Aus deiner Vergangenheit. Den eigenen Schmerz zu teilen, hilft oft, ihn zu lindern."

„Ich spreche nicht gern über mich selbst." Ihr Gesicht ist wieder verschlossen. „Das habe ich nie."

Ich weiß es besser, als sie zu drängen. Stattdessen ziehe

ich sie näher zu mir heran und drücke ihr einen weiteren Kuss auf den Scheitel. „Nun", sage ich ihr, „wenn du deine Meinung änderst, würde ich gern mehr über dich erfahren. Ich möchte alles über dich wissen."

„Wenn ich meine Meinung jemals ändern sollte, verspreche ich dir, dass du es als Erster erfährst."

Nicht zum ersten Mal frage ich mich, was genau meine kleine Süße so sehr verletzt hat, dass sie nicht bereit ist, darüber zu sprechen. Eines Tages werde ich es herausfinden.

❧

Sabina

So SEHR ICH es auch genieße, Zeit mit Maximus zu verbringen, wünschte ich doch, er würde aufhören, mich über meine Vergangenheit auszufragen. Ich verstehe nicht, wie sein Wissen über meine Kindheit etwas ändern soll. Außerdem ist es ja nicht so, als hätten wir eine gemeinsame Zukunft. Er ist ein *Vampir*. Könnte ich wirklich den Rest meines Lebens mit einem Mann verbringen, der nie das Tageslicht erblicken kann?

Caroline hat es getan, sagt eine kleine Stimme in meinem Kopf. Es war faszinierend, Maximus von ihr erzählen zu hören. In seiner Stimme lag eine Zärtlichkeit, die mich einen Anflug von Eifersucht spüren ließ – was lächerlich ist, wenn man bedenkt, dass die Frau vor über einhundert Jahren gestorben ist. Obwohl ich nicht wirklich eifersüchtig auf *sie* bin. Ist es der Gedanke, dass er sie so geliebt hat, dass er sich schwören musste, nie wieder jemand anderen zu lieben?

„Bist du durstig?" Maximus' Stimme unterbricht meine verwirrten Gedanken.

„Ich könnte einen Kaffee vertragen."

„Ich gehe und hole dir einen."

Ich schaue ihm nach, als er aus dem Bett aufsteht und zur Tür geht. Die Muskeln seines Rückens spannen sich an und seine Pobacken sind rund und fest über den starken, kräftigen Oberschenkeln. Er ist völlig ungeniert in seiner Nacktheit. Andererseits hat er auch keinen Grund, schüchtern zu sein. Nicht mit diesem Körper.

Ich lehne mich zurück auf mein Kissen und verschränke die Arme hinter dem Kopf. Meine Haut kribbelt immer noch vom Reiz des Spiels, dem wir uns zuvor hingegeben haben. Das pochende Brennen an meinem Hals wird mir seltsam vertraut. Ich frage mich, ob das Lustserum, dass Vampire offenbar beim Trinken in den Blutkreislauf des Menschen injizieren, süchtig machen kann. Es scheint jedenfalls so zu sein. Es ist noch nicht einmal eine Woche her und schon kann ich den Gedanken nicht mehr ertragen, dieses Gefühl nie wieder zu spüren.

Ich verdränge diesen Gedankengang in eine hintere Ecke in meinem Kopf. Ich muss mir überlegen, was ich von diesem Mann – nein, von diesem *Vampir* – überhaupt will. Ja, er bringt mich zum Lachen. Ja, er lässt mich feucht werden. Ja, er bringt mich dazu, auf die Knie fallen und ihm dienen zu wollen. Er ist attraktiv, er kann ebenso wild wie sanft sein und er ist loyal und beschützend bis ins Mark. Aber er sagt, dass er nie wieder lieben wird. Er wird nie älter werden und könnte möglicherweise ewig leben. Würde ich das wollen? Neben ihm altern, zu sehen, wie sich Falten an meinem Körper bilden und Teile von mir zu erschlaffen beginnen, während er immer derselbe bleibt? Die Leute würden sich fragen, was er in der alten Hexe an seinem Arm sieht. War Caroline bereit, dies zu tun? War Maximus so verliebt in sie, dass es ihm tatsächlich egal gewesen wäre und dass er sie auch dann noch begehrt hätte, wenn sie, zumindest körperlich betrachtet, doppelt so alt geworden wäre wie er? Und was wäre, wenn wir Kinder hätten? Sie wären nur halb menschlich, wer weiß, welche Einschränkungen sie ertragen müssten. Ganz zu schweigen davon, einen Vater zu haben, der eines Tages genauso alt und dann jünger als sie aussehen würde.

Zu hören, was mit seiner Frau passiert ist, erklärt jedoch wenigstens Maximus' extremes Verhalten, wenn es um Zeke geht. Ich habe ein schlechtes Gewissen, wenn ich daran denke, dass ich ihn gerade angelogen habe. Ja, Zeke hat mir zwei weitere Nachrichten geschickt, aber ich glaube auch, dass er angefangen hat, sich in der Nähe der Klinik herumzuschleichen, in der ich arbeite. Ich bin mir fast sicher, dass ich ihn gestern gesehen habe, als ich ging. Vielleicht sollte ich es Maximus sagen, aber er würde überreagieren. Das tut er immer. Ich glaube immer noch nicht, dass Zeke mir jemals etwas antun würde. Warum sollte er auch? Was hätte er denn davon? Aber Maximus … Ich traue ihm zu, dass er Zeke tatsächlich töten könnte, wenn er es für gerechtfertigt hielte. Und das will ich nicht riskieren.

Ich schüttle leicht den Kopf. Das ist alles zu viel. Es ist zu kompliziert. Das sind nur ein paar der Gründe, warum das – was auch immer das zwischen uns ist –, nie mehr als eine Affäre sein wird. Es darf einfach nicht mehr als das sein. Ganz egal, wie sehr mein Herz höherschlägt, wenn ich Maximus sehe. Es spielt keine Rolle, dass sich mein Bauch zusammenzieht, wenn er mich anlächelt oder wie meine Haut kribbelt, wenn er mich berührt.

Außerdem weiß ich es besser, als mich in einen Mann zu verlieben, der mich nicht zurücklieben wird.

„Hier bitte schön, Kleines." Maximus ist mit einer

dampfenden Kaffeetasse zurückgekehrt, die er auf den Nachttisch stellt.

Ich kämpfe mich in eine aufrechte Sitzposition und greife danach, wobei der köstliche Duft des Kaffees bereits meine Nase kitzelt. „Danke, Sir."

Er wirft einen Blick auf das Fenster, obwohl dort nichts als schwarzes Glas zu sehen ist. „Wir trinken unseren Kaffee, ziehen uns an und dann bringe ich dich besser nach Hause."

„Muss das sein?", platze ich heraus. „Es ist Wochenende."

Er trinkt einen Schluck aus seiner eigenen Tasse und zieht eine Augenbraue hoch. „Möchtest du den ganzen Tag hier verbringen, ganz allein?"

Ich zucke so lässig wie möglich mit den Schultern. Ist ihm tatsächlich nicht klar, wie luxuriös dieses Haus im Vergleich zu meiner kleinen Wohnung ist? Er hat nicht nur einen, sondern drei Swimmingpools. Zwei Whirlpools. Aussichten, in denen man sich von allen Fenstern und mehreren Außenterrassen aus verlieren könnte. Eine riesige Bibliothek. Ein Heimkino mit mehr Filmen, als man zählen kann. „Meinst du etwa, ich würde mich langweilen?"

Er gluckst. „Nein, Kleines, ich denke nicht." Er stellt seine Tasse beiseite und zieht mich in seine Arme. „Du hast mir nie erzählt, wohin du am Dienstagabend gegangen bist. Warum ich dich nicht sehen konnte."

Mist. Ich hatte gehofft, er hätte es vergessen. „Meine kleine Schwester hat mich zum Abendessen eingeladen. Eine kleine Party."

„Du hättest mich mitbringen können."

Ich bin schockiert über den leisen Anflug der Verletztheit in seinem Tonfall. Ich möchte ihm sagen, dass wir uns gerade erst kennengelernt haben und mir der Gedanke gar nicht in den Sinn gekommen ist, aber ich möchte ihn nicht noch mehr beleidigen. Stattdessen sage ich: „Du kennst Lissy nicht. Sie lädt immer eine bestimmte Anzahl von Leuten ein und kocht für sie. Sie mag keine Überraschungen."

„Waren noch andere Männer da?"

Oh Gott. Ich weiß, worauf das hinausläuft. „Ja." Es kommt eher wie ein Seufzen heraus. Anfangs fand ich es noch süß, dass er so besitzergreifend ist, aber manchmal ist es auch ein bisschen nervig. Ich habe das Gefühl, dass er mir nicht traut. „Aber keiner von ihnen hat mich interessiert."

„Gut." Er schmiegt sich an meine Schulter. „Ich würde sie gern eines Tages kennenlernen. Und … du hast gesagt, du hast auch einen Bruder?"

„Ben."

„Älter oder jünger?"

„Er ist ebenfalls jünger. Das sind sie beide."

„Lebt er auch hier in Tucson?"

„Nein." Gott sei Dank. Für Lissy da zu sein, ist schon schwer genug, sodass ich mich nicht auch noch um Ben kümmern kann. „Er lebt in Texas. Er hat dort ein Mädchen kennengelernt, als er auf dem College war, und hat sie geheiratet. Sie haben zwei Kinder."

Es gibt eine sehr lange Pause und einen Moment lang frage ich mich, ob Maximus vielleicht doch eingeschlafen ist. Dann fragt er: „Glaubst du, dass du vielleicht eines Tages Kinder haben möchtest?"

Ich starre geradeaus und frage mich, wie viel er mit dieser Frage gemeint hat. „Ich weiß es nicht. Ich glaube, ich bin einfach immer davon ausgegangen, dass ich irgendwann mindestens eins haben werde. Aber ich habe einfach noch nicht den richtigen Mann getroffen."

„Vampire können keine Kinder zeugen", sagt Maximus

leise. „Ich glaube, dass dies etwas ist, das du wissen solltest."

Meine Gedanken rasen, um diese Information zu verarbeiten. „Danke." Was soll ich denn sonst sagen? Ich weiß nicht, was ich sagen soll. „Das tut mir leid."

„Das muss es nicht. Es ist wahrscheinlich am besten so. Wir wissen ja nicht, wie sie sein würden. Wie ihr Leben aussehen würde. Kannst du dir eine Kindheit in der Dunkelheit vorstellen?"

Ich kann mir als Erwachsene noch nicht einmal einen Monat davon vorstellen, aber ich schüttle nur den Kopf, anstatt es laut auszusprechen. „Schrecklich."

Es gibt eine Pause und ich habe das Gefühl, dass er noch etwas sagen will, jedoch mit sich ringt, ob er es tun soll oder nicht. Offenbar entscheidet er sich dagegen, denn anstatt zu sprechen, nimmt er mir die inzwischen leere Kaffeetasse aus der Hand, stellt sie auf den Nachttisch und presst seine Lippen auf meine. „Wenn wir uns beeilen", knurrt er, nachdem wir wieder Luft geholt haben, „schaffen wir noch eine Runde vor dem Schlafengehen." Er lässt seine Hand an meinem Bauch hinunterwandern und berührt meine Muschi. Ich erschaudere bei den Funken der Lust, die durch mein Inneres schießen, und meine Schenkel spreizen sich automatisch.

„Da wäre ich dabei, Sir", flüstere ich.

„Es war keine Frage."

19

Maximus

ICH HABE HEUTE BESCHISSEN GESCHLAFEN. Normalerweise träume ich nicht, wenn ich mich tagsüber in mein Verlies verkrieche, aber dieses Mal wurde ich von Albträumen geplagt – Visionen von Caroline, die geschlagen und vergewaltigt wird …

Selbst nach all dieser Zeit ist der Schmerz noch immer fast körperlich spürbar.

Sabina und ich sind jetzt im Club. Da es Samstagabend ist, bin ich im Dienst, aber meine Gedanken sind woanders. Bevor wir losgegangen sind, zeigte sie mir endlich die letzten beiden Nachrichten, die ihr dieser dreckige Gestaltwandlerscheißkerl geschickt hat. Die erste war im Grunde genommen genau wie die anderen zuvor – eine Warnung, sich vom Club Toxic fernzuhalten und sich daran zu erinnern, dass sie beobachtet wird und sich nicht verstecken kann. Die zweite jedoch …

Wenn ich dich noch einmal mit diesem Egel sehe, wirst du es bereuen.

Sabina war nicht bewusst, dass Zeke mich damit meinte. Obwohl sie es vielleicht hätte erraten können. Aber wie sollte ich es ihr erklären, ohne ihr zu sagen, dass ihr Ex-Freund ein Gestaltwandler ist? Ich habe sie gefragt, was sie dachte, was er meinte und sie zuckte nur mit den Schultern und sagte, dass er manchmal ganz schön zugedröhnt war. Das passt. Ein drogensüchtiger Gestaltwandler. Ich bin überrascht, dass es ihm gelungen ist, solange mit ihr zusammenzubleiben, wie sie es waren. Andererseits hat sie auch gesagt, dass sie sich nur ein oder zweimal pro Woche gesehen haben.

Ich wünschte, sie würde die Bedrohung ernster nehmen, aber jedes Mal, wenn ich sie darauf anspreche, wiederholt sie denselben irritierenden Satz: Sie kann auf sich selbst aufpassen.

Das hat Caroline auch immer gesagt, wenn ich mich darüber beklagte, dass ich tagsüber nicht bei ihr sein konnte.

Im Moment ist Sabina drüben bei den öffentlichen Spielbereichen und schaut sich mit leuchtenden Augen eine intensive Session an. Ich sitze auf meinem üblichen Hocker neben den Kabinen, aber ich schaue immer wieder in ihre Richtung. Zum einen, um sie im Auge zu behalten, und zum anderen, weil das gedämmte, rote Licht ihr goldenes Haar in einem satten Orangeton strahlen lässt. Sie trägt einen kurzen Rüschenrock und ein knappes, bauchfreies Oberteil, das ihre Taille betont. Kniehohe Stiefel lassen ihre Beine endlos erscheinen und ich schließe meine Augen bei der plötzlichen Vorstellung, wie sie sie um meine Taille schlingt, während ich sie genau hier an der Wand ficke und sie vor aller Augen zu der Meinen mache.

Als ich die Augen wieder öffne, ist mein Blick noch immer auf die Session gerichtet, die Sabina mit solcher Faszination beobachtet. Als Mistress Elvira eine weitere Nadel ins Fleisch ihres Sklaven sticht, leckt Sabina sich über ihre rosa Lippen. Mein Schwanz zuckt. In Gedanken füge ich Nadeln zu der Liste von Dingen zu, die ich mit meinem kleinen Liebling anstellen möchte.

„Maximus!" Leann steht mit zerzausten Haaren vor mir. Sie ringt mit den Händen und Tränen strömen ihr über die Wangen. „Hast du mich nicht gehört?"

Ich springe sofort von meinem Hocker auf. „Was ist passiert?"

„Ich habe nach dir geschrien!" Sie stößt ein halb Schlucken, halb Schluchzen aus. „Wir haben gespielt und er hat mein Safeword ignoriert. Kurz nachdem wir angefangen hatten, fühlte ich mich unwohl und habe meine Meinung geändert. Ich habe ihn gebeten, aufzuhören, aber er ..."

„Wer?", unterbreche ich sie.

„Er will gerade gehen. Der dort drüben!" Sie zeigt auf ihn und ich merke, dass ihr ganzer Arm zittert.

Scheiße.

„Tiberius ist an der Bar", sage ich eindringlich und deute mit einer Geste auf die Stelle, wo mein Freund steht. „Geh und erzähle ihm, was passiert ist. Sag ihm, dass ich dich geschickt habe und dass er auf dich aufpassen soll, bis ich zurückkomme. Ich werde mich um dieses Arschloch kümmern."

In dem Moment, in dem ich zu Ende gesprochen habe, verschwimme ich zwischen den Klubbesuchern und konzentriere mich ganz auf den Rücken des Mannes, auf den Leann gezeigt hat. Er geht zügig auf die Treppe zu. Ein wenig zu schnell für jemanden, der unschuldig ist, aber nicht schnell genug, um sofort schuldig zu wirken. Er kommt mir bekannt vor, aber erst als ich ihn erreiche und ihn mit einer Hand auf der Schulter aufhalte, wird mir klar, wer es ist.

„Hallo Ethan", knurre ich. „Habe ich dich nicht gewarnt, diesen Ort nie wieder zu betreten?"

Er dreht sich zu mir um und seine Augen blitzen auf, als er mich erkennt. Dann knurrt er mit Abscheu: „Es ist ein freies Land."

„Draußen mag das stimmen. Hier drinnen aber nicht."

„Dann ist es ja gut, dass ich gerade auf meinem Weg hinaus war."

„Ich begleite dich."

Wenn er die Gefahr spürt, in der er schwebt, zeigt er es nicht. „Das ist nicht nötig."

„Oh, aber es ist sehr wohl nötig." Ich packe seinen Arm knapp oberhalb seines Ellbogens und grabe die Spitze meines Daumens in den Nerv, der zwischen Muskeln und Knochen verläuft. Für den flüchtigen Beobachter sieht es so aus, als würde ich ihn nur in die richtige Richtung lenken, aber der Schmerz ist intensiv, besonders für jemanden, der lieber austeilt, als einsteckt. Ethan beweist es, indem er ein jämmerliches Wimmern ausstößt.

„Nicht so fest!"

„Hör auf zu jammern." Wir fliegen die Treppe praktisch hinauf. Ich nehme immer zwei Stufen auf einmal und er hat keine andere Wahl, als mitzuhalten. Im Erdgeschoss angekommen, bringe ich Ethan nicht zum Ausgang, sondern steuere ihn an der Bar vorbei in den hinteren Flur, der nur den Angestellten vorbehalten ist.

„Wo bringst du mich hin? Ich dachte, wir würden nach draußen gehen."

„Da hast du falsch gedacht." Ich gebe den Code in das Tastenfeld ein und die Tür zum hinteren Treppenhaus öffnet sich. „Glaubst du, ich lasse dich einfach gehen, nachdem du nicht nur einen, sondern gleich zwei Gäste dieses Hauses misshandelt hast?"

„Was kümmert dich das? Es sind doch nur Menschen."

Selbst jetzt ist Ethan immer noch ein hochmütiges Arschloch.

Anstatt auf seinen Köder einzugehen, klopfe ich an die Tür zu Lucius' Büro.

„Herein."

Lucius sitzt hinter seinem riesigen Schreibtisch. Er wirft einen Blick auf Ethan und die Art, wie ich seinen Arm umklammere, und zieht eine Augenbraue hoch.

„Problem?", fragt er.

„Dieses Arschloch muss verschwinden", sage ich zu ihm und widerstehe dem Drang, Ethan zu schütteln. „Er hat letzte Woche einen Gast belästigt und ich habe ihm noch eine Chance gegeben und ihm gesagt, dass er nie wiederkommen soll. Er hat nicht auf mich gehört und heute Abend hat er es auf Leann abgesehen."

Ein Ausdruck kalter Wut breitet sich auf Lucius' Gesicht aus. Er nimmt den Ruf des Club Toxic sehr ernst. „Hast du etwas zu deiner Verteidigung zu sagen?", fragt er Ethan mit ruhiger, gefährlicher Stimme.

„Fick dich", speit Ethan. „Ich weiß nicht, warum ihr euch wegen ein paar armseliger, kleiner Mädchen so aufregt. Sie haben beide eingewilligt, mit mir zu spielen."

„Sie wurden beide bezirzt", argumentiere ich und begegne Lucius' Blick. „Habe ich Eure Erlaubnis, mich um ihn zu kümmern, Schöpfer?"

„Auf jeden Fall." Lucius öffnet eine Schublade und zieht einen Pflock heraus. Dann steht er auf und kommt zu uns hinüber. Plötzlich bin ich besorgt, dass er es tun wird. Ich will es so sehr selbst tun, dass ich es förmlich schmecken kann. Dieser Wichser, den ich hier gerade festhalte, hat Sabina angegriffen. Ich will, dass er dafür bezahlt.

„Bitte überlasst mir die Ehre, Schöpfer", sage ich.

Lucius entgeht nichts. „Ich habe das Gefühl, das ist etwas Persönliches", sagt er.

„Ja." Es hat keinen Sinn, zu lügen.

„Also gut." Er reicht mir den Pflock.

„Wollt ihr mich verarschen?", knurrt Ethan, als ihm klar wird, was ich gleich tun werde. „Ihr wollt mich tatsächlich umbringen? Weil ich jemanden bezirzt habe?"

Ich mache mir nicht die Mühe, ihm zu antworten. Stattdessen nicke ich Lucius kurz zu und zerre Ethan aus dem Büro und die Treppe hinunter. Am Ende des hinteren Flurs gibt es einen Notausgang, den ich mit meiner freien Hand aufstoße. Den Pflock halte ich in meiner Faust.

„Hör mal", beginnt mein Gefangener. Sein zuvor abweisender Tonfall hat jetzt einen Hauch von Verzweiflung. Ich glaube, er hat endlich begriffen, dass er ernsthaft in der Scheiße steckt und dass es keinen Ausweg mehr gibt. „Lass uns darüber reden. Es tut mir leid, okay? Ich werde es nie wieder tun. Ich werde nie wieder herkommen."

„Du hattest deine zweite Chance. Das ist mehr, als manch anderer bekommt." Es ist wahr. Vampire sind gefährlich. Egal, was Ethan jetzt verspricht, ich weiß, dass er sich nicht daran halten wird. Und selbst wenn er nie wieder hierher zurückkommt, wird er nur irgendwo anders Frauen verletzen. Ich tue der Welt einen Gefallen.

Wir sind jetzt draußen in dem kleinen privaten Innenhof, der zum Club gehört. Ich zerre Ethan zwischen zwei industriegroße Mülltonnen. Zum ersten Mal versucht der kleine Wichser sich wirklich zu wehren, kämpft gegen meinen Griff an und versucht, seinen Arm loszureißen. Er ist stark.

Ich bin stärker.

„Irgendwelche letzten Worte?", frage ich ihn.

„Ja. Du bist erbärmlich. Ich kann nicht glauben, dass du dich auf die Seite von ein paar verdammten *Menschen* stellst, wenn unsere Art zusammenhalten sollte. Du solltest dich schämen."

Ich stoße den Pflock mit einem schnellen, flüssigen Stoß in sein Herz und erinnere mich an den Ausdruck der Angst auf Sabinas wunderschönem Gesicht, als ich sie zum ersten Mal sah und sie in den Fängen dieser Schlange gefangen war.

Ich habe unzählige Leben genommen, aber nur wenige waren jemals so befriedigend. Das Licht schwindet aus Ethans Augen und sein Körper wird schlaff. Es erstaunt mich immer wieder, wie einfach es tatsächlich ist. Trotz der Mühe, jemanden zu verwandeln, trotz der hunderte oder tausende von Jahren, die ein Vampir leben kann, kann seine Existenz innerhalb von Sekunden ausgelöscht werden. Sobald ich Ethans Arm loslasse, sinkt er zu einem Häufchen zu Boden.

„Du wirst keinen unserer Gäste mehr belästigen", sage ich leise, drehe mich auf dem Absatz um und lasse seine jämmerliche Gestalt hinter mir. Sobald das Sonnenlicht auf seinen Körper trifft, wird er sich zu Asche auflösen. Niemand wird je erfahren, was mit ihm geschehen ist.

Als ich durch den Notausgang zurück in den Club schlüpfe und die Treppe hinuntergehe, denke ich an Sabina. Sie wird meine Abwesenheit zweifellos bemerkt haben, aber das macht mir keine Sorgen. Sie weiß, dass ich heute Abend arbeite. Ich empfinde keine Reue oder Schuldgefühle mehr, wenn ich töte. Aber aus irgendeinem Grund frage ich mich, was sie wohl denken würde, wenn sie wüsste, was ich soeben getan habe. Ich kann mir nicht vorstellen, dass sie es gutheißen würde. Menschen haben eine andere Einstellung zum Tod als wir. Vermutlich ist das aber auch nicht verwunderlich.

Als ich wieder an die Bar komme, treffe ich auf Tiberius, der noch immer Leann tröstet. „Ich habe mich darum gekümmert", sage ich zu ihr. „Er wird dich nicht wieder belästigen."

Sie schaut zu mir auf und ich spüre einen Stich der Schuld angesichts des Ausdrucks von Elend auf ihrem tränenüberströmten Gesicht. „Danke", sagt sie leise, aber ich kann den Vorwurf in ihrem Tonfall regelrecht spüren. Ich hätte da sein müssen. Ich hätte es bemerken und ihr zu Hilfe eilen müssen, bevor er zu weit gehen konnte.

„Es tut mir so leid", sage ich zu ihr. „Kommst du zurecht?"

„Ja." Sie zuckt leicht mit den Schultern. „Scheiße passiert eben. Ich bin davongekommen, bevor es zu schlimm wurde."

Ich will unbedingt zu Sabina gehen, aber ich möchte auch nicht, dass Leann das Gefühl bekommt, ich würde sie zu schnell wieder allein lassen, nachdem ich sie bereits enttäuscht habe.

Und genau das ist der Grund, warum ich mir geschworen habe, mich nie wieder mit jemandem einzulassen. Ich kann mich nicht um alle anderen kümmern, wenn ich meine ganze Aufmerksamkeit auf eine Person richte. Sabina lenkt mich zu sehr ab und das hindert mich daran, meine Arbeit richtig zu machen.

Aber ich weiß einfach nicht, ob ich sie gehen lassen kann.

Was ich mit Sicherheit weiß, ist, dass ich es nicht will.

20

Sabina

Iᴄʜ ʜᴀʙᴇ ɴᴏᴄʜ ɴɪᴇ Nadeln ausprobiert, aber nachdem ich diese Session gesehen habe, habe ich beschlossen, dass ich es eines Tages gern tun möchte. Vielleicht mit Maximus. Ich nehme mir vor, ihn zu fragen, aber es wird warten müssen. An diesem Wochenende ist viel los und er verschwindet immer wieder von seinem üblichen Platz auf dem Hocker in der Ecke. Obwohl ich jetzt weiß, dass dieser Club voller Nicht-Menschen ist, fühle ich mich hier sicher. Zum einen ist Maximus nie weit entfernt, selbst wenn er arbeitet. Zum anderen würde Zeke niemals einen Fuß in dieses Gebäude setzen.

Um ehrlich zu sein, fängt er an, mir Sorgen zu machen. Ich hatte wirklich gedacht, dass er es inzwischen aufgegeben hätte, mir Nachrichten zu schreiben. Vor allem, weil ich nie antworte. Aber dass er an meinem Arbeitsplatz aufgetaucht ist, macht mir immer mehr Angst, je mehr ich darüber nachdenke. Und obwohl ich immer noch nicht glaube, dass er mir jemals etwas antun würde, beginne ich mich zu fragen, was Maximus mit ihm machen würde, sollte es jemals eskalieren.

Jetzt, da ich weiß, was mit Maximus' Frau passiert ist, kann ich nicht sagen, dass mich sein Beschützerinstinkt wirklich überrascht. Aber es ist schon sehr lange her und außerdem bin ich ein anderer Mensch. Ich bin keine schwache Jungfrau aus dem neunzehnten Jahrhundert, die beim Anblick von Blut in Ohnmacht fällt. Ich bin stark, unabhängig, modern. Ich wünschte, Maximus würde das auch erkennen. Anfang dieser Woche hat er mich überredet, ihn eine GPS-App auf meinem Handy installieren zu lassen. Ich kann immer noch nicht glauben, dass ich ihm das erlaubt habe. Meine Ausrede ist, dass ich noch weiche Knie von unserem Spiel und zärtliche Gefühle für ihn hatte. Und außerdem war es kurz nachdem er mir von Caroline erzählt hat. Ich dachte, es könnte nicht schaden. Schließlich habe ich nichts zu verbergen. Und vielleicht würde er sich dann weniger Sorgen machen und seine Kontrolle in Bezug auf mich etwas lockern. Ich habe noch nie jemanden getroffen, der so entschlossen ist, über jede meiner Bewegungen Bescheid zu wissen. Es ist irgendwie süß, aber auch ein bisschen einschüchternd, selbst jetzt, da ich den Ursprung kenne.

Ich entdecke ihn an der Bar, wo er sich intensiv mit einem seiner Kollegen – ich glaube, er heißt Tiberius – und mit einer gertenschlanken Brünette unterhält. Als ob er spüren würde, dass ich ihn beobachte, dreht er den Kopf und sieht mich an. Ich grinse, aber er erwidert mein Lächeln nicht. Ich frage mich, ob ich ihn mit irgendetwas verärgert habe, oder ob er einfach nur einen schlechten Abend hat. Die Brünette sieht jedenfalls nicht sonderlich glücklich aus.

Meine Tasche vibriert an meiner Hüfte und ich

schließe die Augen. Ich weiß ganz genau, dass es nur eine Person gibt, die mir um diese Uhrzeit eine Nachricht schicken würde –, abgesehen von Maximus, der hier bei mir ist. Ich drehe mich um, sodass ich der Bar und meinem Vampir-Gladiator (wie ich ihn in meinem Kopf zu nennen pflege) den Rücken zuwende, ziehe mein Handy aus meiner Handtasche und drücke auf das Display.

Verdammte Egelhure.

Ich starre auf die Buchstaben und versuche, mir einen Reim darauf zu machen. Das ist das zweite Mal, dass Zeke von *Egeln* spricht und ich frage mich, wovon er eigentlich redet. Er raucht gerne mal einen Joint und als er den Begriff das erste Mal verwendete, dachte ich, es handle sich vielleicht um einen Tippfehler oder ein Problem bei der Autokorrektur. Zweimal ist jedoch ein zu großer Zufall.

„Zeke?" Maximus' Stimme an meinem Ohr lässt mich etwa einen Meter in die Luft springen.

„Scheiße, hast du mich erschreckt!", stottere ich.

„Wortwahl", sagt er.

Ich funkle ihn an und schalte mein Telefon aus.

„Ich habe dich etwas gefragt", fährt er fort und seine Stimme nimmt diesen tiefen, eindringlichen Ton an. „Hast du noch eine Nachricht von Zeke erhalten?"

„Geht es dem Mädchen dort gut?", weiche ich aus und nicke mit dem Kinn in Richtung Bar. „Sie sah sehr mitgenommen aus."

„Sie hatte eine überaus unangenehme Begegnung mit unserem alten Freund Ethan", sagt Maximus und ein Ausdruck des Bedauerns huscht über sein attraktives Gesicht.

„Oh Gott. Dieser schleimige Mistkerl. Er ist auch ein Vampir, nicht wahr?"

„Still, nicht so laut." Maximus hat mir erklärt, dass die meisten Clubbesucher nicht wissen, dass nicht alle Mitarbeiter und Gäste des Toxic menschlich sind. Dass es im Toxic so viele Vampire gibt, ist ein streng gehütetes Geheimnis, dass nur mit vertrauten Stammgästen und Liebhabern geteilt wird. Ich wollte ihn fragen, warum er mir erlaubt hat, es so schnell herauszufinden, nachdem ich ihn kennengelernt hatte – vor allem, nachdem er mir erzählt hat, dass sie tatsächlich in der Lage sind, das Gedächtnis eines Menschen zu löschen und damit seine Erinnerungen an ein bestimmtes Ereignis zu entfernen –, aber wenn ich ehrlich bin, hatte ich Angst vor der Antwort.

„Das tut mir leid", flüstere ich. „Hast du ihn gefunden? Ihn aus dem Club verbannt?"

Es gibt eine Pause. Dann sagt er: „Sagen wir einfach, er wird keine Mädchen mehr belästigen."

Ein Kribbeln der Angst läuft mir über den Rücken, als ich seine Worte verinnerliche. „Du hast ihn *getötet*?" Das hat er doch sicher nicht getan. Das würde er doch nicht.

Maximus Gesicht ist grimmig. „Ich möchte dich nicht anlügen, Sabina. Ja, das habe ich."

Plötzlich beginnt sich der Raum zu drehen und ich schwanke. Er fängt mich mit einer geschmeidigen geübten Bewegung auf und führt mich in die stille Ecke, in der er normalerweise sitzt. Ich lehne mich an die Wand und versuche, zu verarbeiten, was er mir gerade gesagt hat. Obwohl ich mir irgendwie Sorgen gemacht habe, dass er dasselbe mit Zeke tun könnte, glaube ich nicht, dass ich es ihm bis jetzt tatsächlich zugetraut hätte. Ich meine, ich weiß, dass er schon einmal getötet hat – er war schließlich Soldat, um Himmels willen –, aber wir sind jetzt im einundzwanzigsten Jahrhundert. Man ermordet nicht einfach einen Mann, weil er in einem Nachtklub zwei Frauen belästigt hat. Wenn das jeder täte, gäbe es bald fast keine Männer mehr auf der Welt.

„Kleines?" Maximus hat mich an den Schultern

gepackt und beobachtet mich aufmerksam. „Es musste getan werden. Ich habe ihn gewarnt, nicht wieder hierherzukommen."

„Ich brauche ein Getränk." Oder vielleicht gleich *fünf*? „Könntest du mir bitte etwas Starkes besorgen? Einen Kurzen?"

„Nur wenn du dich hier hinsetzt, während du auf mich wartest." Er zieht einen Hocker herbei und ich setze mich gehorsam darauf. „Rühr dich nicht vom Fleck."

Ich sehe zu, wie er sich durch die Menge der Clubgäste schiebt, während meine Gedanken rasen. Die letzte Woche war wie ein Traum: wahnsinnige Chemie, unglaublicher Sex, tiefgreifende Zärtlichkeit. Und mir wird klar, dass, obwohl ich seit ein paar Tagen weiß, was Maximus ist, dieses Wissen bisher im Grunde nur theoretisch war. Ich habe es in meinem Kopf romantisiert, um damit umgehen zu können. Aber jetzt, nach einem einfachen Geständnis, hat mich die Realität schließlich eingeholt.

Er ist ein Ungeheuer. Ein reales, authentisches, waschechtes Ungeheuer.

Ich betrachte meine Umgebung jetzt mit neuen Augen. Die attraktiven Männer in den Anzügen, die hier unter dem Deckmantel von BDSM ahnungslose Opfer anlocken. Die atemberaubenden Frauen, die freiwillig mit ihnen gehen, zumeist ohne zu wissen, was ihre Spielpartner wirklich sind.

Zeke ist ein Idiot, aber er verdient es nicht, zu sterben. Und wenn er die Wahrheit über diesen Ort kennt, obwohl ich mir nicht vorstellen kann, wie er es herausgefunden haben könnte, dann versucht er vielleicht wirklich nur, mich zu warnen – mich zu beschützen, auch wenn er es auf die völlig falsche Weise tut.

Mein Herz klopft, als Maximus mit einem Glas bernsteinfarbener Flüssigkeit zurückkommt. Whisky, Brandy, es ist mir egal. Ich greife danach, sobald er mich erreicht, und leere das Glas in drei Zügen. Ich genieße das Feuer, das sich seinen Weg durch meine Kehle brennt.

„Das war ein sehr teurer Remy Martin, den du da gerade geext hast", sagt Maximus und zieht eine Augenbraue hoch.

„Ich habe nichts Teures bestellt", erwidere ich. „Aber er war lecker, danke."

Er wirft mir einen langen, abwägenden Blick zu. „Du hast Angst vor mir", sagt er schließlich. „Ich kann es an dir riechen."

Ich kann mir ein Schnauben nicht verkneifen. „Bist du überrascht? Für dich mag so etwas normal sein, aber für mich ist es …" Ich verstumme, weil ich nicht die richtigen Worte finden kann.

Er beugt sich vor und drückt seine Hände erneut auf meine nackten Schultern. Seine Berührung kribbelt auf meinem Fleisch und entfacht das inzwischen vertraute Verlangen tief in meinem Unterleib. Ein Hauch seines köstlichen Rasierwassers und – perverserweise – das Wissen, wie gefährlich er ist, verstärken mein Verlangen nach ihm nur noch.

Er ist nicht gut für mich. Sollte ich jemals mit dem Gedanken gespielt haben, eine echte Beziehung mit ihm einzugehen, weiß ich jetzt, dass dies nie passieren kann. Dass es nicht passieren *darf*.

„Sabina", sagt er sanft. „Ich würde dir niemals wehtun. Alles, was ich tue, dient dazu, dich und andere zu beschützen. Bitte habe keine Angst vor mir. Das könnte ich nicht ertragen."

„Ich habe keine Angst vor dir." Selbst während ich das sage, frage ich mich, ob es wirklich stimmt. Noch vor wenigen Augenblicken habe ich darüber nachgedacht, wie sicher ich mich hier und bei ihm fühle, und jetzt …

„Du hast wieder eine Nachricht von Zeke bekommen, nicht wahr?"

Scheiße. Ich hatte gehofft, er hätte es vergessen. „Ja, aber das spielt jetzt keine Rolle."

„Zeige sie mir."

Maximus kann unglaublich stur sein, wenn er will, und ich weiß inzwischen, dass es keinen Sinn hat, zu versuchen, ihn umzustimmen. „Ich brauche sie dir nicht zu zeigen. Ich kann dir sagen, was darin steht."

„Na dann los." Er sieht mich stirnrunzelnd an und ich spüre plötzlich eine Welle der Verärgerung. Wir kennen uns erst seit einer Woche. Er weiß so gut wie nichts über mein Leben oder darüber, was ich durchgemacht habe. Er hat Zeke noch nie getroffen. Ja, ich liebe es, mich Maximus sexuell zu unterwerfen, aber wir haben nie darüber gesprochen, irgendeine Art von Beziehung zu beginnen, geschweige denn eine D/S-Beziehung. Und doch steht er da, mischt sich überall ein und tut so, als würde ich ihm gehören. Es gefällt mir nicht.

„Verdammte Egelhure", wiederhole ich und kämpfe darum, einen gleichmäßigen Ton beizubehalten. „Das ist alles, was darin stand."

Maximus' blaue Augen sind jetzt fast schwarz vor Wut. Ein Muskel zuckt an seinem Kiefer.

„Warum *Egel*?", frage ich. „Und warum habe ich das Gefühl, dass du weißt, was er damit meint?"

Es gibt eine lange Pause. Maximus starrt mich einfach nur an.

„Wie kommt es, dass ich deine Fragen immer alle beantworten muss und du dich nicht revanchierst?" Ich verschränke die Arme vor der Brust. „Warum *Egel*?"

„Ich werde ihn umbringen", sagt Maximus langsam.

„Du wirst nichts dergleichen tun!" Meine Verärgerung

steigert sich langsam zu Wut. „Warum solltest du das auch? Was hat er getan, um das zu verdienen?"

Maximus schaut mich ungläubig an. „Du nimmst ihn in Schutz? Diesen dreckigen Hurensohn?"

„Du kennst ihn doch gar nicht! Und nein, ich nehme ihn nicht in Schutz; er sollte mir keine bösartigen SMS schicken. Aber das ist noch lange kein Grund, jemanden umzubringen!" Mein Herz hämmert jetzt hinter meinen Rippen und ich merke, dass ich genauso verängstigt wie empört bin. „Gott, man könnte denken, dass es dir Spaß macht, Leute zu töten!" Ich halte inne. „Ist das so?"

Er zögert einen Sekundenbruchteil lang, bevor er antwortet. „Natürlich ist es nicht so."

Diese kleine Pause hat gereicht. „Ich gehe nach Hause", sage ich und rutsche von dem Barhocker. „Ich brauche etwas Zeit zum Nachdenken."

Er engt mich mit seinem riesigen Körper ein und verhindert mein Entkommen. „Sabina", knurrt er. „Geh nicht. Lass uns darüber sprechen."

„Bitte", sage ich und zwinge mich, meine Stimme zu senken. „Ich verspreche dir, dass wir reden werden. Aber nicht jetzt. Du musst arbeiten und ich muss wirklich eine Weile allein sein."

„Ich möchte nicht, dass du gehst", gibt er zu. Auch sein Ton ist jetzt weicher. „Ich mache mir Sorgen, wenn du allein bist. Nach dieser Nachricht …"

„Es ist nicht die erste Nachricht und wird vielleicht auch nicht die letzte sein. Aber bislang ist nichts passiert. Es wird auch nichts passieren. Ich verspreche dir, dass ich auf mich selbst aufpassen kann. Ich fahre direkt nach Hause."

„Du hast getrunken."

Ich rolle mit den Augen. „Drei Schluck Brandy." Ich bin so überdreht, dass es sowieso kaum eine Wirkung hatte.

„Maximus." Eine mollige Frau mit einer glatten, nacht-schwarzen Bobfrisur ist neben ihm erschienen. „Hast du einen Moment Zeit?"

Er wendet sich ihr zu und ich ergreife die Gelegenheit, drücke mich an ihm vorbei und eile zur Treppe. Ich traue mich nicht, zu ihm zurückzuschauen, ich kann mir schon vorstellen, wie er mich anfunkelt.

Aber das ist mir egal. Ich bin sein ständiges Nörgeln leid. Seine ständigen Andeutungen, dass ich hilflos, unfähig und nicht in der Lage bin, für mich selbst zu sorgen. Seit fast dreißig Jahren kümmere ich mich nicht nur um mich selbst, sondern auch um meine Geschwister. Ich brauche keinen Kerl, den ich gerade mal eine Woche kenne, der auftaucht und mir sagt, dass ich dazu nicht fähig bin.

Ganz zu schweigen von den Enthüllungen der letzten Stunde. Er hat Ethan getötet. Verdammt, er hat ihn *umge-bracht*! Wenn er dasselbe mit Zeke machen würde, könnte ich niemals damit leben.

An der Garderobe angekommen, murmle ich Augustus ein paar knappe Worte zum Abschied zu, der sich wie immer dort herumtreibt. Ich eile direkt auf den Ausgang zu. Ich will einfach nur noch nach Hause, in meinen Schlafanzug schlüpfen und eine Weile mit meinen Gedanken allein sein. Ich habe so viel zu verarbeiten, dass es mich im Moment überwältigt.

Außerdem muss ich einen Weg finden, wie ich Zeke dazu bringen kann, sich zurückzuziehen – bevor es zu spät ist.

21

Maximus

Als Laurie endlich damit fertig ist, mir das Ohr in Bezug auf Liam abzukauen, weil sie wissen will, ob er Single ist, ist Sabina bereits verschwunden.

Scheiße.

Zu sagen, dass ich wütend bin, wäre eine milde Untertreibung. Ich glühe förmlich vor Wut und Frustration.

Wie kann sie es wagen, diesen dreckigen Gestaltwandler in Schutz zu nehmen? Wie kann sie es wagen, mich dafür zu verurteilen, dass ich ihr und dem Rest der Welt einen Gefallen getan habe, in dem ich Ethan loswurde. Wie kann sie es wagen, meinen direkten Befehl, nicht zu gehen, zu missachten?

Ich bin im Dienst, aber das ist mir egal. Lucius wird es verstehen. Ich bahne mir meinen Weg zwischen den Leuten auf der Tanzfläche hindurch und gehe zu Tiberius an der Bar.

„Ich gehe", sage ich zu ihm. Dann frage ich: „wo ist Leann?"

„Ich habe sie nach Hause geschickt."

„Kommt sie zurecht?"

„Sie kommt schon klar." Tiberius kneift die Augen zusammen. „Im Gegensatz zu dir. Was ist los?"

„Nichts. Es geht mir gut."

Mein alter Freund bricht in schallendes Gelächter aus. „Na sicher doch. Ich kann die Anspannung spüren, die in Wellen von dir ausgeht."

Ich balle meine Hände zu Fäusten. „Fick dich."

Tiberius tätschelt auf den leeren Hocker neben sich. „Du verhältst dich schon die ganze Woche seltsam. Warum?"

„Tue ich nicht!" Ich sträube mich.

„Doch, tust du. Sogar der Boss hat es gemerkt."

Das ist nicht verwunderlich. Lucius bemerkt immer alles.

„Was ist los?", fährt Tiberius fort. „Bist du ausgebrannt? Brauchst du eine Pause?"

Ein spöttisches Schnauben entweicht mir, bevor ich es unterdrücken kann. „Nein."

„Hat es etwas mit der reizenden Blondine zu tun, die ich in den letzten Tagen so oft in deinen Armen gesehen habe? Wie war ihr Name doch gleich? Sabina?"

Sie auch nur zu erwähnen, weckt bereits den Wunsch in mir, ihr zu folgen. Aber plötzlich ist die Versuchung zu groß, jemandem davon zu erzählen, um eine zweite Meinung einzuholen. Ich lasse mich auf den Hocker sinken und gebe dem Mädchen hinter der Theke ein Zeichen, mir ein Bier zu bringen.

„Ja. Sabina." Ich seufze.

„Sie muss etwas Besonderes sein. Ich habe dich schon sehr lange nicht mehr so mit einer Frau gesehen."

„Ich habe auch schon sehr lange nicht mehr so für eine Frau empfunden. Es macht mir Angst", gebe ich zu.

„Bei deiner Vorgeschichte überrascht mich das nicht", sagt Tiberius offen. „Warum ist sie dann gerade wie ein geölter Blitz hier verschwunden?"

Mein Bier kommt und ich trinke einen großen Schluck. Dann erzähle ich ihm alles: Wie ich Sabina kennengelernt habe, über Ethan, Zeke und seine Nachrichten … bis hin zu den Ereignissen dieses Abends.

„Sie sagt immer, dass sie damit umgehen kann", sage ich schließlich. „Aber sie hat keine Ahnung, dass er ein Gestaltwandler ist."

„Und woher weißt du das?"

„Sie hat keine Angst vor ihm. Und ihre Reaktion, als sie von mir erfuhr – was wir sind –, ich glaube, sie hätte es erwähnt, wenn sich herausgestellt hätte, dass nun schon der zweite Kerl, mit dem sie ausgeht, nicht ganz menschlich ist."

Tiberius denkt einen Moment lang über meine Worte nach. „Ich denke, es war richtig, sie gehen zu lassen. Sie hat gesagt, sie braucht etwas Abstand und Zeit zum Nachdenken. Zweifellos fühlt sie sich im Moment von dir erdrückt."

„Erdrückt?" Ich sträube mich schon wieder.

„Ich weiß, dass du sie nur beschützen willst, aber Maximus, sie gehört dir nicht. Ihr führt noch nicht einmal eine offizielle Beziehung! Sie ist eine erwachsene Frau, kein Kind, und du riskierst, sie zu vergraulen, wenn du sie so einengst. Ein GPS-Sender? Wirklich?" Er spottet. „Bei den Göttern. Moderne Technologie."

„Ich glaube, ich habe sie bereits verscheucht", gebe ich zu und die Erkenntnis, dass das wahr sein könnte, fühlt sich wie ein Stein in meinem Magen an. „Ich habe Ethan für sie getötet und anstatt dankbar zu sein …"

„… war sie schockiert?"", beendet Tiberius meinen Satz. „Komm schon, überrascht dich das? Du musst die Dinge einmal aus ihrer Perspektive sehen. Du weißt selbst, dass Menschen – normale Menschen jedenfalls – so etwas nicht auf die leichte Schulter nehmen. Der Tod ist eine Strafe, die für die Schlimmsten der Schlimmsten reserviert ist, und selbst dann gibt es noch so viele Menschen, die damit nicht einverstanden sind. Die meisten Länder haben die Todesstrafe ganz abgeschafft."

Ich trinke noch einen Schluck von meinem Bier. Es ist wahr. England zum Beispiel. Wenn das, was Caroline passiert ist, heute passiert wäre, wären ihre Mörder niemals gehängt worden. Sie wären für ein paar Jahre eingesperrt worden – mit Nahrung, Kleidung, Obdach und Zugang zu einem Fernseher. Dann wären sie wieder in die Gesellschaft entlassen worden. Allein der Gedanke daran ist ekelerregend. Andererseits hätte ich mich dann selbst an ihnen rächen können …

„Ich bezweifle nicht, dass Sabina dich sehr mag. Und es ist offensichtlich, dass du dich sehr um sie sorgst", sagt Tiberius sanft. „Aber es ist noch zu früh. Sie musste ihr gesamtes Weltbild verändern, als sie von unserer Existenz erfuhr. Und mal abgesehen davon, hast du diesen Zeke schon einmal getroffen?"

„Das Vergnügen hatte ich noch nicht", sage ich. „Aber ich habe ein Foto gesehen."

„Traust du Sabinas Urteilsvermögen denn gar nicht? Wenn sie nicht glaubt, dass er ihr wirklich etwas antun würde, dann hat sie vielleicht recht damit?"

„Vielleicht. Aber möglicherweise irrt sie sich auch. Caroline hielt es offensichtlich für absolut sicher, allein nach Hause zu gehen, ohne auf mich zu warten–", sage ich, aber Tiberius legt mir eine beruhigende Hand auf den Arm.

„Ich will das Geschehene nicht herunterspielen, aber das ist über ein Jahrhundert her. Andere Zeiten. Und eine andere Frau."

Ich will noch einen Schluck Bier trinken und stelle fest, dass ich die Flasche bereits gelehrt habe. „Das ist genau der Grund, warum ich mich nie wieder verlie– auf jemanden einlassen wollte", murmle ich und stelle entsetzt fest, dass ich gerade sagen wollte, dass ich mich in sie *verliebe*. War das ein Versprecher, oder stimmt es? Habe ich mich in Sabina verliebt?

„Warum?", fragt Tiberius. „Liebe ist eine wunderbare Sache. Sie verändert die meisten Leute, größtenteils zum Guten." Er kneift seine Augen zusammen. „Obwohl ich mir nicht sicher bin, ob man das von dir sagen kann. Du verwandelt dich zu einem besitzergreifenden, besessenen …"

„Pass auf", knurre ich.

„Wie dem auch sei. Wenn du meinen Rat hören willst, lass der kleinen Blondine etwas mehr Freiraum. Wenn du ihr ständig sagst, dass sie nicht in der Lage ist, auf sich selbst aufzupassen, beleidigst du sie im Grunde. Das Gleiche gilt für ihren Ex. *Sie* war mit ihm zusammen. Sie sollte ihn gut genug kennen, um selbst zu wissen, ob er wirklich eine Bedrohung darstellt. Indem du ihr unterstellst, dass sie das nicht tut, lässt du sie nur wissen, dass du ihr nicht vertraust."

„Ich vertraue ihr."

„Gut, du vertraust ihr, aber du traust ihrem Urteilsvermögen nicht."

Ich denke einen Moment darüber nach. So ungern ich es auch zugebe, hat er nicht ganz unrecht. „Vielleicht hast du recht. Vielleicht ist es das Beste. Ich sollte das Ganze jetzt beenden, bevor es zu weit geht."

„Alles beenden?" Tiberius gluckst. „Du bist wirklich

aus der Übung, nicht wahr? Es gibt einen Mittelweg, weißt du – etwas zwischen wie Leim an jemandem kleben und ihn nie wiedersehen."

„Ich bin nicht gut für sie", sage ich und stelle mit Schmerzen fest, dass ich das tatsächlich glaube. „Sie sollte einen netten, menschlichen Kerl treffen, der ihr Kinder schenkt und mit ihr alt wird."

Tiberius rollt mit den Augen. „Das sollte sie selbst entscheiden, meinst du nicht auch?"

Plötzlich will ich mit meinen Gedanken allein sein. Ich habe mich so sehr darauf konzentriert, Sabina vor Zeke zu schützen, ganz zu schweigen von dem, was sie mir körperlich antut, dass ich nicht wirklich darüber nachgedacht habe, was ich ihr nehmen würde, wenn sie bei mir bliebe. Ich erinnere mich, dass ich eine ähnliche Diskussion mit Caroline geführt habe, aber das ist schon so lange her. Und um ehrlich zu sein, abgesehen davon, wie sehr ich sie geliebt habe, erinnere ich mich nicht an viel vom Rest unserer Ehe. Alles wurde von ihrem brutalen Tod überschattet.

„Danke", sage ich zu ihm. „Dafür, dass du mir zugehört hast."

„Jederzeit wieder."

Ich stehe vom Barhocker auf und drücke meine Schultern durch.

„Darf ich dir einen letzten Rat geben?", fragt Tiberius.

„Das machst du doch sowieso, egal, was ich antworte", sage ich trocken.

„Stimmt." Er grinst. „Ich kenne dich schon sehr, sehr lange. Ich habe dich mit unzähligen Frauen gesehen, aber diese ist anders. Und das ist etwas Besonderes. Es ist selten, dass man jemanden findet, für den man so viel empfindet – vor allem, wenn man so alt ist wie wir."

Ich spüre, wie meine Mundwinkel zucken.

„Ja, du warst in den letzten Tagen abgelenkt, aber du hast auch viel mehr gelächelt als sonst. Und du sagst, sie ist eine kleine Masochistin? Dass die Chemie zwischen euch stimmt?"

„Oh Gott, ja", gebe ich zu und spüre die Lust beim bloßen Gedanken daran durch mich pulsieren. „In dieser Hinsicht kann ich nicht genug von ihr bekommen."

„Wirf das alles nicht einfach weg. Gib ihr ein oder zwei Tage Zeit, um sich zu beruhigen und alles zu verarbeiten. Dann rede mit ihr. Sei ehrlich darüber, was du empfindest, und finde heraus, was sie will."

Ich taste mit den Fingern nach dem Handy, das mir jetzt schon ein Loch in die Tasche brennt, und frage mich, wie zum Teufel ich es schaffen soll, sie so lange nicht zu kontaktieren, um ihr Freiraum zu geben. „Ich darf ihr nicht einmal eine Nachricht schreiben?"

„Das habe ich nicht gesagt. Aber wenn du es tust, mach es nicht so kompliziert. Frag sie nicht, wo sie ist oder was sie gerade macht. Wünsche ihr einfach eine gute Nacht und einen guten Morgen oder so etwas in der Art. Aber hey, das ist nur mein Rat. Nimm ihn an oder lass es bleiben."

Ich ziehe eine Augenbraue hoch. „Bekomme ich wirklich Ratschläge darüber, wie ich mit einer Frau umgehen soll, von jemandem, der auf Männer steht?"

Tiberius zuckt mit den Schultern. „Liebe ist Liebe."

Während ich zu meinem Hocker in der Ecke zurückkehre, hallen seine Worte in meinem Kopf nach. Liebe. Liebe ich Sabina? Dafür ist es doch sicher noch zu früh …

Oder nicht?

Sabina

. . .

NACH EINER UNRUHIGEN Nacht wache ich auf und habe das Gefühl, überhaupt nicht geschlafen zu haben. Felix ist auf meine Brust gesprungen, tretelt ausgiebig auf mir und schnurrt dabei so laut wie Donner. Ich kraule ihn unter dem Kinn, wo es ihm am besten gefällt, und zucke zusammen, als er sich bewegt und mit seiner Kralle durch das Laken über meine Brustwarze kratzt.

„Ich bin von Sadisten umgeben", murmle ich trocken.

Maximus ist mir gestern Abend nicht gefolgt. Ich war mir sicher, dass er es tun würde. Nicht, dass ich es gewollt hätte; ich war froh, ein wenig Zeit zum Nachdenken zu bekommen. Leider hat das Nachdenken anscheinend nichts gebracht, denn ich bin heute Morgen immer noch genauso verwirrt wie gestern, als ich eingeschlafen bin.

Vielleicht hatte Zeke recht damit, als er mich warnte, mich vom Club Toxic fernzuhalten. Mein Leben ist total kompliziert, seit ich dort war. Und es ist erst eine verdammte Woche her.

Ich muss mich mit Zeke treffen. Diese Entscheidung habe ich getroffen. Zum einen muss ich ihn dazu bringen, mir keine Nachrichten mehr zu schicken, sonst könnte Maximus ihm wirklich etwas antun. Und zum anderen muss er wissen, dass so ein Verhalten nicht in Ordnung ist. Selbst wenn ich meinen Vampir-Gladiator nie kennengelernt hätte, würde ich Zeke sagen, dass er mich verdammt noch mal in Ruhe lassen soll.

Ich strecke die Hand aus und greife nach meinem Handy vom Nachttisch. Mein Herz wird schwer, als ich die Benachrichtigung über eine neue Nachricht sehe, aber sie ist von Maximus. Wie wütend ist er wohl, dass ich ihn gestern Abend stehen gelassen habe? Ich halte den Atem an und lese die Nachricht.

Es tut mir leid, dass ich dir Angst gemacht habe. Ich habe mich so aufgeführt, weil ich mir Sorgen um dich mache. Träume süß, Kleines.

Ich blinzle verblüfft und überfliege die Worte noch zweimal, um sicherzugehen, dass ich sie richtig gelesen habe. Ich hatte mit Wut gerechnet, nicht mit Reue. Das ist eine sehr angenehme Überraschung.

Felix, der offensichtlich irritiert ist, dass ich ihm keine Aufmerksamkeit mehr schenke, springt von mir hinunter und schleicht sich davon. Vermutlich, um sich in seiner Lieblingskiste zusammenzurollen. Ich beneide ihn oft um sein unkompliziertes Leben. Schlafen, fressen, sich putzen, kacken und wieder von vorn. Er braucht sich keine Gedanken um verrückte Ex-Freunde oder BDSM-Clubs voller Vampire zu machen.

Werde ich mich jemals an diesen Gedanken gewöhnen? Ich stehe aus meinem Bett auf und gehe in die Küche, um mir einen Kaffee zu kochen. Währenddessen denke ich darüber nach, wie ich Maximus gestern Abend stehen gelassen habe. Vielleicht war das unfair von mir. Nach allem, was er durchgemacht hat, ist es doch kein Wunder, dass er mich beschützen will. Andererseits bin ich nicht seine Ehefrau. Offiziell bin ich noch nicht einmal seine Unterwürfige.

Um ehrlich zu sein, habe ich keine Ahnung, was ich für ihn bin. Eine Spielgefährtin? Etwas mehr? Was *will* ich denn sein?

Ich weiß es nicht. Vielleicht sollte ich es jetzt beenden, bevor ich mich zu sehr darauf einlasse. Es ist ja nicht so, als könnten wir realistischerweise irgendeine gemeinsame Zukunft haben – zumindest keine, die ich mir leicht vorstellen kann.

Du hängst schon zu sehr an ihm, sagt mir eine kleine Stimme, und mir wird bewusst, dass ich mein Handy in der Hand halte und mein Finger über der Nachrichten-taste schwebt. Aber er wird jetzt schon schlafen, die Sonne steht bereits hoch am Himmel. Ich lege das Handy wieder weg und beschließe, ihm später zu schreiben.

Nachdem ich noch ein wenig gefaulenzt, meinen Kaffee getrunken, geduscht, mich angezogen, mich geschminkt und Toast gegessen habe, habe ich mich endlich entschieden: Ich muss Zeke so schnell wie möglich zur Rede stellen. Nicht nur, weil ich es hinter mich bringen will, sondern auch, weil dann seine Nachrichten hoffent-lich aufhören und es keinen Grund mehr gibt, Maximus zu verärgern. Denn das ist im Moment das Einzige, worüber wir uns wirklich streiten. Außerdem ist heute Sonntag und ich hoffe, dass Zeke sich heute Nachmittag etwas Zeit für mich nehmen kann.

Ich hole tief Luft, greife nach meinem Handy und schreibe ihm eine Nachricht, in der ich frage, ob er Zeit für ein Treffen hat. Er antwortet fast sofort: *Ich bin so froh, dass du es endlich eingesehen hast. Heute Abend, sieben Uhr, auf dem Parkplatz vor dem Biskuits.*

Ich seufze. Sieben Uhr abends ist später, als ich gehofft hatte, aber wenigstens ist es noch heute. Das *Biskuits* ist ein kleines Diner, in dem wir einmal Mittag gegessen haben. Abends hat es nicht geöffnet, aber das macht nichts, ich will schließlich nicht mit ihm essen gehen. Ich will ihm nur sagen, dass er mich verdammt noch mal in Ruhe lassen soll, was nicht länger als ein paar Minuten dauern sollte.

Ich schreibe ihm zurück: *Okay, bis dann.* Dann lege ich das Handy weg und merke plötzlich, dass mein Herz rast. Bin ich nur nervös, weil ich Zeke seit unserer Trennung nicht mehr gesehen habe? Ich versuche, mir das einzure-den, aber ich bin mir nicht sicher, ob es wirklich stimmt. Was, wenn Maximus recht hat und ich wirklich in Gefahr schwebe?

„Jetzt bist du einfach nur paranoid", sage ich laut. Trotzdem bin ich versucht, Maximus eine Nachricht zu senden und ihm zu sagen, wo ich sein werde. Aber das würde nur garantieren, dass er dort auftaucht. Und das ist genau das, was ich nicht will. Eine Konfrontation zwischen ihm und Zeke würde nicht gut ausgehen.

Ich werfe einen Blick auf die Uhr und sehe, dass es fast vier Uhr nachmittags ist. Ich will dieses unangenehme Treffen unbedingt hinter mich bringen, aber ich brauche auch noch Lebensmittel. So habe ich wenigstens noch Zeit, zum Geschäft und zurück zu laufen, bevor ich zum Biskuits gehe.

Alles wird gut, versichere ich mir selbst, während ich meine Schuhe anziehe und mich vergewissere, dass ich meine Handtasche, mein Portemonnaie, mein Handy und meine Schlüssel dabeihabe. *Und du bist nur aufgewühlt, weil Maximus dir ständig erzählt, wie gefährlich Zeke ist. Aber das muss er gerade sagen. Ich bezweifle, dass Zeke gestern jemanden getötet hat.*

Wie zum Teufel ist mein Leben plötzlich so kompliziert geworden?

22

Sabina

MEINE KEHLE IST TROCKEN, als ich Zeke aus seinem alten
Mustang steigen sehe. Sein aschblondes Haar ist struppig
und reicht ihm fast bis zu den Schultern. Er trägt eine
Jeans und ein grün-schwarz kariertes Hemd. Ich kann
nicht anders, als ihn mit Maximus zu vergleichen, aber der
Unterschied ist wie Tag und Nacht. Wenn ich Zeke jetzt
ansehe, weiß ich nicht, was ich jemals an ihm gefunden
habe.

Ich streiche mir das Haar zurück, das ich zu einem
lässigen Pferdeschwanz gebunden habe, schlinge meine
Tasche über meine Brust, steige aus meinem eigenen
Wagen und gehe auf meinen Ex zu. Ich habe mich
absichtlich leger gekleidet, damit Zeke nicht denkt, ich
wollte ihn beeindrucken. Trotzdem wirft er mir einen
langen Blick zu, sobald er mich entdeckt.

„Sabina", sagt er. „Du siehst hübsch aus."

„Was glaubst du eigentlich, was du machst?", schnauze ich, als ich nur noch wenige Meter von ihm entfernt bin.

Er sieht verletzt aus. „Was meinst du denn?"

„Diese Nachrichten." Ich stemme meine Hände an die Hüfte. „Willst du mir etwa Angst einjagen? Mich einschüchtern? Wenn du versuchst, mich zurückzubekommen, dann gehst du völlig falsch vor …"

„Dir auch einen schönen Tag", unterbricht er mich und zieht einen Mundwinkel hoch. „Schade, dass du deine Manieren zu Hause gelassen hast."

„Meine *Manieren*?" Ich balle meine Hände zu Fäusten und zwinge meine Stimme, ruhig zu bleiben, obwohl mein Puls rast. „Und das kommt von dem Kerl, der mich bedroht und verfolgt hat …"

„Verfolgt?"

„Ich weiß, dass du neulich bei mir vor der Klinik warst."

„Ich passe nur auf dich auf, Baby", sagt er und der Kosenamen lässt mich erschaudern. „Du hättest nicht in diesen Club gehen sollen. Es ist gefährlich. Du hast ja keine Ahnung, was für Leute dort lauern." Er hält inne und reibt sich das Kinn, das von seinen aschblonden Bartstoppeln bedeckt ist. „Oder vielleicht weißt du es doch. Ich habe dich mit diesem Egel gesehen. Fickst du ihn?"

„Egel? Ich weiß nicht, wovon du redest …", sage ich, aber dann wird es plötzlich dunkel und ich werde von beiden Seiten gepackt. „Zeke, was zum Teufel?" Meine Stimme ist gedämpft und mir wird bewusst, dass man mir eine Art Sack oder Kissenbezug über den Kopf gezogen hat. Ich kann nichts sehen und die augenblickliche Panik steigt wie Galle in meiner Kehle auf.

„Kleine Egelhuren, die nicht lernen wollen, müssen fühlen", sagt Zeke und der eisige Ton in seiner Stimme lässt mir die Knie schlottern. „Schafft sie in mein Auto."

„Warte, Zeke, wir können doch darüber reden. Du musst mich nicht … Lasst mich runter!", kreische ich, als ich den kurzen Weg zu seinem Auto halb getragen, halb geschleift werde. Ich habe keine Ahnung, wer mich da umklammert, wer jetzt die hintere Tür öffnet und mich hineinstößt, bis ich auf dem Rücksitz liege, aber die Arme sind stark. Es sind definitiv zwei Männer. Wer zum Teufel hilft seinem Kumpel, seine Ex-Freundin zu entführen?

„Halt's Maul, du Schlampe", knurrt einer von ihnen. „Oder wir werden dich knebeln."

„Das würde ihr gefallen." Zekes Stimme ist voller Verachtung. „Ihr wisst doch, was die Perversen in diesem ekelhaften Club machen."

Ich kann einfach nicht glauben, dass das wirklich passiert. Wie ein Wurm schlängle ich mich über den Rücksitz und versuche, den gegenüberliegenden Türgriff zu finden. Aber kaum habe ich ihn erreicht, öffnet sich die Tür und jemand packt mich bei den Handgelenken.

„Steht sie auch darauf, gefesselt zu werden?", höre ich und dann wird ein Seil um meine Handgelenke geschlungen und straff gezogen, sodass es in meiner Haut beißt.

„Das würde mich nicht überraschen."

„Wo bringt ihr mich hin?", blöke ich und hasse es, wie verängstigt ich klinge.

„An einen privaten Ort", antwortet Zeke. Die Tür neben meinem Kopf knallt wieder zu.

„Danke, Leute. Ich übernehme es von hier."

„Bist du sicher? Sie scheint eine Kämpferin zu sein."

„Vertrau mir, ich habe es im Griff."

Ich höre und spüre, wie er sich hinter das Steuer setzt, und winde mich, um mich in eine sitzende Position zu bringen. „Zeke", versuche ich es noch einmal. „Das musst du nicht tun. Es tut mir leid, okay? Wir können wie Erwachsene darüber sprechen …"

„Halt die Fresse, du kleine Hure!", bellt er, sodass ich aufschrecke und verstumme. Ich höre etwas klicken und mir wird bewusst, dass er alle Türen verriegelt hat.

Scheiße.

„Ich will kein weiteres Wort mehr von dir hören, bis wir da angekommen sind, wo wir hin wollen. Jemandem muss eine Lektion erteilt werden."

Meine Gedanken überschlagen sich und mein ganzer Körper ist vor Panik erstarrt. Ich hyperventiliere fast und das Material über meinem Gesicht wird mit jedem Atemzug in meinen Mund gesaugt. *Beruhige dich*, sage ich mir selbst, *auszuflippen ist so ziemlich das Schlimmste, was du im Moment tun kannst.* Wahrscheinlich zieht er nur eine Show ab, um mir Angst einzujagen.

Im nächsten Moment dröhnt Death-Metal Musik aus allen Lautsprechern und durch meinen Schädel. Das konnte ich noch nie leiden und die Lautstärke ist so hoch, dass das ganze Auto davon vibriert. Zeke ist offensichtlich gerade nicht in der Stimmung zu reden.

Als er den Motor aufheulen lässt und davonrast, zwinge ich mich, meinen Atem zu verlangsamen. Eines ist sicher: Ich werde dieses Arschloch sicher nicht noch einmal beschützen. Wenn Maximus davon erfährt, wird er sich rächen wollen. Und ich werde es ihn tun lassen.

Ich habe keine Ahnung, wo Zeke mich hinfährt oder wie lange wir schon unterwegs sind. Es ist schwer, klar zu denken, wenn einem das Trommelfell buchstäblich blutet. Aber irgendwann hält das Auto an und die Musik wird endlich abgestellt. Wenn ich nicht so viel Angst vor dem hätte, was jetzt kommt, würde ich vor Erleichterung weinen.

Die Verriegelung klickt erneut und die Tür zu meiner Rechten wird aufgerissen. Ich spüre die kühle Luft auf mir und wünschte, ich könnte atmen, ohne dass dieser Stoff an meinem Gesicht klebt. Im nächsten Moment wird mein Wunsch erfüllt, denn die Stoffhülle wird mir vom Kopf gerissen, bevor ich an meinem Oberarm aus dem Auto gezerrt werde. Mit immer noch vor mir zusammengebundenen Handgelenken stehe ich auf zittrigen Beinen, schaue mich um und versuche, mich zu orientieren. Wir befinden uns in einer eher ländlichen Gegend; das einzige Gebäude, das ich entdecken kann, ist etwas, das wie eine Lagerhalle aussieht.

„Wo sind wir hier?" Ich drehe mich um und sehe Zeke zum ersten Mal an, seit er mir den Sack über den Kopf gestülpt hat. Er ist bemerkenswert gelassen, als würde er solche Dinge ständig tun.

„Klubhaus", sagt er knapp und beginnt, mich zu dem niedrigen Gebäude zu führen. Soweit ich es beurteilen kann, brennt darin kein Licht, und die Gegend um uns herum ist nur Schmutz und Gestrüpp. Ich werfe einen Blick in den Himmel und für eine kurze Sekunde lenkt mich die Schönheit der Sterne von diesem unwirklichen Albtraum ab.

Ich will dieses Lagerhaus nicht betreten. Ich habe das Gefühl, dass das nicht gut für mich enden würde. Also bleibe ich abrupt stehen, um Zeit zu gewinnen, und überlege krampfhaft, wie ich entkommen könnte. „Klubhaus?", frage ich beiläufig. „Ich wusste gar nicht, dass du in einer Gang bist."

„Es gibt jede Menge, was du nicht über mich weißt, Sabina. Und das ist eine Schande. Ich hatte gehofft, dir diesen Ort unter ganz anderen Umständen zeigen zu können. Aber es ist, wie es ist." Er beginnt mich wieder vorwärtszutreiben.

„Dann erzähle es mir", dränge ich ihn. „Du hast meine volle Aufmerksamkeit."

Er stößt ein Schnauben aus. „*Jetzt* habe ich deine Aufmerksamkeit. Aber schau doch nur, was ich dafür tun musste. Halt einfach die Klappe und geh rein." Er entriegelt die Doppeltür und stößt eine Seite davon auf.

Das Grauen hat sich wie Beton in meinen Eingeweiden festgesetzt und ich betrete das Gebäude so langsam wie nur irgend möglich. Ich frage mich immer noch, wie zum Teufel ich aus diesem Schlamassel wieder herauskommen soll.

Vielleicht gibt es doch noch einen Weg. Vielleicht muss Maximus es niemals herausfinden. Im Moment bin ich mir nicht sicher, was schlimmer wäre – seine Wut auf mich, weil ich mich in diese Situation gebracht und ihm nicht gesagt habe, wohin ich gehe, oder meine Demütigung, wenn ich mich am Ende nicht selbst retten kann.

Ich bin eine kluge, intelligente, erwachsene Frau, sage ich mir. Keine Jungfrau in Nöten. Na gut – so hatte ich mir das Gespräch mit Zeke nicht vorgestellt, aber bis jetzt ist nichts Schlimmes passiert. Im Grunde hat er mich nur in ein Lagerhaus irgendwo in der Wildnis gebracht. Vielleicht versucht er wirklich nur, mich einzuschüchtern. Er ist nur ein Kerl und kein besonders schlauer noch dazu. Sicherlich kann ich ihn überlisten. Mitspielen. Ihm geben, was er will – oder ihn zumindest in dem Glauben lassen, ich würde es tun.

Der höhlenartige Raum scheint wirklich eine Art Klubhaus zu sein. An einer Wand befindet sich eine grob zusammengezimmerte Bar mit ein paar Zapfhähnen, dahinter ein Regal mit einigen Flaschen. Abgenutzte, schmutzige, wild durcheinandergewürfelte Sofas und Sessel stehen überall herum und am anderen Ende des Raums stehen zwei Billardtische. An den Wänden hängen Plakate von nackten Frauen und verschiedenen Bands. Es erinnert mich an einen Motorradklub, nur ohne die Motorräder vor der Tür.

„Kommst du oft hierher?", scherze ich im Versuch, die Stimmung aufzulockern.

„Ich bin nicht in der Stimmung für Witze", knurrt Zeke und bohrt seine Fingerspitze in meinen Oberarm. „Setz dich dahin und halt die Fresse. Ich übernehme das Reden." Er schiebt mich zu einer grünen Couch hinüber, die von zweifelhaften Flecken und Zigarettenlöchern übersät ist, und stößt mich darauf. Eine Feder gräbt sich in meine Pobacke und meine Haut juckt sofort.

Ich lege meine gefesselten Hände in den Schoß, entschlossen, mir mein Unbehagen nicht anmerken zu lassen, und schaue zu ihm auf, als er auf und ab zu pirschen beginnt. Mit seinem schütteren Haar, das ihm über die Augen fällt, und den auf dem Rücken verschränkten Händen marschiert er vor mir auf und ab wie ein Schuldirektor, der mir einen Vortrag halten will. Ein junger, schmutziger Schuldirektor, der nicht einmal einen Haufen von Kindergartenkindern unter Kontrolle bringen könnte.

„Na dann los", sage ich trotzig. „Rede. Wenn du nicht weißt, wo du anfangen sollst, habe ich einen ganzen Haufen Fragen."

Meine anfängliche Angst hat sich jetzt zu Wut verwandelt. Jetzt, da seine Handlanger verschwunden und wir beide allein sind, habe ich weniger Angst, dass er mir etwas antun könnte. Ich bin vielmehr wütend darüber, dass er glaubt, er hätte das Recht, mich so zu behandeln.

„Du weißt, dass ich es hasse, wenn du dich so aufspielst", knurrt er. „Als wir uns kennenlernten, schienst du eine Dame zu sein. Aber jetzt weiß ich, dass du nichts weiter als eine Hure bist."

Wider besseres Wissen antworte ich ihm. „Du nennst mich ständig so, aber warum? Nach ein paar Verabredungen mit dir habe ich gemerkt, dass wir nicht zusammenpassen, und ich habe Schluss gemacht. Was ich seitdem getan habe, geht dich nichts an. Aber wenn du es unbedingt wissen musst, hatte ich Kontakt zu einem einzigen Mann und er hat mich nicht bezahlt. Deine Definition von Hure muss also eine andere sein als meine."

„Diese Egel sind alle stinkreich", sagt Zeke, dem bei diesem Schimpfwort die Spucke von den Lippen fliegt. „Vielleicht zahlen sie nicht direkt, aber du bekommst zweifellos schöne Kleider, teure Abendessen, Schmuck …"

Ich stoße ein freudloses Lachen aus. „Ist das so? Dann muss ich etwas falsch machen. Ich habe nichts von alledem bekommen." Ich deute auf mein blaues Sweatshirt und die graue Yogahose. „Oder sehe ich für dich etwa wie eine ausgehaltene Frau aus?"

„Für mich hast du dich nicht so herausgeputzt", knurrt er, „aber für ihn schon. Ich habe dich gesehen. Hohe Absätze, enge Kleider, glänzendes, wallendes Haar. Vergeudet an einen verdammten Egel."

„Egel? Du verwendest diesen Begriff ständig, aber ich habe keine Ahnung, wovon du sprichst."

Zeke hört auf zu pirschen und dreht sich zu mir um. Seine Haut ist aschfahl und seine Augen strahlen so viel Abscheu aus, dass ich erschaudere. „Vampire. Egel. Verdammte Blutegel. Blutsaugender, untoter Abschaum der Erde", brüllt er. „Man sollte ihnen allen draußen in der Wüste Pflöcke ins Herz rammen und sie dort liegenlassen, bis die Sonne sie zu Staub verwandelt."

Mir wird bewusst, dass mir der Mund offensteht, und ich schließe ihn wieder. Meine Gedanken überschlagen sich, während ich versuche, zu verdauen, was er sagt. „Du weißt es also", sage ich. „Woher?"

„Seine Art hat unsere Art schon immer gehasst. Und das Gefühl beruht auf Gegenseitigkeit." Bevor ich ihn fragen kann, wovon zum Teufel er redet – was soll denn Zekes *Art* sein? –, fährt er fort: „Ich habe dir gesagt, du sollst nicht in diesen Club gehen, Sabina. Ich habe dich um eine Sache gebeten. Eine verdammte Sache. Und du hast mich nicht einmal genug respektiert, um mir diesen Wunsch zu gewähren."

„Ich war nicht dort, als wir noch zusammen waren!", platze ich heraus. „Was ich nach unserer Trennung getan habe, geht dich gar nichts an!"

„Oh, aber das tut es doch." Er setzt sich neben mich und legt eine Hand auf meinen Oberschenkel. Obwohl jede Zelle meines Körpers danach schreit, dass ich mich zurückziehen soll, will ich ihn nicht verärgern. Also zwinge ich mich, ruhigzubleiben. „Ich habe nie zugestimmt, dass wir uns trennen. Es war keine gemeinsame Entscheidung. Deshalb gehörst du immer noch mir. Meine Gefährtin."

„Deine Gefährtin?" Ich schließe meine Augen und atme tief durch, weil ich mich frage, wann genau ich die verdammte *Twilight-Zone* betreten habe. „Erstens, so funktionieren Trennungen nicht. Sie müssen nicht auf Gegenseitigkeit beruhen. Wenn eine Person beschließt, eine Beziehung zu beenden, dann war es das. Die Beziehung ist vorbei. Zweitens, was genau ist *deine Art*? Ich nehme an, du bist kein Vampir."

Das hätte ich nicht sagen sollen, aber manchmal geht mein Mundwerk mit mir durch, wenn ich wütend werde. Und in diesem Moment bin ich fuchsteufelswild. Zeke belohnt meine Sticheleien, indem er meinen Oberschenkel so fest zusammendrückt, dass ich vor Schmerz aufschreie. „Sehe ich für dich wie ein verdammter Vampir aus?", knurrt er.

Ich betrachte sein fettiges, strähniges Haar, das unrasierte Kinn, die schmutzigen Fingernägel, seine zerrissene Jeans. *Tu es nicht. Sag es nicht, Sabina.* „Nein. Du bist nicht annähernd gepflegt oder attraktiv genug."

Ich höre das Klatschen der Ohrfeige, bevor ich sie spüre. Meine Ohren rauschen und ein heißes Brennen breitet sich auf meiner linken Wange aus. Trotzdem will ich Zeke nicht die Genugtuung geben, zu wissen, dass er mir wehgetan hat. Ich starre ihn an und hebe mein Kinn, um ihm zu trotzen.

„Noch so eine Bemerkung, du Schlampe, und ich rufe meine Freunde hierher, damit sie sich abwechselnd mit dir vergnügen können", sagt Zeke mit tiefer wütender Stimme. „Vielleicht hole ich auch deinen Blutsauger dazu, damit er zusehen kann."

Ich habe gesehen, wie schnell Maximus sich bewegen kann. Ich weiß, dass er ohne zu zögern töten kann und wird. „Tu es", fordere ich Zeke heraus. „Ruf ihn her. Ich garantiere dir, dass nicht einer deiner schleimigen, beschissenen Freunde die Nacht überleben würde."

„Sei dir da nicht so sicher", erwidert Zeke. „Blutsauger sind nicht die Einzigen mit besonderen Fähigkeiten."

Wieder einmal frage ich mich, wovon zum Teufel er redet. „Was sind denn deine? Abgesehen davon, dass du ein Arschloch bist?"

Er packt mein Kinn und dreht mein Gesicht so, dass ich ihn direkt ansehen muss. Es dauert einen Moment, bis ich es erkenne, aber als ich es tue, breitet sich die kalte Angst in mir aus. Seine Pupillen sind nicht mehr rund, sondern plötzlich zu senkrechten Schlitzen in der grünen Iris seiner Augen geworden. Wie bei einer Katze. Was zum Teufel? „Nette Kontaktlinsen", sage ich und versuche, zu verbergen, wie sehr er mich erschreckt. Aber dann blinzelt er und seine Pupillen werden wieder rund. „Was bist du?"

„Ich bin ein Gestaltwandler. Ich kann mich in einen Gepard verwandeln."

Zuerst bin ich mir nicht sicher, ob ich ihn richtig verstanden habe. „Ein Gepard? Wie die Raubkatze?"

„Ja, wie die Raubkatze." Er rollt mit den Augen. „Viele von uns haben sich hier niedergelassen. Zu unseren Rudeln gehören Bären, Wölfe und sogar seltenere Tiere wie Eulen, Gorillas …"

Das ist alles zu viel. Das Lachen steigt in meiner Brust auf und platzt aus mir heraus, bevor ich es stoppen kann. Ich kichere wie eine Wahnsinnige und der wütende, ungläubige Gesichtsausdruck von Zeke bringt mich nur noch mehr zum Lachen. Es dauert einige Augenblicke, bis ich mich wieder in den Griff bekomme. „Du erwartest ernsthaft, dass ich glaube, dass es in Tucson nicht nur ein Nest von Vampiren, sondern auch mehrere Rudel von Gestaltwandlern gibt? Ist das hier die geheime Hauptstadt der übernatürlichen Welt? Leben die Zahnfee und der Weihnachtsmann auch in Arizona?"

Daraufhin stößt Zeke ein ursprüngliches, animalisches Knurren aus, das genau wie die Raubkatze klingt, die er angeblich sein will. Es ist wild und unmenschlich und meine Belustigung stirbt augenblicklich.

„Du machst keine Witze", flüstere ich und wieder rauscht die Angst in meinem Bauch. „Es ist wirklich wahr?"

„Es ist schön, zu sehen, dass du mir endlich den Respekt entgegenbringst, den ich verdiene", sagt Zeke kalt.

Mir wird bewusst, dass meine Oberschenkel zittern. Ich presse sie zusammen, um zu verbergen, wie blank meine Nerven liegen. „Ich habe so viele Fragen", sage ich und versuche, ihn abzulenken.

„Ich bin nicht hier, um deine Fragen zu beantworten", schnauzt er. „Du bist hier, um meine zu beantworten."

„In Ordnung", sage ich niedergeschlagen. Wenn er sich wirklich in einen verfluchten Gepard verwandeln kann, ist er viel gefährlicher, als ich dachte. Weiß Maximus darüber Bescheid? War er deshalb so besorgt?

Ich möchte mich selbst dafür schlagen, dass ich so stur war. Dass ich ihm nicht gesagt habe, dass ich mich mit Zeke treffe. Dass ich nicht auf seine Warnungen gehört habe. Und ich weiß, was ich jetzt tun muss.

Ich sehe Zeke so verführerisch an, wie ich nur kann, und sage: „Ich werde deine Fragen beantworten. Aber wäre es in Ordnung, wenn ich zuerst auf die Toilette gehe? Der Ruf der Natur. Ich nehme doch an, ihr habt hier eine Toilette …"

Er deutet auf eine Tür an der Rückseite des Gebäudes. „Nur die eine. Und die ist für Männer, also erwarte bloß keine Blumen oder so." Ich frage mich, was er sich unter einer Damentoilette vorstellt. Klassische Musik, Spitzende-cken und Sträuße mit frischen Rosen? „Werde ich nicht", sage ich trocken. „Ich beeile mich." Ich halte ihm meine gefesselten Handgelenke hin. „Könntest du mich zuerst losbinden?"

„Auf gar keinen Fall", sagt er, steht vom Sofa auf und zerrt mich auf die Füße. „Das wirst du schon irgendwie schaffen. Ich bin gleich draußen, also denk nicht einmal daran, irgendwelche Tricks anzuwenden. Wir sind weit weg von der Stadt und ich habe die Autoschlüssel hier." Er tätschelt seine Jeanstasche. „Du wirst nicht weit kommen, wenn du versuchst, zu fliehen. Ich werde dich erwischen und meine Freunde anrufen, bevor du es auch nur vom Grundstück schaffst."

„Verdammt noch mal, ich muss nur auf die Toilette", murmle ich. „Ich habe nicht vor, zu fliehen."

„Ich wollte dich nur warnen." Wir sind inzwischen im

hinteren Teil des Raumes angekommen und er schiebt die Tür für mich auf. „Und beeile dich."

„Es ginge schneller, wenn du mich losbindest, aber ich mache so schnell ich kann."

„Und schließ die Tür nicht ab. Ich kann sie sowieso eintreten."

„Ist ja schon gut, es gibt kein Entkommen! Du hast dich klar ausgedrückt! Mein Gott. Kann ich jetzt endlich pinkeln gehen?" Ohne auf eine Antwort zu warten, stoße ich ihm die Tür vor der Nase zu, ziehe meine Hose und meinen Slip hinunter und hocke mich über die Kloschüssel. Zweifellos wird er lauschen. Dann fische ich mein Handy aus der Handtasche. Meine Hände zittern so sehr, dass ich ein paar Versuche brauche, bis ich Maximus' Namen aus meiner Kontaktliste ausgewählt habe. Ich drücke auf *Neue Nachricht* und tippe dann meinen Hilferuf ein, bevor ich ihn absende.

Ich kann nur beten, dass er die SMS noch rechtzeitig sieht und dass die Software, die er installiert hat, so funktioniert, wie er es gesagt hat.

Ansonsten bin ich am Arsch.

23

Maximus

WUT BESCHREIBT DAS GEFÜHL, das im Moment in mir kocht, nicht einmal annähernd. Ich tobe. Bin rasend. Ich glühe vor Zorn. Sowohl auf diesen kleinen Schwanzlutscher Zeke, als auch auf Sabina, weil sie nicht auf mich gehört hat.

Es war kurz nach Sonnenuntergang und ich war gerade erst aufgewacht und machte mir noch müde einen Kaffee, als ich ihre SMS erhielt. Eine Sekunde lang starrte ich darauf und habe mich gefragt, ob ich richtig gelesen habe. Dann stürzte ich los.

Jetzt umklammere ich das Lenkrad meines Wagens und rase wie ein geölter Blitz über die Autobahn, während kleine weiße Punkte durch mein Sichtfeld tanzen.

Ich werde Zeke umbringen.

Und dann …

Was dann?

Nach Caroline habe ich mir geschworen, nie wieder so

zu fühlen. Und dann hat diese kleine Blondine einen winzigen Spalt zu meinem Herzen geöffnet und ich ließ sie gewähren – nur damit sie mir dann nicht gehorcht und sich in Gefahr begibt. Wenn es ihr immer noch gut geht – und das werde ich erst wissen, wenn ich den Ort erreiche, den ihre GPS-Koordinaten auf meiner App markieren –, weiß ich nicht, ob ich ihr jemals wieder vertrauen werde. Ist es die Liebe wirklich wert, diese Art von Angst durchzumachen?

Ich wünschte, ich könnte meinen Wagen verschwimmen lassen, aber ich kann lediglich das Gaspedal durchdrücken, während ich einen Kilometer nach dem anderen zurücklege. Der rote Kreis auf meiner App, der Sabinas Standort anzeigt, wird immer größer.

Zum Glück habe ich diese Software auf ihrem Handy installiert. Hätte ich das nicht getan …

Nun, darüber will ich gar nicht erst nachdenken.

Die SMS, die sie mir geschickt hat, hat sich in mein Gehirn eingebrannt. *Ich wollte mich mit Zeke treffen und jetzt hält er mich in irgendeinem Klubhaus fest. Bitte finde und rette mich. Es tut mir leid.*

Was hat dieser Wichser ihr angetan? Weiß sie inzwischen, dass er ein Gestaltwandler ist? Warum würde sie sich freiwillig mit ihm treffen?

Bei den Göttern und das alles, bevor ich auch nur die Gelegenheit hatte, einen Schluck Kaffee zu trinken.

Ich bin so starr vor Wut, dass ich den kleinen Feldweg zu meiner Rechten fast verpasse und zurücksetzen muss, sodass ich abbiegen kann. Nach einem weiteren halben Kilometer kann ich das flache Gebäude sehen. Es befindet sich mitten im Nirgendwo hier draußen in der Tundra – genau die Art von Ort, an dem sich Gestaltwandler gerne herumtreiben.

Vor dem Gebäude ist nur ein einzelnes Auto geparkt:

ein beschissener Mustang. Vermutlich gehört er Zeke. Ich muss mich zusammenreißen, um nicht sofort die verdammte Windschutzscheibe einzuschlagen, als ich daran vorbeirase, nachdem ich mein eigenes Fahrzeug geparkt habe und ausgestiegen bin.

Ist er allein mit ihr dort drin oder gibt es noch mehr von ihnen? Wandler streifen normalerweise gerne in Rudeln umher. Aber Sabina hat geschrieben, dass *er sie festhält*, nicht *sie*.

Ich werde es gleich herausfinden.

Es wäre vielleicht klüger, den Ort erst einmal zu erkunden, durch die Fenster zu spähen und zu versuchen, zu ermitteln, welches Szenario mich dort drinnen erwartet. Aber das kann ich nicht. Ich bin zu wütend und aufgedreht. Es kommt sehr selten vor, dass ich die Kontrolle verliere, und ich mag das Gefühl nicht. Aber im Moment könnte mir meine Aggression gute Dienste leisten.

Die klapprige Tür fliegt auf, nachdem ich ihr einen kräftigen Tritt verpasst habe. Es gibt einen lauten Knall, als sie gegen die Wand prallt, und ich bin bereits hindurch verschwommen, bevor sie zurückprallen kann.

Ich schätze die gesamte Lage ein, während Zeke und Sabina gerade mal aufschauen.

Der dreckige Wichser liegt auf einem schmutzigen Sofa auf ihr drauf und als unsere Blicke sich treffen, sehe ich seine senkrechten Pupillenschlitze. Sabinas Hände sind vor ihr gefesselt und ihr hübsches Gesicht ist eine Maske des Schreckens.

„Maximus!", schreit sie. Die Art und Weise, wie sie meinen Namen ausspricht, ist ein halbes Schluchzen und der Klang geht mir durch Mark und Bein. Er spornt mich zum Handeln an.

Bevor Zeke weiß, wie ihm geschieht, bin ich bereits auf ihm, reiße ihn von der Couch und schleudere ihn durch den halben Raum. Ich könnte ihm einfach das Genick brechen, aber ich will, dass der Scheißkerl zuerst leidet.

Er gibt ein Knurren von sich und mir wird bewusst, dass er sich gleich verwandeln wird.

„Lauf nach draußen, Sabina", sage ich zu ihr, damit sie nicht sieht, was ich gleich tun werde. Aber sie bleibt wie erstarrt stehen. „Verdammt, sofort!", brülle ich und sie bewegt sich endlich. Ich kann nicht innehalten und abwarten, ob sie tatsächlich ganz nach draußen geht. „Ich werde dich umbringen", sage ich zu Zeke, der vom Boden aufgesprungen ist und mir die Zähne zeigt. Seine Eckzähne sind bereits zu scharfen Spitzen verlängert. Aber das ist mir egal. Ich habe meine eigenen Reißzähne.

„Du kannst es ruhig versuchen, du kleiner Blutegel", knurrt er.

„Ich werde mehr als das tun." Der Gestank seines abgestandenen und frischen Schweißes ist überwältigend, als ich mich auf ihn stürze und auf ihm lande, was ihn zurück auf den Boden wirft. Sein Schädel schlägt hart auf dem Boden auf und ich beginne, immer wieder auf sein Gesicht einzuschlagen. Ich mache der ganzen Wut Luft, die in mir brodelt, und genieße das Knirschen von Knorpeln und Knochen, die unter meinen Schlägen brechen.

Das Blut, das meine Fingerknöchel bedeckt, ist klebrig und warm.

„Maximus, hör auf!", schreit Sabina und ich drehe mich um, um sie anzufunkeln.

„Ich habe dir gesagt …"

Zeke ergreift seine Chance und versenkt seine Zähne in meinem Arm.

Brüllend vor Schmerz und Wut ramme ich mein Knie in seinen Bauch und zwinge ihn, mich loszulassen, bevor ich seinen Kopf mit beiden Händen packe und ihn mit aller Kraft herumreiße.

Das Knacken ist hörbar, als sein Genick bricht und er erschlafft.

„Arschloch!", speie ich und starre auf ihn hinab, während ich immer noch breitbeinig auf ihm sitze. Ich bin enttäuscht, dass ich ihn nicht noch länger habe leiden lassen.

Ein leises Wimmern dringt an meine Ohren und ich drehe mich um, um Sabina anzusehen. Sie kauert an der Wand und ihre Haut hat die blasse Farbe von frischer Milch. Sie zittert. „Du hast ihn getötet", flüstert sie.

„Das solltest du nicht sehen." Langsam stehe ich auf und der brennende Schmerz in meinem Arm lässt mich hinunter blicken. Ich sehe Blut, das auf den Boden tropft. Er hat mich nicht nur gebissen, sondern ein Stück Fleisch zwischen meinem Handgelenk und Ellbogen herausgerissen.

„Du bist verletzt", fügt sie eher unnötigerweise hinzu.

„Es ist nichts." Wenn das hier ein Film wäre, würde sie jetzt in meinen Armen liegen, errötet und verzückt. Sie würde mich leidenschaftlich küssen und über alle Maßen dankbar sein, dass ich sie vor dem Bösewicht gerettet habe.

Aber es ist kein Film. Sie starrt mich immer noch misstrauisch von der anderen Seite des Raumes aus an und die Angst in ihren Augen quält mich mehr, als es jeder körperliche Schmerz je könnte.

„Das muss wahrscheinlich genäht werden", sagt sie.

Ich stoße ein trockenes Glucksen aus. „Sicher. Lass uns zur nächsten Notaufnahme fahren und denen sagen, dass ich von einem Gepard gebissen wurde, ja? Mach dir keine Sorgen, Kleines. Es ist ja nicht so, dass es mich umbringen wird."

Mein Versuch, die Stimmung aufzulockern, scheitert kläglich. Das Blut tropft unaufhörlich auf den Boden und ich fange an, mich ein wenig benommen zu fühlen. Nur weil ich nicht sterben kann, heißt das nicht, dass ich keinen Schmerz spüre. Oder dass ich nicht ohnmächtig werde, weil ich kein Blut mehr habe. So eine Scheiße.

„Sabina", sage ich leise und lasse einen Hauch meines Dom-Tonfalls in meiner Stimme mitschwingen. „Ich weiß, du stehst gerade unter Schock, aber ich brauche deine Hilfe. Bitte. Du brauchst keine Angst zu haben. Alles wird wieder gut."

„Es ist nur …" Sie verstummt.

„Wir können später über alles reden. Im Moment müssen wir handeln. Du musst mir helfen, diese Blutung zu stoppen. Bitte."

„Aber wie?" Sie kommt einen zaghaften Schritt auf mich zu und dann noch einen.

Braves Mädchen.

„Komm her. Bitte, Kleines." *Ich habe dich gerettet*, möchte ich hinzufügen, aber irgendetwas sagt mir, dass sie das nicht so sehen wird – zumindest noch nicht.

Nach einer gefühlten Ewigkeit erreicht sie meine Seite. Ich kann die Angst riechen, die von ihrem ganzen Körper ausstrahlt, und der Gedanke, dass sie von mir verursacht wird, ist fast mein Verderben. Sie meidet es absichtlich, nach unten zu schauen, wo Zeke erschlaffter Körper immer noch auf dem Boden liegt. Sein Kopf ist in einem unnatürlichen, ekelhaften Winkel nach hinten geneigt.

„Reich mir deine Hände", locke ich sie zu mir. Sie sind immer noch gefesselt, aber ich zertrenne das Seil mit meinen Reißzähnen und helfe ihr, es von ihren Handgelenken zu lösen. Ihre Finger sind fast blau und sie reibt sie sofort. „Geht es dir gut?"

„Nein!" Sie stößt ein Geräusch aus, das sich halb wie ein Schluckauf und halb wie ein Schluchzen anhört.

„Du hast recht, das war eine dumme Frage", gebe ich

zu. „Aber du bist stark und mutig, und das musst du auch bleiben, zumindest noch ein bisschen länger."

„Was soll ich denn tun?"

„Ich verblute hier, Kleines. Ich weiß, es ist viel verlangt, aber wenn du mich von dir trinken lassen würdest, würde das meinen Heilungsprozess wirklich beschleunigen."

Ihre ausdrucksstarken blauen Augen sind riesig und rund, während sie mich anstarrt. „Und wenn ich es nicht tue?"

„Dann werde ich wahrscheinlich ohnmächtig werden." Es hat keinen Sinn, sie anzulügen.

„Oh Gott!" Die Sorge in ihrem Tonfall ist tröstlich. Ich bin ihr immer noch wichtig. Den Göttern sei Dank. Sie greift nach meiner unverletzten Hand und zieht mich zum Sofa. „Komm und setz dich."

Ich werde langsam ungeduldig. Wer weiß, wann irgendein anderer Wandler – oder vielleicht sogar eine ganze Gruppe von ihnen – hier im Klubhaus auftaucht und ihren beschissenen, toten kleinen Freund findet. Ich muss trinken und die Leiche verschwinden lassen. Und danach müssen wir verdammt noch mal von hier verschwinden. Aber ich kann Sabina nicht hetzen. Sie ist sowieso schon so aufgewühlt. Also lasse ich mich auf die Couch fallen und warte, während sie neben mir Platz nimmt. Ich könnte von Zeke trinken, aber allein der Gedanke daran, lässt mich kotzen wollen.

Die Ränder meiner Sicht verschwimmen allmählich und die vertraute Müdigkeit, die sich einstellt, wenn ich mich überanstrengt habe, beginnt in meine Knochen zu sickern. „Sabina", sage ich erneut. „Wirst du mir helfen?"

„Ich habe Angst", gibt sie zu. „Wir haben es noch nie ohne …" Sie braucht den Satz nicht zu beenden. Jedes Mal, wenn ich in der Vergangenheit von ihr getrunken habe, war das, während sie zum Höhepunkt kam.

„Würde es dir helfen, wenn du gleichzeitig Lust empfindest?", biete ich an und frage mich, woher ich die Kraft dafür nehmen soll.

„Nein, ich glaube nicht, dass ich das jetzt könnte. Aber … wird es wehtun?"

Ich muss fast lachen. „Willst du mir sagen, dass du Angst vor Schmerzen hast?"

Sie stößt ein leises Glucksen aus. „Ich schätze, das war eine dumme Frage."

„Bitte hilf mir, Kleines."

„Ich hatte solche Angst um dich!", platzt sie plötzlich heraus.

Die unverhüllte Emotion in ihrem Tonfall macht mir Mut und ich beuge mich vor und presse meine Lippen auf ihre. Plötzlich will ich ihr verzweifelt zeigen, was sie mir bedeutet. „Ich hatte schreckliche Angst, als ich deine Nachricht erhielt", gebe ich zu. „Wenn ich zu spät gekommen wäre … Hat er dir sehr wehgetan?"

„Nicht so sehr, wie er dir wehgetan hat." Sie stößt einen kleinen Seufzer aus. „Gott, ich bin so erleichtert. Ich dachte, du wärst wütend!"

Ich will sie nicht anlügen, aber ich will mich jetzt auch nicht auf eine Diskussion einlassen. „Liebling, ich will dich nicht drängen, aber wir sind im Moment in einer etwas prekären Lage. Wir können später über alles reden." Ich blicke auf das Blut hinunter, das aus meinem Arm tropft, und sie folgt meinem Blick mit den Augen. Sie reißt sie weit auf, als sie das Ausmaß meiner Verletzung erkennt.

„Oh Gott, es tut mir leid, natürlich! Hier!" Ihr Haar ist zu einem Pferdeschwanz gebunden, sodass ihr Hals bereits entblößt ist, als sie sich nach vorn beugt. „Es tut mir leid, dass ich so viel Zeit verschwendet habe!"

„Ist schon gut, Kleines, du stehst unter Schock." Ich streichle ihren Nacken mit meiner unverletzten Hand und packe dann ihren Pferdeschwanz, um ihren Kopf nach hinten zu reißen. Ihr Keuchen ist ein Stöhnen der Erregung, genauso wie ich es beabsichtigt hatte, und es schießt mir trotz allem direkt in die Leistengegend.

Der süße Geschmack ihres Blutes, das meine Zunge bedeckt, ist ein unvergleichliches Hochgefühl. Ich trinke gierig und spüre, wie meine Kraft und Energie mit jedem Schlag ihres Pulses zurückkehren. Ihr Haar fühlt sich wie Seide in meiner Handfläche an und sie stöhnt leise und bebt. Wahrscheinlich spürt sie die Wirkung des Serums, das ich ihr injiziere.

Sobald ich genug getrunken habe, um wieder funktionieren zu können, lecke ich über die Einstichstellen in ihrer blassen Haut, bevor ich eine Fingerspitze in mein eigenes Blut tauche und es auf ihre Wunde tupfe.

„Alles in Ordnung, Kleines?", murmle ich und streichle ihr über die Wange.

Sie hat die Augen halb geschlossen und sieht etwas benommen aus. „Mmmn."

„Vielen Dank dafür", sage ich zu ihr. „Ich fühle mich schon viel besser. Und siehst du, es hat schon aufgehört zu bluten. Ruhe dich ein bisschen aus, in Ordnung? Und dann fahren wir nach Hause."

„Ja, Sir."

Jetzt, da meine Verletzung nicht mehr im Vordergrund steht, ist mein früheres Gefühlschaos wieder da. *Ja, Sir.* Diese zwei kleinen Worte schießen direkt durch mich hindurch und lösen ein warmes Gefühl in meinem Bauch aus. Ich kämpfe jedoch auch immer noch mit der Wut auf sie, weil sie sich in diese Situation gebracht hat, und mit der Angst – um ihre Sicherheit, um die Zukunft und um meinen eigenen Verstand.

Aber das Wichtigste zuerst: das Chaos beseitigen. Eine Sache nach der anderen. Ich lasse Sabina zusammengerollt auf der Couch liegen und mache mich an die Arbeit. Ich verdränge die Gedanken an alles andere in meinen Hinterkopf.

Je länger ich es aufschieben kann, desto besser. Es wird zweifellos eine unglaublich schwierige Diskussion werden, ganz zu schweigen von einer noch viel schwierigeren Entscheidung.

24

Sabina

ICH FÜHLE mich wie in einer Art Albwachtraum, aber die Details sind alle so vage und es scheint fast unwirklich zu sein.

Maximus hat Zeke getötet. Zeke hat mich gekidnappt. Zeke war ein Gestaltwandler. Ein Gepard. Ich sitze zusammengekauert auf dem Beifahrersitz von Maximus' Wagen, beobachte das gelegentlich aufblitzende Licht durch die schwarzen Fenster und versuche vergeblich, die Ereignisse dieses Abends zu verarbeiten. Ich blicke nach links und betrachte Maximus' attraktives Profil. Er starrt geradeaus und an seinem Kiefer zuckt ein Muskel. Ich hatte gedacht, er wäre wütender auf mich, weil ich mich hinter seinem Rücken mit Zeke getroffen habe, aber davon ist nichts zu spüren. Wird es noch kommen?

„Alles in Ordnung?", frage ich leise.

„Ich hatte schon bessere Abende."

Sein Arm ist in einen Stoffstreifen gewickelt, den er von

seinem T-Shirt abgerissen hat und ich berühre mit den Fingern die Einstichwunden an meinem Hals. Wer hätte gedacht, dass menschliches Blut Vampiren hilft, schneller zu heilen?

Wer hätte gedacht, ich würde einmal neben einem Vampir in einem Auto sitzen und darüber nachdenken?

„Es tut mir leid", beginne ich und will das Gespräch hinter mich bringen, bevor wir das Diner erreichen, wo mein Auto geparkt ist, und ich möglicherweise keine Gelegenheit mehr bekomme, mich zu entschuldigen. „Ich wollte ihn nur bitten, sich zurückzuziehen. Deshalb habe ich mich mit ihm an einem öffentlichen Ort getroffen. Ich hatte keine Ahnung …"

„Dass er ein Wandler war?"

Die Schärfe in Maximus' Stimme bringt mich dazu, weiter in meinen Sitz zurücksinken zu wollen. Scheiße, er ist wirklich wütend. Nachdem er etwas von meinem Blut getrunken und sich ein wenig erholt hatte, war ich auf dem Sofa eingedöst, während er sich um Zekes Leiche kümmerte. Ich weiß nicht, was er damit gemacht hat. Ich will es auch gar nicht wissen. Ich nehme an, er hat ihn irgendwo draußen vergraben, so wie er aussah, als er ins Klubhaus zurückkam. „… dass er ein Wandler war", bestätige ich.

Ich habe ihn in diese Lage gebracht. Das ist alles meine Schuld. Es ist alles zu viel, als dass ich es begreifen könnte. Ich möchte die Uhr zum heutigen Nachmittag zurückdrehen. Nein, streich das. Ich will die Uhr ein paar Wochen zurückdrehen, bis dahin, wo ich Ethan nie getroffen habe, Maximus nie getroffen habe, nie etwas über Vampire und Wandler herausgefunden habe …

„Wir werden darüber reden, wenn wir zu Hause sind", sagt Maximus knapp.

„Zu Hause? Mein Auto steht beim …"

„Wir werden jetzt nicht wegen deines Wagens anhalten. Wir fahren direkt zu mir nach Hause. Das ist näher und dann werden wir uns unterhalten. Danach können wir dein Auto holen."

Wenn ich dann überhaupt noch lebe, um es zu fahren, denke ich mürrisch und drehe mich wieder um, um weiter aus dem Fenster zu starren. In meiner Magengrube befindet sich ein Knoten der Beklemmung und ich fange immer wieder an, unkontrolliert zu zittern. Wahrscheinlich ein Rest von Adrenalin, ähnlich wie die Schüttelanfälle, die ich nach einer intensiven Session bekomme.

Natürlich musste das alles passieren, nachdem ich bereits einen Streit mit Maximus hatte. Es hat nur noch mehr Öl ins Feuer gegossen. Ich war wütend auf ihn, weil er sich so benahm, als würde ich ihm gehören, obwohl wir über die Sache zwischen uns noch nicht einmal gesprochen hatten. Und er war wütend auf mich, weil ich nicht wollte, dass er sich in meine Situation mit Zeke einmischt.

Gott, ich hätte auf ihn hören sollen. Und das ist fast das Schlimmste an der ganzen Sache.

Als wir schließlich die lange Auffahrt zu Maximus' riesiger Garage hinaufrollen, könnte man die dicke Luft zwischen uns vor Anspannung fast mit einem Messer schneiden. Er steigt wortlos aus und kommt zu meiner Seite herum, aber ich habe die Tür bereits geöffnet und stehe neben dem Wagen. Wir gehen in die Küche und mir wird bewusst, wie sehr mein Herz klopft; der Knoten der Angst in meinem Bauch hat sich zu einem Stein verwandelt.

„Ich muss schnell duschen", sagt er und deutet auf den rotbraunen Dreck, der seine Kleidung, seine Arme und sein Gesicht verschmutzt. „Nimm dir etwas zu trinken, wenn du willst, und dann reden wir."

Seine Stimme ist so kalt und so anders als zuvor.

Anders als sie normalerweise klingt, wenn er mit mir spricht. Er klingt beängstigend. Ich mache einen Schritt auf ihn zu. „Maximus", sage ich sanft. Ich möchte gern eine Hand auf seinen Arm legen, traue mich aber nicht. „Es tut mir wirklich leid."

Er muss die Angst in meiner Stimme hören können, denn sein Gesicht wird weicher und ich schöpfe einen Funken Hoffnung. „Ich weiß", sagt er. „Wir reden in fünf Minuten darüber."

Sobald er nach oben verschwunden ist, mache ich mich auf den Weg zur Bar im Wohnzimmer und fische eine Flasche Wodka heraus. Mich in diesem Zimmer aufzuhalten, erinnert mich an das erste Mal, als ich hier war. An die Wirkung, die Maximus auf mich hatte. Die Schmetterlinge in meinem Bauch. Bevor ich wusste, was er wirklich war.

Ich dränge den Gedanken beiseite und gehe in die Küche, um ein Glas und etwas Tonic zu holen.

Wie geht es jetzt wohl weiter? Ich quäle mich mit der Frage, während ich mein Getränk in wenigen Zügen hinunterkippe und mir ein zweites einschenke. Ich versuche, mir die verschiedenen Szenarien in meinem Kopf auszumalen und dabei auf meine Gefühle zu lauschen. Das Szenario, in dem wir uns streiten und beschließen, uns nie wiederzusehen, ist bei Weitem das Schmerzhafteste und Schrecklichste. Irgendetwas hat sich heute Abend verändert und obwohl ich es tief in meinem Inneren weiß, bin ich nicht bereit, es vollständig zu hinterfragen, geschweige denn offen zuzugeben.

Ehrlich gesagt, habe ich einfach viel zu viel Angst.

Es dauert nicht lange, bis Maximus' Stimme meine Gedanken unterbricht.

„Also gut, ich bin wieder da. Kannst du mir bitte ein Bier geben?"

Ich greife in den Kühlschrank, und nehme ein *Bud light* heraus, um es ihm zu reichen. Sein Haar ist nass und auf seiner breiten, schönen Schulter glitzern immer noch ein paar Wassertropfen. Er trägt ein schwarzes, ärmelloses T-Shirt und eine graue Jogginghose. Seine Füße sind nackt. Ich muss mich wirklich zusammenreißen, mich nicht in seine Arme zu werfen. Er mustert mein Glas. „Immer noch dein Erstes?"

Ich schüttle den Kopf. „Das Zweite."

„Na dann teile es dir ein. Komm mit." Ohne zu warten, begibt er sich ins Wohnzimmer.

Ich folge ihm. Das Herz schlägt mir bis zum Hals und meine Gedanken überschlagen sich. *Lass ihn die Führung übernehmen*, sage ich mir. *Du hast es vermasselt. Du hast ihm nicht gehorcht. Du hast selbst gesehen, wie verängstigt er war.* Du *hast ihm das angetan.*

Das war der schlimmste Teil an dem ganzen Abend – die Angst auf seinem Gesicht, als er das Klubhaus betrat und mich dort unter Zeke liegen sah. Das muss ihm das ganze Caroline-Szenario wieder ins Gedächtnis gerufen haben.

Warum war ich nur so verdammt dumm?

Er lässt sich auf die Couch sinken und deutet auf einen Sessel in der Nähe. „Setz dich", befiehlt er.

Ich nehme auf dem Polstersessel Platz.

„Wo soll ich anfangen?", fährt er nach einer kurzen Stille fort. „Zunächst einmal, geht es dir gut? Du musst einen bösen Schock erlitten haben. Wenn du diese Diskussion auf ein anderes Mal verschieben willst, lass es mich wissen. Als ich unter der Dusche stand, wurde mir plötzlich bewusst, dass du vielleicht nicht in der richtigen Verfassung bist …"

„Nein", unterbreche ich ihn. „Ich weiß es zu schätzen, aber ich möchte es lieber hinter mich bringen."

Er zieht die Augenbrauen hoch und nimmt einen Schluck von seinem Bier. „Also gut. Willst du mir erzählen, was genau eigentlich passiert ist?"

Nein, ich würde lieber einen Kilometer über Glasscherben kriechen. Ich atme tief durch und berichte alles so kurz wie möglich – wie ich Zeke dazu bringen wollte, mich in Ruhe zu lassen, wie ich mich mit ihm auf dem Parkplatz vor dem *Biskuits* verabredet habe. Wie seine Freunde ihm geholfen haben, mich zu entführen, und was passiert ist, als wir im Klubhaus ankamen.

Maximus' Gesicht verfinstert sich zusehends. Obwohl er fast zwei Meter entfernt von mir sitzt, kann ich die Wut spüren, die von ihm ausstrahlt. „Und was ist in der Zeit passiert, nachdem du mir die Nachricht geschickt hast, aber bevor ich angekommen bin?"

„Nur noch mehr vom Gleichen. Er hat mich beleidigt, mir gesagt, was er mir antun wollte, mich beschuldigt, eine Hure zu sein, weil ich mit dir und im Club Toxic verkehre …" Ich verstumme, weil ich mich nicht daran erinnern will.

„Hat er dich angefasst?"

„Er hat mich ein paarmal geschüttelt, auf mein Bein geschlagen." Er hat in meine *Brust gekniffen*, aber das werde ich Maximus nicht sagen. „Aber nichts zu Schlimmes."

Maximus stößt ein Schnaufen aus. „Nichts zu Schlimmes", wiederholt er leise.

„Es tut mir so leid", platze ich heraus. Ich will ihm unbedingt zeigen, wie sehr ich das alles bedaure. „Ich hätte auf dich hören sollen. Du hattest recht und ich habe mich geirrt. Ich dachte, ich könnte es alleine regeln. Ich dachte, ich könnte mit ihm umgehen, und ich habe mich selbst in Gefahr gebracht. Du musst dir solche Sorgen gemacht haben und ich …"

„Sorgen?", knurrt er und unterbricht mich. Er springt

von der Couch auf und fängt an auf- und abzugehen. „Sabina, du bist die schönste, faszinierendste, sinnlichste, intelligenteste und nervtötendste Frau, die mir jemals begegnet ist. Vom ersten Moment an, als ich dich sah, wollte ich dich. Ich wollte Zeit mit dir verbringen, dich kennenlernen und dich beschützen. Du machst Sachen mit mir, die ich nicht einmal …" Er verstummt und fährt sich mit der Hand durch sein kurzes, schwarzes Haar. „Ich habe versucht, dagegen anzukämpfen, weil ich so bin, wie ich bin. Und weil ich Angst hatte. Es ist ein verfluchtes *Jahrhundert* her, seit ich mir erlaubt habe, jemanden zu lieben. Weil ich wusste, dass ich nicht in der Lage wäre, diese Art von Trauer und Verlust noch einmal durchzustehen. Und dann, als du mir diese SMS geschickt hast und ich in dieses Klubhaus kam und diesen Wichser auf dir liegen sah, wurde mir klar …"

Er hält inne und ich bemerke, dass ich mich nach vorn beuge, mein immer noch volles Glas umklammere und Tränen meine Sicht trüben. „Was ist dir klar geworden?", flüstere ich aber meine Stimme bricht.

„Das es zu spät war", sagt er mit Resignation im Ton. Niedergeschlagen lässt er die Schultern sinken. „Ich liebe dich."

Ich kann kaum glauben, was ich da höre. Ich stehe auf und merke sofort, wie weich meine Knie sind, sobald sie mein Gewicht tragen sollen. Vorsichtig stelle ich das Glas auf dem Couchtisch ab und gehe langsam auf ihn zu. Als ich in Reichweite bin, dreht er sich um und sieht mich an. Seine wunderschönen Augen sehen traurig aus und ich fühle mich schuldig, weil ich ihn so aufgewühlt habe.

„Ich liebe dich auch", flüstere ich. „Ich verspreche dir, wenn du mir noch eine Chance gibst, werde ich dir nie wieder solche Sorgen bereiten. Ich werde dir immer gehorchen, wenn du mich vor einer Situation warnst. Ich weiß, es ist verrückt, weil wir uns erst so kurz kennen, aber ich kann mir mein Leben ohne dich darin gar nicht mehr vorstellen."

Maximus streckt die Hand aus, schließt sie um meinen Nacken und zieht mich zu sich, um seine Lippen in einem atemberaubenden, leidenschaftlichen Kuss auf meine zu pressen. Sofort kribbelt jedes Nervenende in meinem Körper, aber als ich versuche, mich zu entspannen, bemerke ich, dass ich es nicht kann.

Nach ein paar Augenblicken zieht er sich zurück. „Was ist los?"

Ich schüttle den Kopf und blinzle die Tränen zurück. „Ich fühle mich so schuldig", flüstere ich. „Ich hätte auf dich hören sollen. Sir. Ich habe das Gefühl, dass ich es nicht verdiene, jetzt verwöhnt zu werden."

Ein kleines Stirnrunzeln verzieht sein Gesicht, als er über meine Worte nachdenkt. „Hast du das Gefühl, dass du eine Bestrafung verdienst?"

Noch während er es ausspricht, wird mir klar, wie sehr ich es will. Wie sehr ich dafür büßen möchte, was ich ihm angetan habe. „Ja. Aber hier geht es nicht um mich. Willst du mich bestrafen?"

„Ich werde nicht lügen, Kleines, auch wenn ich mich etwas beruhigt habe, bin ich sehr wütend auf dich. Wenn ich dich bestrafe, wird es nicht das geringste Vergnügen sein. Aber danach würde ich gern alles hinter uns lassen und neu anfangen. Keine Geheimnisse mehr. Kein Vorenthalten von Dingen mehr." Er streichelt meine Wange und ich merke, dass ich zittere. „Ich möchte alles über dich wissen. Warum du so ein starkes Bedürfnis danach hast, stark und unabhängig zu sein. Warum du dich gegen den Gedanken wehrst, dich von einem Mann – von mir – beschützen zu lassen. Und ja, solange du mir gehörst, musst du all meinen Regeln gehorchen, die ich aufstelle, um dich zu beschützen. Keine Ausnahmen. Verstanden?"

„Ja, Sir."

„Gutes Mädchen." Er beugt sich hinunter, um mich erneut zu küssen und dieses Mal erwidere ich seinen Kuss voller Hingabe. Ich genieße das Gefühl seiner Zunge auf meiner und die Art, wie er mit den Fingern durch mein Haar fährt und mein Gesicht nach hinten neigt, damit er mich tiefer küssen kann. Er schmeckt leicht nach Bier und sein köstliches Rasierwasser lässt wie immer meine Knie weich werden.

Nach einer sehr langen Zeit, in der ich so erregt werde, dass ich kaum noch gerade stehen kann, zieht er sich zurück. Sein Gesichtsausdruck ist ernst, sein Blick suchend. „Ich werde dich jetzt nach Hause bringen", sagt er.

„Moment, was?" Ich bin fassungslos.

„Es ist schon spät und du musst morgen früh arbeiten. Wir holen dein Auto und dann möchte ich, dass du direkt nach Hause fährst, etwas isst, wenn du kannst, und dann sofort ins Bett gehst."

„Ich dachte …"

„Unterbrich mich nicht, Kleines."

Ich senke meinen Blick. Sein Tonfall ist strenger, als ich ihn je gehört habe.

„Ich möchte, dass du lange und gründlich darüber nachdenkst, ob du mit mir zusammen sein willst. Ob du bereit bist, zu akzeptieren, was das mit sich bringen würde. Ich bin ein Vampir. Ich kann keine Kinder zeugen. Wir werden uns niemals zusammen an einem sonnigen Strand entspannen, ein Picknick machen oder in einen Vergnügungspark gehen können. Obwohl ich nicht gern töte, zögere ich nicht, es zu tun, wenn ich es für nötig halte. Und manchmal ist es leider so. Ich habe einen Beschützerinstinkt, der sich anmaßend anfühlen kann."

Damit hat er nicht unrecht, denke ich mit einem Hauch von Ironie, aber ich schweige und höre weiter zu.

„Aufgrund meiner Arbeit verbringe ich viel Zeit mit Frauen. Manchmal sind sie nackt. Wenn ein Mädchen im Club in Gefahr ist, greife ich ein und helfe ihr. Sie sind vielleicht nicht immer bekleidet. Ich kann nicht innehalten und mir Gedanken darüber machen, ob du vielleicht eifersüchtig sein könntest."

„Es fühlt sich so an, als wolltest du mich mit deiner Warnung verschrecken", murmle ich, weil ich nicht länger in der Lage bin zu schweigen. „Wenn du mich nicht willst, sag es einfach."

„Verdammt noch mal!" Mit einem Knurren reißt er mich an sich und presst meinen Körper ganz nah an seinen. „Spürst du das?" Er reibt sein Becken gegen mich und es ist nicht zu leugnen, wie steif sein großer Schwanz ist. „Ich will dich. Ich liebe dich, verdammt noch mal, Sabina. Aber ich werde keine halben Sachen mehr mit dir machen. Wenn wir uns darauf einlassen, möchte ich, dass du ganz genau weißt, was dich erwartet."

„In Ordnung", flüstere ich. „Bitte fahre fort."

„Du magst vielleicht manchmal eifersüchtig werden, aber ich verspreche dir, dass es keinen Grund dafür gibt. Du bist die schönste, faszinierendste, unerhört wundervollste Frau, die ich seit sehr langer Zeit getroffen habe und ich möchte dich lieben, dich beschützen, dich wertschätzen und dich auf jede erdenkliche Weise glücklich machen." Er bewegt sich langsam und reibt sein hartes Glied mit langsamen Stößen durch unsere Kleidung hindurch an meinem Geschlecht. Ich schnappe nach Luft als eine Flut von Begierde zwischen meine Beine rauscht. „Aber damit das funktionieren kann, musst du drei Dinge tun: mir vertrauen, mir gehorchen und mich so akzeptieren, wie ich bin."

„Ja, Sir", flüstere ich.

„Braves Mädchen." Er tritt einen Schritt zurück und ich spüre bereits den Verlust seiner Nähe. Ich will wieder in seinen Armen liegen. „Also, so wird das ablaufen. Du wirst nach Hause gehen und dir ganz genau überlegen, ob du das willst. Ob du mich willst. Wenn ja, hole ich dich morgen Abend um acht Uhr ab und bringe dich in den Club Toxic, wo du öffentlich bestraft werden wirst, bevor ich dir ein Halsband anlege."

„Was?" Meine Gedanken rasen und mein Herz droht, sich seinen Weg aus meinem Brustkorb herauszuschlagen.

„Auf diese Weise wird jeder wissen, dass du zu mir gehörst", sagt er. „Die Strafe wird nicht angenehm sein, wie ich schon sagte. Aber es wird auch nichts sein, was du nicht verkraften kannst. Du willst sühnen und ich will dafür sorgen. Und dann kann ich dich vor allen Leuten zu der Meinen machen. Wenn du dich dagegen entscheidest, unsere Beziehung fortzusetzen, hast du bis morgen Abend um sieben Zeit, mir das mitzuteilen. Es wird mir das Herz brechen, aber ich würde es verstehen. Jetzt bist du am Zug, Kleines."

Ich weiß jetzt bereits, dass ich mit ihm zusammen sein will; ich kann mir nicht vorstellen, *nein* zu ihm zu sagen. Aber vor allen Leuten bestraft zu werden? „Muss die Bestrafung öffentlich sein? Sir? Ich habe Angst."

Er streichelt mir mit einem sanften Finger über die Wange. „Vertraust du mir, Sabina?"

„Ja."

„Gut. Indem du zustimmst, ist das deine erste Möglichkeit, mir das zu beweisen."

Ich will nur, dass er mich in die Arme nimmt und mit mir ins Bett geht, aber stattdessen drückt er mir einen letzten kurzen Kuss auf die Lippen und geht dann in die Küche, um seinen Autoschlüssel zu holen.

Wenn Maximus sich etwas in den Kopf gesetzt hat, kann man ihn nicht umstimmen.

Ich weiß nur, dass mir eine schlaflose Nacht bevorsteht, und dass sich der morgige Tag wie der längste in meinem Leben anfühlen wird, während ich auf den Sonnenuntergang warte.

Maximus

IN DEM AUGENBLICK, in dem ich nach dem Aufwachen meine Augen geöffnet habe, griff ich auch schon nach meinem Telefon. Nachdem ich Sabina dieses Ultimatum gestellt und sie an ihrem Auto abgesetzt hatte, verbrachte ich den Rest der Nacht damit, mir Gedanken zu machen und auf und ab zu pirschen. War es zu viel Druck? Würde die Androhung einer öffentlichen Bestrafung jede Chance auf eine gemeinsame Zukunft zunichte machen? Vielleicht hätte ich alles sorgfältiger durchdenken sollen, aber ich habe nicht gelogen, als ich sagte, dass ich sie liebe. Und ich mag keine halben Sachen. Entweder sie gehört mir oder sie gehört mir nicht. Ich will nicht mehr, dass sie sich nur während einer Session an meine Regeln hält und dann loszieht und tut, was sie will – und sich in Gefahr begibt –, wenn ich nicht an ihrer Seite bin.

Zu meiner großen Erleichterung hatte ich keine Nachricht auf meinem Handy, also hat sie nicht geschrieben, um mir abzusagen. Ich habe ihr genaue Anweisungen gegeben, mir nur dann eine SMS zu schicken, wenn sie beschlossen hat, die Beziehung nicht fortsetzen zu wollen. Wenn ich bis sieben Uhr nichts von ihr höre, gehe ich davon aus, dass sie erwartet, dass ich sie um acht abhole.

Deshalb gehe ich jetzt in meinem besten anthrazitfarbenen Anzug mit einem riesigen Strauß langstieliger roter Rosen in der Hand den gepflegten kleinen Weg zu ihrer Wohnung entlang. Meine Kehle fühlt sich eng an und ich komme mir vor wie ein unerfahrener Jugendlicher bei seinem ersten Rendezvous, was für einen Mann meines Alters aus einer ganzen Reihe von Gründen lächerlich ist. Trotzdem kann ich mir ein Grinsen nicht verkneifen und muss mich zu einer ernsten Miene zwingen, als sie die Tür öffnet.

Wenn ich immer noch ein Mensch wäre, würde mir ihr Anblick den Atem rauben. Ihr langes, wunderschönes, blondes Haar fällt über ihre nackten Schultern. Ein enges schwarzes Oberteil mit Nackenträger endet nur knapp unter ihren prallen, üppigen Brüsten und enthüllt den Blick auf ihre schlanke Taille. Ein lila-schwarzer Spitzen-Minirock bringt ihre langen Beine zur Geltung, die durch die lila Stöckelschuhe, die sie trägt, noch länger erscheinen.

„Du siehst umwerfend aus, Kleines", sage ich und beuge mich vor, um ihr einen kurzen Kuss auf den rosa glänzenden Mund zu geben.

„Vielen Dank, Sir." Die Angst in ihrer Stimme bringt mich dazu, sie in meine Arme ziehen zu wollen, aber stattdessen reiche ich ihr die Rosen. „Oh wow, die sind ja wunderschön! Autsch! Dornen!" Sie saugt an ihrem Finger und mein Schwanz zuckt bei diesem Anblick. „Ich werde sie schnell in eine Vase stellen."

„Eigentlich möchte ich, dass du sie mit in den Club bringst", sage ich zu ihr. Als sie mich verwirrt ansieht, füge ich hinzu: „Wir brauchen sie für die Zeremonie."

„In Ordnung. Tschüss, Felix." Sie geht in die Hocke und krault ihre Katze kurz zwischen den Ohren, bevor sie nach ihrer Tasche greift und sie sich über die Schulter schlingt. „Ich nehme an, du fährst?"

„Da liegst du richtig."

Sie schließt die Tür hinter sich und wir machen uns auf den Weg zu meinem Rolls. „Wow. Rosen und ein Rolls Royce. Du ziehst heute Abend alle Register, wie ich sehe!"

„Für dich nur das Beste, meine Liebe."

Ich öffne die Beifahrertür für sie. Nachdem sie die Rosen auf den Rücksitz gelegt hat, lässt sie sich auf den Beifahrersitz gleiten. Ihre glatten, nackten Schenkel heben sich in ihrer Blässe vom dunklen Leder ab. Ich kann mein Glück immer noch kaum fassen – am Ende dieses Abends wird dieses umwerfende Geschöpf mir gehören.

„Wie war dein Tag?", frage ich, als wir uns in den Verkehr mischen.

„Lang. Nervenaufreibend", gibt sie zu. „Ich konnte nicht aufhören, mir Sorgen über meine Bestrafung zu machen."

Ich wusste, dass das der Fall sein würde. Tatsächlich war die angespannte Erwartung Teil der Strafe, aber das muss sie nicht wissen. „Du vertraust mir doch, nicht wahr?"

„Ja, Sir."

„Ich werde nicht sagen, dass es angenehm sein wird, aber du hast darum gebeten, zu büßen. Oder ist deine Schuld jetzt verschwunden?"

„Oh nein, ganz und gar nicht!" In ihrer Stimme liegt echte Aufrichtigkeit. „Ich glaube nicht, dass ich mich in

Bezug auf das … auf das, was passiert ist … besser fühlen werde, bis ich wirklich das Gefühl habe, es wiedergutgemacht zu haben. Aber ich bin trotzdem nervös. Ich glaube, es liegt daran, dass es öffentlich sein wird."

Auch das wusste ich und deshalb habe ich auch beschlossen, dass ihre Bestrafung in einem der offenen Spielbereiche und nicht in einer der Kabinen stattfinden sollte. „Du selbst schaust dir gerne öffentliche Sessions an", sage ich und erinnere mich an den ekstatischen Ausdruck auf ihrem Gesicht, als sie beim letzten Mal die Session mit den Nadeln beobachtet hat. „Sieh es doch einmal so: Du wirst heute Abend anderen das gleiche Vergnügen bereiten."

„Das nehme ich an." Sie lehnt sich auf ihrem Sitz zurück und seufzt. Ich strecke eine Hand aus und drücke sie auf ihren Oberschenkel. Ihr Fleisch ist warm und ich muss gegen den Drang ankämpfen, meine Finger zwischen ihre Beine zu schieben.

„Du wirst das wunderbar machen, Kleines. Ich werde der stolzeste Mann dort sein. Jetzt sag mir, warst du letzte Nacht ein braves Mädchen? Hast du mir gehorcht?"

„Ja, Sir. Es fiel mir schwer, aber ich habe gehorcht."

„Das freut mich zu hören. Und weißt du noch, warum du diese Anweisung erhalten hast?"

Gestern Abend, nachdem ich sie auf dem verlassenen Parkplatz des Diners zu ihrem Auto gebracht hatte, hielt ich Sabina zehn volle Minuten lang ganz kurz vor dem Höhepunkt. Jeder unschuldige Passant hätte einfach nur ein sich leidenschaftlich küssendes Pärchen gesehen, aber in Wirklichkeit waren meine Finger in ihrer Hose und rieben über ihren prallen, pochenden, kleinen Kitzler. Ich rubbelte, zwickte und streichelte ihn, bis sie kurz vor dem Höhepunkt stand, und dann hörte ich wieder auf – wieder und wieder, bis ihr Höschen durchnässt war und sie mich völlig aufgelöst anflehte, kommen zu dürfen. Ihre Bitten habe ich mit meinen Lippen und meiner Zunge verschluckt. Dann habe ich sie mit der strengen Anweisung nach Hause geschickt, nicht zu masturbieren oder zu kommen, bis *ich* ihr den nächsten Orgasmus verschafft habe. Ein weiterer Teil der Bestrafung. Es macht mir so viel Spaß, Mädchen auf diese Weise zu quälen.

„Weil ich bestraft werden muss und böse Mädchen keinen Orgasmus verdienen", flüstert sie und mein Schwanz zuckt in meiner Hose. Ich habe heute so viel mit ihr vor und möchte nicht durch meine eigene Erregung abgelenkt werden, also biege ich auf den nächsten geeigneten Parkplatz und stelle den Wagen in einer verlassenen Ecke ab.

„Was machen wir, Sir?"

„Du wirst mich befriedigen", sage ich zu ihr und öffne meine Hose. Ich muss mich heute Abend auf die Session konzentrieren können und das wird helfen, die Spannung zu nehmen, damit ich nicht abgelenkt werde. „Zieh deinen Rock bis zur Taille hoch und knie dich mit dem Gesicht zu mir auf den Sitz."

Sabina gehorcht und wenige Augenblicke später sind ihre Lippen bereits um meinen Schwanz geschlossen. Sie ist auf Händen und Knien und ihr nackter Hintern ragt in die Luft und zeigt in Richtung Fenster. Ich habe sie angewiesen, heute kein Höschen zu tragen, sodass ich ihre Möse jetzt in der Reflexion sehen kann. Ich halte ihr Haar in meiner Faust und lenke ihre Bewegungen eine Weile, bevor ich ungeduldig werde und ihren Kopf packe, während ich ihre Kehle ficke.

Der Anblick, wie sie jedem, der zufällig vorbeikommt, voll sichtbar wäre, sowie die köstlichen Geräusche, die sie von sich gibt, während sie an meinem Schwanz würgt, lassen mich in Rekordzeit kommen. Ich halte ihr Gesicht fest, während ich meinen Samen in ihren Mund spritze und sage ihr, sie solle eine gute, kleine Schlampe sein und alles schlucken.

Als mein Schwanz aufgehört hat, zu pulsieren, lasse ich sie los und sage ihr, dass sie ihren Rock wieder hinunterziehen kann. Ihr Gesicht ist gerötet und ihre Augen haben diesen glasigen Blick, den sie immer bekommt, wenn sie erregt ist. Herrgott noch mal, aber ich liebe diese Frau und ihren sexuellen Gehorsam.

„Das hast du gut gemacht", sage ich zu ihr und schiebe meinen Schwanz zurück in meine Hose, während sie sich wieder auf ihren Platz setzt. „Hat dir das gefallen?"

„Das hat es, Sir."

„Gutes Mädchen. Und jetzt schnalle dich an."

Nachdem sie ihren Gurt wieder angelegt hat, lasse ich den Motor an. Wir sind nur noch ein paar Minuten vom Club entfernt. Jetzt, wo die pulsierende Sehnsucht in meiner Leiste nachgelassen hat, kann ich mich auf die Aufgabe konzentrieren, die vor mir liegt.

Dieses wunderschöne Mädchen neben mir muss dafür bestraft werden, was sie mir angetan hat. Und ich werde dafür sorgen, dass sie es sich in Zukunft zweimal überlegen wird, ob sie sich in Gefahr begibt.

Aber sie wird mutig und stark sein und sie wird es ertragen. Dann werde ich ihr stolz mein Halsband anlegen und allen im Toxic zeigen, dass sie mir gehört.

Ich kann es kaum erwarten.

～

Sabina

. . .

Ganz wie ich es mir gedacht habe, hat sich der heutige Tag wie der längste Tag in meinem Leben angefühlt. Allerdings nicht, weil mir die Entscheidung schwerfiel. Bereits als Maximus mir gestern das Ultimatum stellte, wusste ich, wie meine Antwort lauten würde. Es gab keinen Zweifel mehr daran, dass ich mit ihm zusammen sein will. Ich will diesen Versuch wagen, um zu sehen, ob wir zusammen eine Chance haben. Und ich stimme mit ihm überein, keine halben Sachen mehr machen zu wollen. Ich ziehe es auch vor, wenn unsere Beziehung klar definiert ist.

Und viel klarer als ein Halsband kann man nicht definiert werden.

Aber zuerst muss ich die Bestrafung überstehen und der Gedanke daran hat es mir heute fast unmöglich gemacht, mich bei der Arbeit zu konzentrieren. Ich glaube nicht einmal, dass es wirklich wichtig ist, was Maximus mit mir machen wird – die Tatsache, dass es öffentlich sein wird und auch der Grund, warum ich bestraft werde, sind die Dinge, die mir so schwer auf der Seele lasten.

Ich war mehr als erleichtert, als er vorschlug, mir eine Gelegenheit zu geben, wenigstens einen Teil meiner Schuldgefühle zu lindern, weil ich Zeke hinter seinem Rücken aufgesucht habe. Der ängstliche Gesichtsausdruck von Maximus, als er in dieses Klubhaus stürmte, hat mich zutiefst erschüttert. Nach dem, was er mit Caroline durchgemacht hat, muss es sich so angefühlt haben, als würde er seinen schlimmsten Albtraum noch einmal erleben. Und ich bin bereit, alles zu tun, um das wiedergutzumachen.

Deshalb greife ich jetzt nach seiner Hand, als ich ihm in den Club Toxic folge. Meine Knie sind weich und ich trage die Stöckelschuhe, von denen ich mir geschworen hatte, sie nie wieder anzuziehen. Es ist ein Montagabend, also habe ich nicht erwartet, dass viel los sein würde. Aber für meinen Geschmack gibt es immer noch viel zu viele Gäste, als wir unten im Verlies ankommen.

Maximus geht zügig und selbstbewusst und grüßt nur kurz diejenigen, die er kennt, als wir an ihnen vorbeikommen. Er hält jedoch nicht an, um Small Talk zu führen. Seine Spielzeugtasche hat er sich über die Schulter geworfen und ich versuche, sie nicht anzuschauen. Nur Gott weiß, was er für mich auf Lager hat.

Als wir an der Bar ankommen, bestellt er einen doppelten Gin Tonic und fordert mich auf, die Rosen auf den Hocker neben mir zu legen. Ich gehorche und bin über alle Maßen dankbar, dass er mir diesen einen Drink gönnt, um meine Nerven zu beruhigen. Er kennt mich bereits so gut.

„Ich bereite nur eben den Bereich für unsere Session vor", murmelt er in mein Ohr. Seine Lippen streifen meine Haut und lassen mich erschaudern. „Warte hier und genieße dein Getränk, denn es wird dein letztes für eine Weile sein."

„Ja, Sir."

Seine Präsenz ist so eindrucksvoll, dass sich die Köpfe der Leute nach ihm umdrehen, während er über die Tanzfläche schreitet. Ich spüre, wie mein Herz vor Stolz anschwillt. *Das ist mein Mann*, denke ich ungläubig. Zweifellos begehren ihn viele Frauen und doch ist er mit mir hier. Das allein ist schon fast genug, um mich von dem abzulenken, was gleich passieren wird.

Fast.

Ich zwinge mich, an meinem Getränk zu nippen, obwohl ich versucht bin, es in einem Zug auszutrinken. Trotz meiner Nerven bin ich unglaublich erregt, nicht nur wegen der Orgasmusverweigerung, sondern auch wegen des unerwarteten kleinen Abstechers auf der Fahrt hierher.

Seinen Schwanz zu lutschen, während mein nackter Arsch und meine Muschi für jedermann sichtbar waren, der zufällig vorbeikommen könnte – obwohl wir uns in einer verlassenen Gegend befanden und es sehr unwahrscheinlich war –, hat mir das Gefühl gegeben, schamlos und sexy zu sein. Ich weiß immer noch nicht genau, was es an Maximus ist, dass ich ihm so bereitwillig gehorche, wenn es um sexuelle Aktivitäten geht. Er hat einfach diese Wirkung auf mich. Wenn er seine blauen Augen auf mich richtet und diese knurrende, befehlende Stimme benutzt, ist es, als würde er mich in eine Art Bann ziehen. Es macht mich zu einer hilflosen, vor Lust triefenden Sklavin, die verzweifelt versucht, ihm alles zu geben, was er sich wünscht.

Als er zurückkommt, habe ich meinen Gin Tonic ausgetrunken. Er hat sein Jackett ausgezogen und die obersten Knöpfe seines Hemdes geöffnet. Allein der Anblick seiner muskulösen Brust genügt, um mit meiner Zunge darüber lecken zu wollen.

„Wenn du noch einmal zur Toilette musst, ist jetzt der richtige Zeitpunkt", sagt er, zieht mich an sich und drückt mir einen Kuss auf die Seite meines Halses, wo die winzigen Einstichstellen, die seine Reißzähne hinterlassen haben, noch immer heilen.

„Ich glaube, das sollte ich wohl besser", sage ich.

„Beeil dich."

Ein Teil von mir ist versucht, zu trödeln, um das, was geschehen wird, solange wie möglich hinauszuzögern. Aber ein anderer Teil will es einfach hinter sich bringen.

Nachdem ich gepinkelt habe, wasche ich mir die Hände und trage erneut etwas Lipgloss auf. Meine Wangen sind rosa gefärbt und meine Augen glänzen. Ich habe einen bronzefarbenen Eyeliner benutzt, um das Blau in ihnen zu betonen. Überraschenderweise sehe ich nicht annähernd so verängstigt aus, wie ich mich fühle, und dafür bin ich dankbar.

Ich greife nach meiner Handtasche und verlasse das Bad, um zurück in Richtung Bar zu gehen.

Zu Maximus …

Meinem Schicksal entgegen.

Sabina

„Entkleiden."

Maximus hat einen ganz bestimmten Tonfall, wenn wir spielen, und benutzt ihn auch jetzt. Er ist kalt mit einem Hauch von Arroganz und verursacht Knoten in meinem Bauch. Außerdem lässt er mich feucht werden. Ich schlucke schwer und mache mich daran, mein Oberteil auszuziehen. Dann öffne ich den Reißverschluss und schiebe meinen Rock über meine Beine hinunter. Wie angewiesen trage ich keine Unterwäsche, sodass ich nach dem Ausziehen dieser beiden Kleidungsstücke völlig nackt bin. Ich spüre die Blicke der Leute so intensiv auf mir, als würden sie meine Haut berühren, aber ich zwinge mich, sie zu ignorieren. Das hier ist für Maximus. Jedes Unbehagen, das ich empfinde, ist für ihn. Das darf ich nicht vergessen. Als ich nackt vor ihm stehe, deutet er auf meine Schuhe. „Die auch."

Dankbar ziehe ich sie aus und schiebe sie beiseite. Ich lege meine Kleidung auf einen ordentlichen Stapel irgendwo am Rand.

„Auf die Knie."

Der Fußboden ist kalt und hart an meinen Schienbeinen und ich sehe mit klopfendem Herzen und trockenem Mund zu ihm auf. Ich hätte um etwas Wasser bitten sollen. Er sieht mich mit einem strengen Blick an, aber in seinen Augen liegt Liebe.

„Weißt du, warum ich dich bestrafen werde?"

Ich bin mir nicht sicher, ob er so laut spricht, damit ich ihn wegen der unerbittlich lauten Musik hören kann, oder damit die Leute, die uns zusehen, ihn auch verstehen können. Aber es ist mir egal. Ich spüre, wie mein Gesicht heiß wird, als ich von Scham und Schuldgefühlen überrollt werde.

„Weil ich mich selbst in Gefahr gebracht habe, Sir, in dem ich dir nicht gehorchte und dich beunruhigt habe."

„Und du stimmst dieser Bestrafung zu?"

„Ja, Sir."

„Willst du sie? Brauchst du sie?"

„Ja, Sir."

„Bitte darum."

Mist. Das ist der Teil, den ich am meisten hasse. Ich weiß auch nicht, warum. „Es tut mir so leid, dass ich dich hintergangen und dir so viel Sorgen bereitet habe", sage ich. Plötzlich spüre ich einen Kloß im Hals und schlucke ihn hinunter, um die Tränen, die mir in die Augen steigen, nicht zu vergießen. Ich werde nicht vor all diesen Leuten weinen. Ich atme tief durch und fahre fort. „Ich verspreche, dass ich dir so etwas nie wieder antun werde. Bitte bestrafe mich, damit ich mir deine Vergebung verdienen kann."

Er sieht einen langen Moment auf mich herab. Ich kann seinen Blick nicht lesen. Ich widerstehe dem Drang, meine verschwitzten Handflächen an meinen Oberschenkeln abzuwischen.

„Also gut. Du darfst aufstehen."

Er reicht mir die Hand, um mir auf die Beine zu helfen, und ich schaue über ihn hinweg zu dem Spielbereich, den er vorbereitet hat.

Er befindet sich ganz links an der Wand und im Moment gibt es darin nur einen verstellbaren Tisch, wie man ihn für Massagen verwenden würde. Verschiedene Teile des Tisches können angehoben und abgesenkt werden, aber im Moment sind sie alle eben. Ich sehe keinerlei Fesseln oder Utensilien, nur seinen Spielzeugsack auf dem Beistelltisch daneben und meine Rosen, die dort liegen. Es sind noch mehr Leute erschienen, um sich meine öffentliche Demütigung anzusehen; mehr Leute, die ich geflissentlich ignoriere.

„Spreize deine Beine ein wenig. Hände hinter den Rücken."

Obwohl es hier unten im Club warm ist, sind meine Brustwarzen bereits hart und ich bin erregt, trotz – oder gerade wegen – der Situation, in der ich mich befinde. Ich tue, was er mir sagt.

„Schließe deine Augen."

Ich gehorche und einen Moment später höre ich einen Gummihandschuh schnippen und der vertraute Geruch von Tigersalbe steigt mir in die Nase. Ich weiß schon, wohin er sie reiben wird, bevor er es tut: er schmiert einen großzügigen Klacks direkt auf meine bereits pulsierende Klitoris. Es fühlt sich gut an, als er den Balsam auf meine geschwollene, kleine Perle aufträgt, und ich stöhne auf.

„Dreh dich um und beug dich vor."

Ich kann mich gerade noch davon abhalten, zu protestieren. Ich beiße mir auf die Zunge und als er mich auffordert, meine Arschbacken aufzuspreizen, gehorche ich. Mein Gesicht ist so heiß wie das Feuer, das gleich meine empfindlichsten Stellen verschlingen wird.

Der Balsam auf meiner Klitoris beginnt bereits zu kribbeln, während er noch etwas mehr auf mein intimstes Loch aufträgt. Ich beiße mir auf die Lippe, als er seine Fingerspitze hineinschiebt, um sicherzugehen, dass ich die Hitze sowohl innen als auch außen spüren werde. Ich kann mir ein weiteres Stöhnen nicht verkneifen, das über meine Lippen entweicht.

Mit einem Schnippen zieht er sich den Handschuh aus. „Braves Mädchen. Und jetzt richte dich auf und hole dir deine Rosen."

Ich gehe zögernd zum Tisch hinüber und frage mich, was er wohl geplant hat. Tigersalbe ist ein raffinierter Trick; sie hat einen scharfen Stich, der meine Muschi immer feucht macht, was wiederum das Brennen verstärkt. Obwohl ich vorsichtig nach den Blumen greife, sticht mich ein Dorn in den Finger.

„Leg sie auf den Tisch dort, genau da. Horizontal." Er deutet auf eine Stelle auf der Bank, etwa auf Hüfthöhe, und ich erkenne mit Schrecken, was er vorhat.

Es ist durchtrieben, sadistisch und böse. Außerdem ist es auch beeindruckend kreativ. Wenn ich nicht gerade bestraft werden würde, würde ich ihm das sagen.

Sobald die Rosen an Ort und Stelle sind, befiehlt er mir, aufzustehen und mich mit dem Gesicht nach unten auf den Tisch zu legen. Ich klettere hoch und zögere, sobald ich auf Händen und Knien bin. Wenn ich mich flach hinlege, werden die dornigen Stiele direkt gegen meine Hüfte und meinen Venushügel gedrückt.

„Du musst dein Gewicht nicht auf deine schönen

Blumen senken, wenn du nicht willst", sagt er und ich kann die Selbstgefälligkeit in seiner Stimme hören. „Wenn du es schaffst, deine Hüfte für die Dauer deiner Strafe hochzuhalten, dann kannst du es gerne tun."

Ich höre ein Kichern aus der Menge und schließe meine Augen. Das Brennen der Tigersalbe nimmt immer noch zu, sie muss doch sicher bald ihren Höhepunkt erreichen? Allein der Luftzug an meinen Schamlippen erinnert mich daran, wie feucht ich bereits bin, als ich mich bewege.

Mit äußerster Vorsicht lasse ich mich auf die Ellbogen sinken, bis ich möglichst flach daliege, mein Becken jedoch immer noch über den dornigen Stängel der Rosen nach oben strecke. Es ist anstrengend, in dieser Position zu verharren, und ich frage mich, wie lange ich sie wohl halten muss.

„Du kannst dich ruhig fallenlassen, wenn du willst", sagt Maximus, „das ist dir überlassen. Du bekommst fünfzig Schläge mit der Birkenrute."

Ich schließe die Augen und stöhne vor Entsetzen auf. Ich hasse und verabscheue alles, was sticht, und die Rute ist mir ein Gräuel – das weiß Maximus nur zu gut.

„Da du nicht gerade in der bequemsten Position bist, werde ich es so schnell wie möglich machen", fährt er fort und ich weiß nicht, ob das gut ist oder nicht. „Aber du hast diese Strafe verdient, Sabina. Und ich möchte sichergehen, dass du deine Lektion wirklich lernst."

Um die Wahrheit zu sagen, habe ich sie bereits gelernt. Jeder Moment dieses Szenarios, von der Minute an, als wir hier angekommen sind, war darauf ausgelegt, mir maximale Demütigung und Unannehmlichkeiten zu bereiten, aber ich werde es durchziehen, und wenn es mich umbringt.

Als ich den Wasserstrahl auf meinem Hintern und

meinen Schenkeln spüre, beginne ich zu denken, dass es mich vielleicht wirklich umbringen wird. Dieser Kerl treibt Sadismus auf ein ganz neues Niveau. Unter anderen Umständen wäre ich sehr beeindruckt. Im Moment versuche ich jedoch zu entscheiden, ob ich mich auf das Brennen zwischen meinen Beinen und Arschbacken konzentrieren soll, auf die Anstrengung, meine Hüfte hoch genug zu halten, um keine riesigen Dornen an meinem Schamhügel zu spüren, oder auf die Tatsache, dass dies alles vor den Augen einer Gruppe von Fremden geschieht.

Nachdem Maximus die gewünschte Stelle gründlich nass gemacht hat und das Wasser zwischen meinen Beinen hindurch und über meine Hüfte strömt, beugt er sich zu mir hinunter und murmelt mir ins Ohr. „Du bist so mutig, Kleines, ich bin so stolz auf dich. Sei ein braves Mädchen und nimm das für mich hin."

Sein berauschender Duft steigt mir in die Nase und ich atme tief ein. Mein Herz flattert von seiner Nähe und seinem Lob. Ich würde alles für diesen Mann tun, das wird mir in diesem Moment klar. „Ja, Sir."

„Bist du bereit, anzufangen? Du brauchst sie nicht zu zählen."

„Ja, Sir." Meine Oberschenkel zittern bereits von der Anstrengung, mich abzustützen. Jetzt ärgere ich mich, dass ich in letzter Zeit nicht so fleißig Pilates gemacht habe, wie ich es hätte tun sollen.

Die Rute ist ein täuschend leises Folterinstrument und ich höre ihren Aufprall wegen des Umgebungslärms nicht, aber mein Gott, ich spüre ihn. Die peitschenden Zweige, die auf meine durchnässte, nackte Haut schlagen, fühlen sich an, als würden mich eine Million Bienen stechen. Maximus schwingt sie unerbittlich in einem strafenden Rhythmus.

Wieder und immer wieder schlägt er auf meinen

nackten Hintern und die Oberseiten meiner Schenkel, bis sich meine ganze Welt auf die Empfindungen in meinem Körper zwischen Bauchnabel und Knien reduziert hat.

Mein ganzer Körper zittert jetzt und ich habe vergessen zu atmen. Ich kann nur noch die Zähne zusammenbeißen, während er mir in rasantem Tempo fünfzig brutale, stechende Hiebe verpasst. Die letzten drei kommen mit voller Wucht, genau in die Falte, wo mein Gesäß auf meine Oberschenkel trifft, und ich merke, dass ich aus vollster Kehle schreie.

„Ganz ruhig, Kleines, ist schon gut, es ist vorbei." Maximus' Stimme klingt, als käme sie von ganz weit her, aber sie beruhigt mich sofort. „Ich nehme jetzt nur noch die Rosen weg … So, jetzt kannst du deine Hüfte senken."

Ich prüfe nicht einmal, ob die Blumen weg sind – in dem Moment, in dem er es sagt, schlägt mein Becken auf den Tisch. Mein Arsch und meine Oberschenkel brennen so stark, dass ich die Tigersalbe nicht einmal mehr spüre.

„Atme einfach, Schätzchen. Ich muss dich abreiben, du blutest."

Ich bin froh, dass ich mein Gesicht in meinen Unterarmen vergraben kann, damit niemand die Grimasse sieht, die ich ziehe, als er meinen Hintern und meine Oberschenkel mit Alkohol abtupft. Es fühlt sich an, als würde er Zitronensaft in eine Million Papierschnitte gießen und ich beiße mir auf die Lippe, um nicht zu schreien.

„So, Baby, alles erledigt. Du warst so tapfer und ich bin so stolz auf dich."

„Es tut mir so leid, Sir", wimmere ich. Jetzt, wo der Schmerz etwas nachlässt, treffen mich die emotionalen Auswirkungen der Bestrafung wie ein Tsunami.

„Still, es ist jetzt vorbei. Ich vergebe dir."

Diese drei kleinen Worte sind mein Verderben. Ich weine sonst nie vor Schmerz, aber jetzt laufen mir die

Tränen aus den Augen und ich kneife sie zusammen, während ich mein Gesicht immer noch vor der Menge verberge.

„Spreize deine Schenkel für mich."

Mein misshandelter Hintern protestiert, als ich gehorche und meine Beine so weit wie möglich auseinanderschiebe, während ich meine Knie noch auf der Tischplatte halte.

„Braves Mädchen."

Seine Fingerspitze auf meiner hochsensiblen Klitoris lässt mich fast von der Bank springen, so plötzlich überkommt mich die Lust, so stark ist der Kontrast zwischen Qual und Ekstase.

„Willst du für mich kommen?" Ohne auf eine Antwort zu warten, schiebt er zwei Finger tief in meine Muschi. Mit dem anderen Arm drückt er auf mein Kreuz, dann findet er meinen G-Punkt und reibt ihn so fest und schnell, dass ich fast augenblicklich zum Höhepunkt komme und unkontrolliert abspritze, während er meinen Orgasmus auf seine köstliche, unerbittliche Art und Weise in die Länge zieht.

Die Tatsache, dass mir andere Leute dabei zusehen, wie ich die Kontrolle verliere, steigert meine Erregung nur noch mehr. Als er seine Finger herauszieht, liege ich in einer Pfütze aus Wasser und meinen eigenen Säften.

„Leck sie sauber."

Mit glühenden Wangen wird mir bewusst, dass er mir seine nassen Finger vor den Mund hält. Ich lutsche sie gehorsam ab und schmecke mich selbst. Mit geschlossenen Augen versuche ich, so zu tun, als wären wir allein.

„Braves Mädchen. Ich gebe dir einen Moment Zeit, um dich zu erholen, während ich dich säubere."

Wenige Augenblicke später spüre ich, wie er mich mit einem Waschlappen abreibt. Bei dieser so zärtlichen Geste von jemandem, der auch eine so sadistische und böse Seite hat, schmilzt mein Herz. Ich hebe meine Hüfte, damit er ein Handtuch unter mich schieben kann, und genieße es, wie die Endorphine meinen Körper durchfluten, als ich mich wieder hinabsenke und die Augen erneut schließe.

Trotz des offen gesagt immer noch quälenden Stechens an meinem Hintern und an meinen Oberschenkeln fühle ich mich seltsam zufrieden und erleichtert, als wäre mir eine schwere Last abgenommen worden. Zuerst denke ich, es ist die pure Erleichterung darüber, dass ich die Sache überlebt habe, vor der ich mich bereits gefürchtet hatte, seit Maximus gestern Abend zum ersten Mal davon gesprochen hat. Aber dann wird mir klar, dass mehr dahintersteckt.

Mein Herz fühlt sich leichter an. Maximus hat mir verziehen, was ich ihm angetan habe. Aber was vielleicht noch wichtiger ist, ich habe mir selbst vergeben. Natürlich spüre ich immer noch Reue und ich würde mich anders verhalten, wenn ich die Zeit zurückdrehen könnte. Aber ich fühle mich nicht länger schuldig. Auch Zeke tut mir nicht mehr leid. Er war so scheußlich zu mir, als wir allein in diesem Klubhaus waren, dass ich mir gar nicht vorstellen kann, was passiert wäre, wenn Maximus mir nicht zu Hilfe geeilt wäre. Vielleicht ist es kaltherzig von mir, nicht traurig zu sein, dass er tot ist, aber in diesem Moment bin ich einfach nur erleichtert, dass er keine Bedrohung mehr darstellt. Er wusste, was Maximus ist, und er wusste, was er tat, als er mich von seinen beiden Freunden fesseln und in sein Auto zerren ließ, um mich quasi zu entführen.

So etwas hat immer Konsequenzen.

„Sabina?" Maximus' sanfte Stimme unterbricht meine Gedanken. „Ist dir kalt?"

Erst in diesem Augenblick bemerke ich, dass ich zittere. „Nein. Endorphine", sage ich zu ihm.

„Wie dem auch sei, lass uns dich trotzdem aufwärmen. Kannst du dich aufsetzen?"

Er hilft mir und ich zucke zusammen, als mein von Striemen übersäter Hintern mein Gewicht zu spüren bekommt. Im nächsten Moment wickelt er eine dicke flauschige, lilafarbene Decke um meine Schultern, in die ich mich einkuschle. Dankbar nehme ich die Flasche Wasser an, die Maximus mir in die Hand drückt.

Er ist wirklich wunderbar in der Nachsorge.

„Wie fühlst du dich?" Er setzt sich neben mich, umarmt mich und zieht mich an sich, um mir einen sanften Kuss auf den Scheitel zu drücken.

„Seltsam gereinigt", sage ich zu ihm. „Wund natürlich, aber gut. Und du?"

„Unglaublich, unfassbar stolz", sagt er. „Und ungeduldig, zum guten Teil zu kommen."

„Das Halsband?", frage ich und merke plötzlich, dass ich diesen Teil ganz vergessen habe. Ich hatte mich so sehr auf die Angst vor der öffentlichen Bestrafung konzentriert.

„Und auf das, was danach kommt", sagt er und ich kann das Lächeln in seiner Stimme hören.

„Sex?"

„Trinken."

Wir kichern beide. Das ist die perfekte Gelegenheit, um die Frage zu stellen, die mich schon seit Langem beschäftigt. „Du sagst, Lucius hat dich verwandelt", sage ich und spüre bereits, wie er sich neben mir verspannt. „Ist es möglich, mich auch zu verwandeln? Ich glaube nicht, dass ich alt und faltig werden will, während du so jung und wunderschön bleibst."

„Es ist möglich. Es ist gefährlich und kompliziert und es ist eher ein Prozess als ein einmaliges Ereignis, aber es ist möglich", sagt er langsam. „Es ist jedoch auf keinen Fall eine Entscheidung, die man leichtfertig treffen sollte. Und ich werde nicht einmal mit dem Gedanken spielen, dich zu verwandeln, bevor wir nicht mindestens ein Jahr lang zusammen waren."

„Ein Jahr? So lange?"

„Oh Kleines, ein Jahr ist nichts, wenn man über das ewige Leben nachdenkt."

Plötzlich komme ich mir dumm vor. „Natürlich. Obwohl ich nicht annehme, dass *du* ein Jahr lang darüber nachgedacht hast."

Er bricht in schallendes Gelächter aus, aber es steckt nicht viel Heiterkeit darin. „Ich hatte nicht wirklich eine Wahl. Ich war fast tot, als Lucius mich fand. Wenn er den Prozess nicht sofort begonnen hätte …"

„Dann wärst du heute nicht hier bei mir", beende ich den Satz für ihn und bin überrascht von der Stärke der Trauer, die dieser Gedanke in mir auslöst. „Erinnere mich daran, Lucius eines Tages zu danken."

„Du kannst ihm in einer Minute danken", sagt Maximus. „Er wird für die Zeremonie hier unten sein."

„Ich bin nervös", gebe ich zu. „Ich war vorher schon nervös, aber jetzt ist es irgendwie noch schlimmer."

Er festigt den Griff seines Armes um mich und drückt mir einen weiteren Kuss aufs Haar. „Der schwierige Teil ist jetzt vorbei, Süße. Das ist der Teil, in dem ich allen hier zeigen kann, wie viel du mir bedeutest. Also, bist du bereit?"

„Ich nehme an, ich darf mich vorher nicht wieder anziehen?"

Er gluckst und dieses Mal liegt echter Humor darin. „Netter Versuch, Kleines. Und die Decke wirst du auch verlieren."

„Das habe ich mir schon gedacht. Nun, ich schätze,

jeder hier hat inzwischen so ziemlich jeden Quadratzentimeter von mir gesehen."

„Jeden wunderschönen, perfekten Quadratzentimeter"
korrigiert Maximus mich. „Also, komm mit. Lass es uns
offiziell machen."

Maximus

ICH KÖNNTE NICHT STOLZER auf Sabina sein – mein umwerfendes, blondes Mädchen mit dem römischen Namen – als sie sich ihren Weg durch die Menge bahnt und ihren Arm in meinen Ellbogen einhakt. Obwohl sie, abgesehen von ihren Stöckelschuhen, die ich ihr erlaubt habe, wieder anzuziehen, völlig nackt ist, geht sie erhobenen Hauptes und zeigt keine Anzeichen von Unbehagen oder Verlegenheit.

Sie hat ihre Strafe mit mehr Mut hingenommen, als ich es erwartet hätte. Fünfzig Hiebe mit einer Birkenrute auf die klatschnasse Haut haben dazu geführt, dass der gesamte Bereich ihres Hinterns – von der Spitze der Falte bis hinunter zu den Rückseiten ihrer Oberschenkel – von tiefroten Striemen übersät ist, von denen einige bereits nach der Hälfte der Schläge zu bluten begonnen haben. Sie wird die Auswirkungen dieser Peitsche noch eine ganze

Weile spüren und trotzdem geht sie neben mir her, als ob sie keine Sorge in der Welt hätte.

Ich fühle mich, als könnte mein Herz vor Liebe explodieren. Das roségoldene Titankettenarmband ist sicher in einer Schachtel in meiner Hosentasche verstaut und ich kann es kaum erwarten, es ihr um das linke Handgelenk zu legen. Ich habe mich dagegen entschieden, ein typisches Halsband zu benutzen, da ich es mag, wenn ihr Hals frei ist. Halsketten und Halsbänder stören nur beim Würgen, Trinken und anderen spaßigen Aktivitäten.

Es ist nur ein kurzer Weg vom Spielbereich bis zum Podest und weil ich sie – und ihre Spuren – vorzeigen wollte, nahmen wir den langen Weg und drehten eine Runde durch das komplette Verlies. Jetzt halten wir vor dem Podest, auf dem Lucius' und Selenes große, imposante Throne stehen.

Falls es Lucius gestern überrascht hat, als ich ihn anrief und sagte, dass ich ihn heute Abend vielleicht für eine Zeremonie brauchen würde, hat er es sich nicht anmerken lassen. Ich war ein wenig besorgt, dass er so kurzfristig nicht verfügbar sein würde – schließlich konnte ich bis sieben Uhr heute Abend nicht sicher wissen, ob Sabina zusagen würde –, aber er hat nur leise gelacht. „Wir kennen uns schon so lange", sagte er, „und es ist so viele Jahre her, seit ich dich das letzte Mal so glücklich gesehen habe. Natürlich wäre es mir eine Ehre, die Zeremonie zu leiten."

Der König und die Königin des Toxic sitzen jetzt auf ihren Ehrenplätzen und sehen beide glamourös und königlich aus, wie immer. Selenes Augen glitzern amüsiert und ich weiß, warum: Sie hat mich oft damit aufgezogen, dass ich mich nie binden wollte.

In diesem Fall macht es mir nichts aus, mich geirrt zu haben.

Lucius erhebt sich, als wir uns dem Podium nähern, und ich neige respektvoll meinen Kopf. Sabina tut das Gleiche.

„Maximus", sagt er und seine Stimme hallt durch den Raum. „Ist dies das Mädchen, das du besitzen willst?"

„In der Tat, Schöpfer", sage ich und benutze meine förmlichste Art, ihn anzusprechen. Der Anlass rechtfertigt es. „Das ist Sabina."

„Sehr schön", antwortet Lucius. Ich spüre, wie Sabina sich fester an meinen Arm klammert. „Sabina, bestätigst du, dass du aus freiem Willen hier bist? Dass du diese Vereinbarung mit Maximus bei klarem Verstand und in voller Kenntnis dessen, was er von dir verlangen wird, eingehst?"

„Ich schwöre es, Sir." Es ist kaum ein Flüstern, aber ich weiß, dass Lucius es trotzdem gehört hat.

„Dann gebe ich euch beiden meinen Segen."

„Vielen Dank, Schöpfer", sage ich zu ihm. Dann lasse ich Sabinas Hand von meinem Ellbogen hinuntergleiten und drehe sie so, dass wir uns gegenüberstehen. Ich fordere sie auf, vor mir zu knien. Sie tut es, ohne zu zögern, und wieder einmal strömt eine Welle des Stolzes durch meine Brust.

„Sabina", sagt Lucius. „Versprichst du, Maximus als deinen Gebieter zu lieben, ihm zu dienen und ihm in allem zu gehorchen, in dem Wissen, dass er dich im Gegenzug lieben, beschützen und respektieren wird und niemals etwas von dir verlangt, was dir schaden könnte?"

Dieses Mal, ist Sabinas Antwort so laut und deutlich wie eine Glocke. Ihre schönen blauen Augen glitzern mit Tränen, als sie zu mir aufschaut. „Ich verspreche es."

„Und du, Maximus", fährt Lucius fort, „schwörst du im Gegenzug für ihre Unterwerfung und Hingabe, Sabina in allem zu lieben, zu ehren und zu beschützen, und versprichst du, ihr niemals absichtlich Schaden zuzufügen?"

„Ich schwöre es", sage ich, ziehe das schwarze Kästchen aus meiner Tasche und öffne es, um das Armband herauszunehmen.

„Dieses Schmuckstück soll ein Symbol für das Versprechen sein, dass ihr euch heute Nacht beide gegeben habt", fährt Lucius fort, „und auch ein Zeichen des Besitztums. Maximus, du darfst fortfahren."

„Gib mir dein linkes Handgelenk, Kleines", sage ich zu Sabina und sie hebt gehorsam die Hand. Das Titankettchen passt ihr perfekt und als ich es ihr anlege, danke ich den Göttern, dass sie mir eine so wunderbare Frau geschickt haben. Ich hätte nie gedacht, dass ich jemals wieder eine solche Liebe empfinden würde, und erst jetzt merke ich, wie sehr ich es vermisst habe. Wie sehr ich mich danach gesehnt habe. „Gefällt es dir?", flüstere ich, nachdem ich das Armband sicher um ihr Handgelenk geschlossen habe. Sabina nickt, obwohl sie es kaum angeschaut hat.

„Lies die Inschrift auf dem Anhänger", fordere ich sie auf. Als sie es tut, stößt sie ein kleines Keuchen der Freude aus. „Und die andere Seite." Ich habe dem Armband einen kleinen Anhänger aus Roségold hinzugefügt, den ich eingravieren ließ. Auf der einen Seite steht in einer zarten Kursivinschrift: *Maximus*. Auf der anderen Seite: *Geliebtes Kleines*.

„Ich liebe dich, Sir", sagt sie und die Träne, die über ihre Wange läuft, wird mir fast zum Verhängnis.

„Ich liebe dich. Du darfst jetzt aufstehen."

Ich hatte schon fast vergessen, wo wir uns befinden, bis ich die spontane Runde Applaus höre, als Sabina sich vorsichtig aufrichtet. Ich ziehe sie an mich, neige ihren

Kopf zurück und küsse sie immer weiter. Ich will ihr ohne Worte vermitteln, was ich für sie empfinde.

„Herzlichen Glückwunsch, euch beiden." Lucius' amüsierte Stimme unterbricht unsere leidenschaftliche Umarmung. „Und jetzt nehmt euch ein Zimmer, um Himmels willen." Plötzliches Lachen bricht in der Menge aus, aber es ist gutmütig.

„Ich muss jetzt mit dir allein sein", sage ich zu Sabina und streiche mit einem Finger über ihre Wange.

„Das hört sich gut an, Sir", antwortet sie.

„Und zufälligerweise kenne ich genau den richtigen Ort." Ich nehme ihre Hand und führe sie in den hinteren Teil des Verlieses zu den privaten Spielkabinen. Ursprünglich hatte ich vorgehabt, mit ihr nach Hause zu fahren, zu mir nach Hause, um unsere neue Beziehung dort zu besiegeln. Aber jetzt merke ich, dass ich einfach nicht so lange warten kann. Obwohl sie mich heute Abend bereits so intensiv zum Höhepunkt hat kommen lassen, bin ich hart wie Stahl, seit ich sie auf den Tisch gezwungen habe. Jetzt ist es an der Zeit, sie auf eine Weise in Besitz zu nehmen, wie ich es zuvor noch nie getan habe.

Noch vor Tagesanbruch wird Sabina auf jede erdenkliche Weise die Meine sein.

Sabina

ALLES FÜHLT SICH SO UNWIRKLICH AN, als wäre ich in einem Traum. Wenn es so ist, möchte ich nie wieder aufwachen. Als ich vor Maximus kniete und er mir dieses wunderschöne Armband um mein Handgelenk legte, um zu symbolisieren, dass ich jetzt ihm gehöre, dachte ich, ich würde vor Freude explodieren. Und der Ausdruck auf seinem attraktiven Gesicht, als er mir wieder auf die Beine half … Noch nie hat mich jemand mit so viel Liebe angeschaut.

Vielleicht kann ich auf mich selbst aufpassen, vielleicht bin ich stark und unabhängig, aber ich will es nicht mehr sein. Ich möchte mich auf ihn stützen. Ich will seinen Schutz. Ich liebe ihn.

„Ich begehre dich so sehr", knurrt er, als wir die Kabine betreten. Es ist die, in der wir das erste Mal gemeinsam gespielt haben. Es fühlt sich an, als würde sich der Kreis schließen. „Komm her."

Ich gehe bereitwillig zu ihm und genieße das Gefühl seiner Lippen und Zunge an meinem Hals, an meinen Brüsten und auf meinem Bauch. Er schließt seine Hände um meinen geschundenen Hintern, drückt meine Pobacken grob zusammen, was den Schmerz noch verstärkt, und ich stöhne laut auf. Dann finden seine Lippen die meinen und er küsst mich, während ich sein Hemd aufknöpfe und plötzlich verzweifelt seine Haut unter meinen Fingerspitzen spüren will. Ich will ihm näher sein als je zuvor.

Er erforscht meinen Mund mit seiner Zunge, während er seinen Gürtel öffnet, seine Hose aufknöpft und den Reißverschluss aufzieht. Er schiebt die Hose hinunter, bevor er heraustritt. „Bei den Göttern, du schmeckst so gut", stöhnt er und ich nehme vage wahr, wie er sich hastig die Schuhe auszieht. „Spiel mit meinem Schwanz."

Das muss er mir nicht zweimal sagen. Ich nehme sein steifes Glied in die Hand, schließe meine Faust darum und reibe langsam auf und ab. Ich will ihn reizen und quälen, so wie er es mit mir tut. Er stöhnt an meinen Lippen und seine Finger gleiten zwischen meine Schenkel und finden meine Klitoris.

Er hat die Tigersalbe abgewischt, als er mich vorhin nach meiner Bestrafung gesäubert hat, aber der ganze Bereich pulsiert immer noch und ist unglaublich empfindlich. Ich keuche, als er beginnt, meine straffe, kleine Perle mit geschickten präzisen Bewegungen zu reiben, die mich in den Wahnsinn treiben sollen.

„Ich bin so stolz auf dich", murmelt er zwischen zwei Küssen, „und es war so geil, dir dabei zuzusehen, wie du vor all diesen Leuten wie eine kleine, lüsterne Schlampe so schön abgespritzt hast."

Er weiß genau, welche Wirkung sein Dirty Talk auf mich hat, und es hat den gewünschten Effekt: ein kleiner Schwall flüssiger Hitze überflutet seine Hand. „Ich wette, die meisten von ihnen wollen dich ficken, aber du weißt, dass ich der Einzige bin, der es darf. Du gehörst jetzt mir."

„Nur dir allein", stöhne ich, als er mich schneller stimuliert.

„Jetzt", knurrt er und ich stürze über den Abgrund. Wellen der Lust durchfluten meinen ganzen Körper. Ich stöhne und erschaudere immer noch, als er mich herumwirbelt, mich über den nächsten Tisch beugt und seinen riesigen Schwanz tief in meine immer noch zuckende Muschi stößt. Sein Becken klatscht gegen meinen schmerzenden Hintern, was mein Vergnügen nur noch steigert.

„Ich liebe deine enge kleine Fotze", sagt er und packt meine Hüfte so fest, dass ich weiß, dass es blaue Flecken hinterlassen wird. „Ich liebe es, wie sie sich um meinen Schwanz klammert, wenn du kommst. Ich liebe es, wie feucht ich dich machen kann und wie verdammt empfänglich du bist."

Ich kann nur noch keuchen, als er mit einer Heftigkeit in mich stößt, die mir den Atem raubt. Es fühlt sich so gut an, dass ich nicht will, dass er jemals aufhört.

„Aber es gibt immer noch einen Ort, an dem ich noch

nicht wahr", fährt er fort und im nächsten Moment spüre ich, wie er mit der Fingerspitze über mein intimstes Loch gleitet. „Ich werde dich hier ficken, Kleines", knurrt er. „Es wird dich dehnen und es wird wehtun und du wirst härter kommen, als du es jemals für möglich gehalten hättest."

Die bloße Drohung reicht aus, um mich zum Äußersten zu treiben. „Bitte", keuche ich und kämpfe darum, mich zurückzuhalten. „Bitte, darf ich kommen?"

„Nein, nicht bevor ich nicht tief hier drin stecke." Er schiebt seinen Finger in mein hinteres Loch und ich schreie auf, als sich der Ring aus Muskeln protestierend zusammenzieht. „Du musst dich entspannen, Kleines."

Ich hatte schon einmal Analverkehr, aber noch nie mit einem so gut bestückten Mann. „Ich habe Angst, Sir", gebe ich zu und zucke zusammen, als er sich hinunterbeugt und meinen Rücken küsst.

„Vertraust du mir, meine Süße?"

„Ja, Sir."

„Dann atme einfach und lass mich das machen." Er zieht seinen Finger weg und ich höre etwas klicken. Im nächsten Moment spüre ich etwas Dickes und Kühles zwischen meine Arschbacken träufeln. Gleitmittel.

Genauso wie er es vorhin mit der Tigersalbe gemacht hat, schmiert er eine gute Menge davon auf und um mein hinteres Loch und führt dann einen Finger ein. Dieses Mal gleitet er ganz leicht hinein und ich stöhne auf, als er beginnt, ihn darin zu bewegen.

„Gott, du bist so eng", sagt er. „Das werde ich nicht lange durchhalten."

Nach einem weiteren harten Stoß in meine Muschi zieht er seinen Schwanz heraus und nimmt gleichzeitig seinen Finger weg. Ich fühle mich plötzlich schmerzlich leer.

„Ich mache mich nur bereit", sagt er und ich höre, wie

er seinen Schwanz mit Gleitmittel einreibt. „Dreh dich um und setz dich auf den Tisch", befiehlt er und ich tue, was er sagt. „Lehn dich zurück. Ich will, dass dein Arsch über die Kante hängt."

Er sieht so attraktiv aus, wie er nackt dasteht und seine beeindruckende Erektion streichelt. Die Muskeln seiner gemeißelten Brust schimmern im schwachen Licht.

„Also gut, Kleines, du musst dich so gut wie möglich entspannen. Lass mich dir helfen." Ich beobachte ihn, als er zwischen meine gespreizten Beine greift und stöhne auf, als sein glitschiger Finger meine Klitoris findet. Mit einer Hand streichelt er in aufreizenden Kreisen um meinen Kitzler und mit der anderen richtet er seinen Schwanz an meinem hinteren Loch aus. „Leg deine Knöchel auf meine Schultern, so ist es gut, braves Mädchen."

Ich zwinge mich, mich auf die Empfindungen zu konzentrieren, die er in meiner geschwollenen Klitoris hervorruft, als die breite, runde Spitze seines Schwanzes anfängt, gegen mein engstes Loch zu drücken.

„Du musst pressen, wenn ich in dich eindringe", befiehlt er und ich stoße einen Schmerzensschrei aus, als er sich langsam, Zentimeter für Zentimeter, in mich hineinschiebt. So sehr ich es auch möchte, kann ich doch nicht tun, wonach er verlangt, und rutsche zurück. Er übt etwas mehr Druck auf meine Klitoris aus und ich stöhne auf, als sich ein weiterer Orgasmus anbahnt, trotz – oder vielleicht gerade wegen – der Schmerzen an meinem hinteren Eingang.

„Das machst du so gut, Baby", murmelt er, „ich bin so stolz auf dich. Ich bin fast drin. Du kannst mich ganz aufnehmen, konzentriere dich einfach darauf …" Er kneift mir kurz in die Klitoris, bevor er weiter unablässig rubbelt. Mein lustvolles Zappeln hilft ihm, noch tiefer in mich zu gleiten.

Ich habe das Gefühl, als würde ich in zwei Hälften gespalten werden, aber ein anderer Teil von mir genießt es, sogar den Schmerz.

„So verdammt eng", stöhnt er und dann kneift er mich noch einmal, als er ganz in mich hineingleitet. Ich stoße einen Schrei aus.

„Gewöhne dich besser daran, Kleines", sagt er zu mir, während er sich mit kurzen, sanften Stößen bewegt und sich immer nur ein oder zwei Zentimeter zurückzieht, bevor er wieder hineingleitet. „Ich habe vor, dieses Loch oft und ordentlich zu ficken. Und du wirst lernen, es zu lieben."

Ich stehe in mehrfacher Hinsicht in Flammen und obwohl mein Arsch bis zur Schmerzgrenze gedehnt wird, pulsiert meine Klitoris wie eine Trommel unter seinen erfahrenen Fingerspitzen.

„Wie lange wir das machen, hängt ganz von dir ab, Kleines", fährt Maximus fort und stößt immer noch in mein brennendes hinteres Loch, wobei er die Intensität seiner Stöße langsam erhöht. „Ich werde nicht aufhören, bis du mit meinem Schwanz in deinem Arsch kommst."

Seine Worte bringen mich erneut zum Sprudeln. Der Beweis meiner Erregung fließt aus meiner Muschi und gleitet hinunter, um sich mit dem Gleitmittel zu vermischen, das seine Erektion bedeckt.

„Und dann, wenn du richtig schön hart für mich kommst", fährt er fort und reibt meine steife Klitoris nun schneller, „werde ich dein enges kleines Loch mit meinem Sperma füllen, während ich meine Zähne in deinen Hals bohre und deinen Orgasmus in Höhen treibe, die du dir nicht einmal vorstellen kannst."

Maximus steht zu seinem Wort. Diese letzte Drohung lässt mich über den Abgrund fliegen und ich komme unter seiner Fingerspitze zum Höhepunkt. Ich erschaudere, als er meinen Orgasmus für einige köstliche Sekunden in die Länge zieht, bevor er selbst mit einem kehligen Schrei zum Höhepunkt kommt. Ich spüre, wie sein Schwanz in meinem Arsch zuckt, als er sich nach unten beugt, sich noch tiefer in mich hineinzwängt, während meine Knie an meine Brust gedrückt werden, und er seine Reißzähne in meinen Hals bohrt und zu trinken beginnt …

Es ist das intensivste Gefühl, das ich je erlebt habe. Während ich zitternd auf dem Tisch liege, eine orgasmische Welle nach der anderen durch meine Klitoris pulsiert und sich in meinem Körper ausbreitet – während Maximus meinen Arsch mit seinem Samen füllt und mir das Lustserum in meinen Hals pumpt –, füllt sich mein Herz mit Liebe. Ich weiß in diesem Moment ohne Zweifel, dass ich hierher gehöre.

Zu meinem Vampirmaster.

Für immer.

WOLLEN SIE MEHR?

MITTERNACHT DOMS

Alphas Blut
Ihr Vampir Master
Ihr Vampir Prinz
Ihr Vampir Held
Ihr Vampir Schuft
Ihr Vampir Rebell
Ihre Vampir Leidenschaft
Ihre Vampir Versuchung
Ihre Vampir Besessenheit
Ihr Vampir Fürst
Ihr Vampir Verdächtiger

LESEN SIE DIE BAD BOY ALPHA SERIE, DIE DEN MITTERNACHT DOMS VORAUSGEHT

Bad Boy Alphas

Alphas Versuchung
Alphas Gefahr
Alphas Preis

Alphas Herausforderung
Alphas Besessenheit
Alphas Verlangen
Alphas Krieg
Alphas Aufgabe
Alphas Fluch
Alphas Geheimnis
Alphas Beute
(Alphas Blut)
Alphas Sonne
Alphas Sonne
Alphas Mond
Alphas Schwur

IHR VAMPIR FÜRST - KAPITEL 1

Gaius

„Master Gaius, darf ich Ihren Schwanz lutschen?"

Mein Schwanz zuckt in meiner Hose, als wollte er dem verzweifelten Flehen der Frau nachgeben. Ich bin nur halb erregt. Das meiste Blut ist immer noch in meinem Gehirn, weil meine Gedanken ganz woanders sind. Deshalb bin ich überhaupt erst hierhergekommen; ich brauche mehr Blut in meinem Körper.

„Ich war so ein braves Mädchen, Master Gaius", sagt eine weitere weibliche Stimme. „Bitter? Nur die Spitze? Ich werde sie Ihnen so gut lutschen, ich verspreche es."

Ich öffne die Augen und brauche einen Moment, um mich wieder zu konzentrieren. Es ist dunkel in dem privaten Raum. Ich brauche nicht viel Licht, um sehen zu können. Dank meiner überragenden Sehkraft brauche ich nur einen winzigen Hauch, um meine Beute aufzuspüren.

Sie sind immer noch genau dort, wo ich sie positioniert habe. In diesem verschlossenen Raum mit Lederpolstern an den Wänden, Ketten, die von der Decke baumeln, und

Sexspielzeug, das auf dem Fußboden liegt. Beide Frauen knien auf dem Boden. Mit gespreizten Beinen. Ihre Hände liegen auf ihren Oberschenkeln und sind mit pelzgefütterten Manschetten gefesselt. Ihre Brustwarzen strecken sich stramm nach oben und betteln um Aufmerksamkeit. Die dunklen Knospen erinnern mich an die Trauben, die auf meinem Weinberg wachsen sollten, und meine Gedanken schweifen wieder ab.

Seit Jahrhunderten gelingt es mir schon, auf jedem Boden, in den ich meine Finger stecke, Trauben anzubauen. Sei es in den solehaltigen Regionen Frankreichs oder an den salzigen Küsten Spaniens. Aber hier in der trockenen Wüste im Südwesten Amerikas weigern sich meine Reben, Früchte zu tragen.

„Bitte, Master Gaius, darf ich kommen?"

Erneut wird meine Aufmerksamkeit in die Gegenwart zurückgerissen. Ich konzentriere mich ganz auf die beiden Frauen am Boden. Ihre Körper zittern, als würde ein Erdbeben unter ihnen ausbrechen, bereit, sie auseinanderzureißen. Das Erdbeben sind zwei Sybian Sex-Maschinen.

Die beiden Frauen sitzen rittlings auf den Sätteln der Sybians. Zwischen ihren Schenkeln steckt ein Dildo mit einem gerippten Sockel, der vorn an ihrer Klitoris und hinten an ihrem Anus vibriert. Die Maschine ist auf ein leises Summen eingestellt, das gerade ausreicht, um sie zu reizen, aber niemanden in orgasmische Zuckungen zu versetzen. Es sei denn, die Reiterin sitzt schon sehr lange darauf.

Als ich auf meine Uhr schaue, stelle ich fest, dass ich schon seit mindestens einer halben Stunde hier bin und diese Frauen darauf reiten lasse. Der Duft ihrer Erregung füllt den Raum. Die Luft ist feucht von ihren nassen Säften und ihrem Schweiß. Die Warzenhöfe der einen sind von ihrer Lust tiefrosa gefärbt, die der anderen haselnussbraun.

Ihre Schamlippen sind vom köstlichen Missbrauch der Maschine eher rot als pink.

Auf ihren Ärschen prangen dunkle Striemen von meiner Peitsche, mit der ich sie versohlt habe. Das Instrument liegt jetzt zu meinen Füßen. Der Blick der Haselnussbraunen ist fest auf das Spielgerät geheftet, als sie ihr Verlangen nach mehr heraushechelt. Fräulein Tiefrosa hat die Augen geschlossen und den Kopf nach hinten geworfen. An ihrem Hals befinden sich zwei kleine Einstichstellen, die sich in einem anderen Rosaton verfärbt haben. Eine kleine rote Blutspur läuft an ihrem langen Hals hinunter.

Nach ihrer Auspeitschung schmeckte sie wie ein Kaugummi. Beim ersten Bissen süß, aber der Geschmack hielt nur wenige Augenblicke an. Ich mag meine Mahlzeit zuckersüß. Deshalb sitzt sie jetzt auf dem Sybian.

Die Mädchen sollten langsam reif sein. Die Endorphine sollten ihr Blut inzwischen durchflutet haben und mir ein sättigendes Zwei-Gänge-Menü bescheren. Aber ich muss zugeben, dass ich ein Snob bin, wenn es um Nahrung geht. Ich mag meine Mahlzeiten perfekt.

Ich drehe den Regler von niedrig auf mittel. Beide Frauen schnurren. Sie sind beide kurz davor zu kommen. Die Augen der Haselnussbraunen blitzen golden auf und ihr inneres Tier ist ganz wild darauf, zu spielen.

„Ich lasse diejenige meinen Schwanz lutschen, die als Letzte kommt", sage ich.

Ihr Schnurren klingt kehlig. Ich kann sehen, wie ihre Muschis beim Gedanken daran beben. Dann zittern sie wirklich, als ich den Regler auf Hochtouren drehe. Ihr Schnurren klingt jetzt eher wie das Knurren von Wölfen. Ich schaue teilnahmslos zu und meine Reißzähne zucken mehr als mein Schwanz. Ich will sie in meinem Mund haben; ich will ihr endorphinreiches, süßes Blut trinken. Aber mich ihnen in den Mund zu stecken?

Ich zucke innerlich mit den Schultern.

Sex war für mich schon immer nur ein Spiel. Eines, bei dem ich mir nie leisten konnte, zu verlieren. Wenn ich *ihr* nicht das Vergnügen verschaffe, würde es für mich nur Schmerzen geben.

Das Summen der Sexmaschinen reißt meine Aufmerksamkeit erneut zurück. Diese beiden Miezekatzen zittern schon und der Regler hat noch eine höhere Stufe. Arschloch, das ich bin, schalte ich den Regler auf die höchste Einstellung und warte darauf, dass sie explodieren.

Ihr Schnurren dringt an meine Ohren. Der Geruch ihrer Säfte steigt in meine Nasenlöcher. Das Eisen ihres Blutes berührt meine Zunge. Aber sie halten durch. Ich bin mir nicht sicher, ob es ein Wettbewerb zwischen ihnen ist oder ob sie wirklich unbedingt meinen Schwanz lutschen wollen. Es ist mir eigentlich egal, solange ihre Hände gefesselt bleiben. Ihre Krallen auf meinem Fleisch zu spüren, würde Erinnerungen wachrufen, die ich fest weggeschlossen habe.

Ich erhebe mich und warte auf die unvermeidliche Explosion. Ich glaube, Miss Tiefrosa wird ihrem Orgasmus als erste erliegen. Ich löse meine Gürtelschnalle und mache einen Schritt auf Haselnussbraun zu.

Ein Summen in meiner Hose hält mich auf. Ich werfe einen Blick auf mein Handy. Als ich den Namen auf dem Display sehe, drücke ich sofort auf Annehmen.

„Ist sie da?"

Die Anruferin macht sich noch nicht einmal die Mühe einer Begrüßung. Sie hat Manieren, ich habe sie aus erster Hand gesehen. Aber sie ist eine zielstrebige Frau.

„Nein, Marechal", sage ich. „Ihre Schwester ist nicht hier."

Mein Bruder Hadrian würde niemals zulassen, dass Carignan, seine neue ewige Braut, vor einem anderen entkleidet wäre. Er hat sie heute Nacht in sein privates Verlies unseres Anwesens gesperrt, um ihre niederen Bedürfnisse in der Privatsphäre unseres Hauses zu befriedigen.

„Wann erwarten Sie sie zurück?", fragt Marechal.

Das ist das Problem, wenn man neue Vampire verwandelt. Die Menschen sind in dieser Neuzeitwelt so vernetzt. Ständig wird getextet, gesnapt, gechattet und gemailt, sodass niemand die Möglichkeit hat, einfach unterzutauchen. Es wäre alles so einfach, wenn wir Marechal dazu bringen könnten, ihre Schwester einfach zu vergessen. Aber Cari will davon nichts hören.

Um die Wahrheit zu sagen, wäre es mir auch nicht recht. Wenn Marechals Erinnerungen gelöscht würden, damit sie ihre Schwester vergisst, müsste sie auch mich vergessen. Obwohl wir uns erst zweimal persönlich begegnet sind, würde ich die Verachtung und Ablehnung in ihrem Blick, wenn sie mich ansieht, schmerzlich vermissen.

„Ich muss mit ihr sprechen", sagt Marechal mit einem knappen, geschäftlichen Ton. Diese Frau ist durch und durch eine logische, praktische, methodische Wissenschaftlerin.

Seit ich sie kennengelernt habe, habe ich keine einzige emotionale Regung von ihr gesehen. Sie hat nicht einmal mit der Wimper gezuckt, selbst als ihre Schwester vermisst wurde und ihr Bruder einen Unfall hatte. Marechal hat einfach nur tief Luft geholt, eine Checkliste erstellt und jedem meiner Brüder eine Aufgabe zugeteilt. Ich hätte ihr am liebsten den Block und den Stift aus der Hand geschlagen, an den Strähnen ihres perfekt frisierten Haares gezerrt und die Knöpfe ihres gestärkten Kittels aufgerissen.

Aber ich spiele nicht mehr mit Menschen. Für meinen Geschmack sind sie zu zerbrechlich. Außerdem hat es mir nie Spaß gemacht, ihre Erinnerungen zu löschen, wenn es einmal ein wenig zu rau wurde, was bei mir immer vorkam.

„Sie werden bald von ihrer Hochzeitsreise zurück sein", beschwichtige ich sie und lüge leichthin.

Hadrian hat seine Braut wahrscheinlich an ein Andreaskreuz gefesselt und vögelt sie um den Verstand. Aber diese Vermutung kann ich nicht mit ihrer älteren Schwester teilen. Ich kann sie auch nicht zu uns einladen, damit sie sich überzeugen kann, dass es ihrer Schwester gut geht. Denn das tut es nicht. Noch nicht.

Frisch verwandelte Vampire sind hungrige Bestien. Es dauert eine Weile, bis sie ihre tierischen Instinkte unter Kontrolle bekommen. Würde Marechal Carignan in dieser pubertären Phase ihres neuen Lebens begegnen, in der sie völlig hemmungslos, zügellos und egozentrisch ist, würde es blutig enden.

„Wo sind Sie?", fragt Marechal. „Es klingt, als wären Sie in einem Tierheim voller Katzen."

Ich wende mich wieder der Szene in einer der privaten Sex-Nischen im Club Toxic zu. Ich hatte die beiden Muschis auf den Fickmaschinen fast vergessen. Sie schwitzen heftig, während sie immer noch versuchen, nicht zu kommen.

„Das bin ich", sage ich. „Ich bin bei einer Benefizveranstaltung für herrenlose Tiere."

„Sie? Ich habe Sie nicht für einen Philanthropen gehalten."

Das bin ich auch nicht. „Ich gebe gern." Das tue ich nicht.

Ich kümmere mich um nichts als mein Vergnügen und das Wohlergehen meiner eigenen Familie. Carignan gehört jetzt zu meiner Familie. Sie ist meine Schwester und ich werde sie genauso wie meine Brüder beschützen.

Hmm? Macht das Marechal auch zu meiner Schwester?

Der Gedanke gefällt mir nicht. Mich interessiert eher, wie Marechal wohl aussehen würde, wenn sie auf einer dieser Maschinen säße. Wie sie sie splitternackt reiten würde. Mit ihrem Haar offen und locker. Mit ihrem Kopf zurückgeworfen, während ich ihre Brustwarzen schnippe, bis sie zu festen Spitzen werden.

„Ich werde jetzt auflegen. Ich habe alle Hände voll zu tun", sagt Marechal und ich verschlucke mich fast beim Gedanken daran, was sie mit ihren vollen Händen tun könnte. „Werden Sie mich anrufen, sobald sie durch die Tür kommen?"

Oh, sie spricht immer noch von ihrer Schwester und Hadrian. „Ich gebe Ihnen mein Wort."

„Ich bin immer noch nicht ganz davon überzeugt, dass es sich nicht um eine Entführung handelt, wissen Sie."

Das ist ein weiterer Gedanke, der mir gefällt: Marechal zu entführen und sich gegen ihren Willen mit ihr davonzumachen. Moderne Frauen sagen, dass sie das nicht mögen, aber die milliardenschwere Liebesromanindustrie ist da völlig anderer Meinung. Frauen mögen es, wenn man ihnen sagt, was sie tun sollen.

„Sie haben mir nie gesagt, wann ich vorbeikommen soll", sagt sie.

„Vorbeikommen?"

„Um mir Ihren Stock anzusehen."

Ich hatte die ganze Nacht zwei triefende, wimmernde Muschis zu meinen Füßen. Aber bei Marechals Worten wird mein Schwanz augenblicklich hart. „Sie haben gesagt, er macht gerade eine schwere Zeit durch?"

„Mit meinem Stock ist alles in Ordnung."

„Sie haben gesagt, er würde faulen; Sie haben es mir gezeigt, erinnern Sie sich?"

Richtig. Sie redet über die Rebstöcke und den Weinberg. Meine unverfälschten Trauben haben Probleme mit dem sauren, trockenen Boden in Tucson.

„Die Palmezzos hatten mit diesem Boden auch Probleme", fährt Marechal fort. „Als ich noch ein Kind war, sagten die Einwanderer, die auf dem Land arbeiteten, dass es verflucht sei."

Ich bin ein jahrhundertealter Vampir. Ich habe mehr als genug Unerklärliches gesehen und lange genug gelebt, um die Erklärungen dafür zu erfahren. Es gibt Magie in der Welt, aber es gibt keine …

„Aber wir wissen beide genau, dass es so etwas wie einen Fluch nicht gibt", sagt Marechal. „Ich bin mir sicher, es gibt eine Erklärung. Ich komme morgen vorbei."

„Ich komme zu Ihnen", sage ich.

„Es wäre viel einfacher, wenn ich den Rebstock in seinem angestammten Boden studieren würde."

„Zu gefährlich. Ich meine, ich möchte Sie nicht von Ihrer Arbeit abhalten."

„Ich habe morgen einen anstrengenden Tag."

„Ich komme nach Sonnenuntergang bei Ihnen vorbei."

„Gut", sagt sie. „Und bitte sagen Sie mir Bescheid, wenn sie von meiner Schwester hören. Und unternehmen Sie etwas gegen diese Katzen."

Und damit legt sie einfach auf.

Ich wende meine Aufmerksamkeit wieder den tropfenden Muschis zu. Haselnussbraun verdreht die Augen. Mit einem lauten Geräusch stürzt sie über den Abgrund. Tiefrosa grinst triumphierend. Ich werde den Rest des Abends wohl ihren Mund ficken, obwohl mein Schwanz weicher geworden ist, seit Marechals Stimme nicht mehr an mein Ohr dringt.

Ich greife erneut nach meinem Gürtel, aber ich höre ein zweites Geräusch. Tiefrosa ist auf dem Boden zusammengebrochen. Ihr Körper zittert von einem Orgasmus, bei dem sich sogar ihre Zehen krümmen. Als die Erschütterungen aufhören, liegen beide Frauen komatös auf dem Boden.

Ich lasse mich nicht aus der Ruhe bringen. Ich rufe einen der Helfer, der sich um die Nachsorge der beiden kümmern kann. Dann gieße ich mir ein Glas Wein ein. Seine Farbe ist rötlich braun und geht im schwachen Licht in einen violetten Ton über. Es ist genau die Farbe der Augen von Marechal Durand.

Lies Jetzt

HOLEN SIE SICH IHR KOSTENLOSES BUCH!

Tragen Sie sich in meine E-Mail Liste ein, um als erstes von Neuerscheinungen, kostenlosen Büchern, Sonderpreisen und anderen Zugaben zu erfahren.

https://geni.us/jungfrauunddervampir

ÜBER TABITHA BLACK

USA Today-Bestsellerautorin Tabitha Black schreibt bereits seit über fünfzehn Jahren erotische Liebesromane, zu Beginn im historischen Genre. In letzter Zeit entdeckte sie jedoch ihre Vorliebe für zeitgenössische Bücher mit einem größeren Schwerpunkt auf BDSM sowie für dunklere, mutigere Romane. Ihr jüngster Vorstoß gilt dem Übernatürlichen, einschließlich der faszinierenden Welt des M/f Omegaversums.

Da sie in vier Ländern auf drei verschiedenen Kontinenten gelebt hat, schreibt sie gern, ‚um zu ergründen, was sie weiß‘.

Sie hat eine Schwäche für guten Kaffee, starke, dominante Männer und Tätowierungen.

Tabitha liebt es, E-Mails zu empfangen. Wenn du ihr eine Nachricht zukommen lassen möchtest, tu dies bitte unter tabitha_black@hotmail.com. Sie wird jede E-Mail beantworten.

Vielen Dank fürs Lesen!